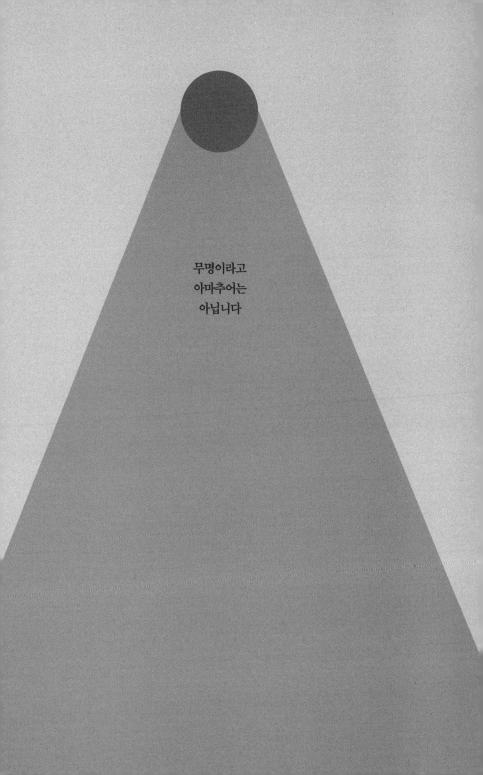

무명이라고
아마추어는
아닙니다

무명이라고
아마추어는
아닙니다

이헌주 지음

모루

세상의 무명이들을 위한 이야기

'뚜뚜뚜뚜~'

좁디좁은 골목길로 커다란 덩치의 레미콘이 후진 신호음을 알렸다. 아직은 코가 시린 날씨였기에 몸을 움츠리고 걷다가 신호음에 멈추어 섰다. 거인 같은 중장비 차량이 건물을 부수지 않고 좁은 골목으로 무사히 들어갈 수 있을까? 내심 불안했다. 건너편에 신호수가 있었음에도 골목에서 후진으로 차를 돌리는 운전기사의 손길이 불안해 보였다. '혹시라도 차가 건물을 박거나 부수기라도 하면 어찌 될까, 보험 처리를 할까?' 이런저런 잡념이 머릿속에 차오를 무렵, 주차를 마친 운전기사가 씨익 웃으며 신호수에게 소리쳤다.

'어이, 오케이!!'

속이 뻥 뚫리는 소리와 함께 완벽한 후진 주차에 절로 감탄이 나왔다. 골목 안으로 주차한 레미콘 차량의 양쪽 틈이 5센티미터쯤 될 듯했다. 세상에는 얼마나 노련한 무명이 많던가! 이름도 직함도 모를 이 씨, 김 씨 또는 아저씨라 불리는 그들의 능숙함과 숙련된 솜씨에 감탄했다. 그날 나는 숨겨진 무림 고수 같은 무명의 백전노장을 또 한 분 만났다.

나는 줄곧 '무명'이라는 말이 싫었다. 배우로서 무명과 유명이 실력 차이라는 인식을 부정했다. 무명이라고 대충대충 설렁설렁 어설픈 아마추어가 아니다. 따라서 이 책은 이를 증명하려는 내 나름의 외침이다. 언젠가 아는 동생이 '언니, 엑스트라로 나온 거 잘 봤어요!'라고 말한 일이 생각난다. 그 한마디가 오랫동안 마음에 콕 박혀 있었다. 나는 엑스트라로 출연한 적이 없는데, 그 말은 '내 삶이 엑스트라'라는 말처럼 들려 불편했다. 물론 지금은 엑스트라 대신 보조출연자라는 말로 바꾸어 부른다. 보조출연자와 '배역'의 배우는 엄연히 구분된다. 나는 작업 현장이든 내 삶에서든 늘 '배역'이 있었다. 그런데 사람들은 무명이라고 하면 다 거기서 거기라고 생각하는 듯하다. 사실이 아니라고 구구절절 설명할 수도 없는 노릇이다.

내 이름은 '법 헌(憲), 두루 주(周)' 헌주(憲周)다. 법조계에서 일하기를 원한 부모님의 바람이 깃든 이름이다. 그러나 나는 법과 전혀 상관없는 일을 한다. 그렇다고 내 삶이 실패했다거나 무의미하다고 생각하지 않는다. 비록 무명일지라도 불리는 이름이 엄연히 있다는 사실을 말하고 싶다. 단역 배우들은 이름 대신 주어지는 역할 군의 이름으로 불리곤 한다. 가령 누구 엄마, 누구 담임, 기자, 경찰 등이다. 나는 가끔 이름을 가진 배역을 얻기도 했고, 또 가끔은 누군가의 엄마, 누군가의 선생님 역할을 연기했다. 지금도 이름 없는 배역을 맡아 연기하는 배우들이 많다. 그렇다고 그들의 역할이 의미가 없는 건 아니다. 한낱 영화나 드라마에서도 그럴진대, 우리 삶에서는 누군가 내 이름을 알아주지 않더라도 저마다의 삶은 귀하고 유의미하다.

현재 나의 배역은 두 가지다. 하나는 아이를 키우는 엄마, 다른 하나는 배우. 그러니까 엄마이자 배우 이현주, '배우엄마'다(엄마 역할의 배우와 구별하기 위해 이하에서는 '배우엄마'로 통일해 적었다.) 이현주라는 이름 대신 누구 엄마, 아줌마라는 말로 더 많이 불리기도 한다. 그런데 왠지 그 말의 느낌이 나쁘지 않다. 그것이 나의 정체성이니까… 나는 엄마와 배우 사이 중간쯤에 있다. 그런데 어느 한쪽으로 치우침 없이 뒤섞인 조화가 묘하게 빛난다. 그래서 나는 엄마인지 배우인지 고민하거나 갈등하지 않는다. 그저 열심히 배우엄마로서 내가 할 수 있는 일을 한다. 정체성을 고민하며 우물쭈물하다 내게 주어진 기회, 나를 찾아오는 빛나는 순간을 놓치고 싶지 않다.

2022년 봄, 스토리 펀딩으로 5년 만에 개봉한 영화가 있다. 연극배우 출신의 무명배우들이 만든 영화 〈역할들〉이다. 특이하게도 감독과 촬영을 모두 배우들이 직접 해냈다. 전철역 앞에서 김밥을 팔며 버티다 다른 무명배우의 삶이 궁금해서 시작된 연송하 배우(감독)의 프로젝트였다.

'저는요, 뜨고 싶어서 하는 게 아니고 계속하고 싶어서 하는 거예요.'

영화를 보며 만든이들의 진심에 마음이 움직였다. 예고편을 보다 눈물이 터지기도 했다. 그들의 절실함에서 나를 발견하기도 했다. 여러 가지 역할의 옷을 입고 살아가는 단역배우이자 무명배우의 삶, 일상의 고단함을 딛고 하고 싶은 일을 하며 고군분투하는 그들은 귀하고 아름다웠다. 꿈꾸는 몽상가가 아닌, 현실에 발을 딛고 계단을 놓는 배우들이 멋졌다. 오랜 무명 생활을 거친 후 지금은 유명해진 배우들의 추천 영상을 보다 피식 웃기도 했다. 유해진 선배는 '팸플릿에 뜨고 싶어서 하는 게 아니라 계속하고 싶어서 한다고 적혀 있던데, 그래도 조금씩은 떴으면 좋겠습니다!' 라는 말로 응원했다.

영화 〈역할들〉은 생텍쥐페리의 소설 《어린 왕자》에 등장하는 다섯 번째 별의 주인 겸 점등인을 떠올리도록 만들었다. 그 별은 모든 별 중 제일 작았다. 점점 빨라지는 별의 속도에 점등인은 쉴 틈도 없이 점등해야만 했다. 어린 왕자는 1분에 한 바퀴씩 도는 별에서 점등하는 그가 남들 눈에 어리석은 사람처럼 보일 거라고 생각했다. 그래도 의미 있는 일을 하는 사람은 그뿐이라 여겼다. 등불을 켠다는 건 별 하나, 꽃 한 송이를 새로 태어나게 하는 일이다. 무명이라는 작은 별의 점등인들, 그들이 만들어가는 일들로 인해 누군가는 마음에 불이 켜졌을 것이다. 비록 무명일지라도 그들의 아름다운 작업을 응원한다.

'송하야, 수고했어!'
'재철아, 고생 많았다!'

나는 오늘도 이름 없는 풀 한 포기 배우이자 엄마다. 특별히 뭔가를 이룬 사람이 아니다. 성공을 이룬 사람들의 이야기에 관심이 많은 누군가는 나에게 자격이 없다고 말할 수도 있다. 나는 지금도 길을 찾아 헤매며 오늘을 살아내는 사람이다. 그 자격으로 내 곁의 수많은 무명이들에게 말을 건넨다. 누군가는 나처럼 배우일 수도 있고, 골목에서 우연히 마주친 레미콘 기사일 수도 있다. 저마다 각자의 자리에서 주어진 일을 열심히 해내는 분들에게 작은 위로가 되기를 바라는 마음으로 원고를 썼다. 그 누구도 자신의 삶에 무명, 이름 없는 풀 한 포기란 없다. 타인이 만든 기준에 따라 무명, 유명 나뉘어 살아가지만 모두 값지다. 특히 아이와 눈을 맞추는 엄마의 모습은 그 자체만으로도 빛나는 존재다.

나의 현재와 한계를 아는 일은 중요했다. 비록 어떤 한계가 있더라도 뒤로 숨을 수만은 없었다. 그래서 용기를 냈다. 여전히 내 안에서 질문들이 아우성쳤고, 갈등하는 마음도 거셌다. '배우가 무슨 책을…' 그러나 마침표를 찍는 일이 중요했다. 그래서 나는 마지막까지 가보기로 했다. 그래! 나는 점등인의 별처럼 작다. 그러나 누군가의 마음에 불을 켤 수 있다. 나의 연기, 또 나의 새로운 명함이 될 이 작업을 통해서 말이다. 비록 무명일지언정 이 순간에도 최선을 다해 삶을 살아가는 분들은 위대하고 찬란하다.

배우엄마
이헌주

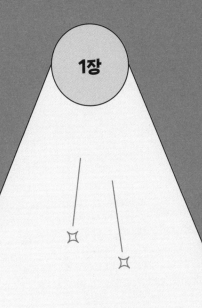

1장

열여섯,
배우가 되기로 결심하다

나는 땀이 적고 저체온의 마른 소녀였다.

늘 춥고 차가움에 익숙한 나는 숨 가쁜

호흡과 땀방울에 매료되었고 뜨거움을 느꼈다.

내 안에 불이 붙었다.

16살의 금사빠 소녀가 새로운 세계와 만난 순간이었다.

16살, 그날의 기억이 오감에 새겨졌다.

배우로 가는 길의 시작은 〈로미오와 줄리엣〉이었고,

나의 로미오는 무대였다.

열여섯, 셰익스피어와 만나다

"당신의 이름은 왜 로미오인가요? 그대 이름만이 내 원수예요. 로미오 님, 몸 일부도 아닌 그 이름을 버리고 절 가지세요." — 〈로미오와 줄리엣〉 중 줄리엣의 대사

동경의 시작은 길고 검은 생머리 때문이었다. 샴푸 광고에서나 볼 법한 긴 생머리. 커다란 눈망울에 물기를 머금고 턱을 괸 올리비아 핫세는 16살 소녀가 부러워할 만했다. 나는 부스스한 곱슬머리에 짧은 단발이었다. 그래도 마음만은 찰랑거리는 긴 생머리의 청초한 소녀가 되길 원했다. 매끄러운 생머리를 갈망한다고 티를 낸 적은 없다. 중학교 내내 짧은 커트 머리, 성별조차 구별하기 힘든 스타일로 사람들의 궁금증을 자극했다. 매직을 해도 한 달이면 다시 초특급 곱슬머리로 돌아오는 소녀는 청순가련한 줄리엣에 자신을 투영했다. 미운 오리 새끼, 빼빼 마른 체형, 비가 오면 부슬부슬 부풀어 오르는 곱슬머리

의 소녀, 그녀를 사랑해줄 소년은 없어 보였다. 셰익스피어가 그녀의 삶으로 들어온 것은 로맨스에 대한 숨겨진 갈망 때문이었는지도 모른다. 디카프리오 주연의 1996년 작 〈로미오와 줄리엣〉에서는 로미오와 줄리엣의 첫 입맞춤 장면에 가슴이 찌르르했다. 그 장면에서 소리 지르며 베개를 안고 두들겨댔다. 당시 유행하던 만화책 《꽃보다 남자》의 해적판 '오렌지 보이' 속의 츠카사(구준표)를 향한 애정이 로미오에게 옮겨가는 순간이었다.

책 탑을 쌓아놓고 밥까지 굶으며 읽던 《해리포터》 시리즈와 《반지의 제왕》만큼이나 가슴을 설레게 만든 책이 있다. 다름 아닌 영국이 사랑한 대문호의 4대 비극과 《로미오와 줄리엣》이다. 마치 벽돌처럼 두툼한 양장본으로 된 전집 속에서 그렇게 나는 로미오와 줄리엣을 만났다. 주말의 명화에서 본 줄리엣의 눈망울과 찰랑거리는 머리칼에 대한 욕망을 채우려고 시작한 독서였다. 처음엔 길고 긴 시구로 이루어진 문장들에 당황했다. 비유와 은유로 가득 찬 문체가 낯설고 어려웠지만, 시간 가는 줄 모르고 읽어 내려갔다. 이해가 안 되는 문장은 외국어를 독해하듯 몇 번씩 다시 읽었다. 때로는 문장들을 읊조렸고 때때로 소리 내어 읽었다.

'밤의 암흑 때문에 도리어 탄로된 사랑이니까요.'
'당신의 사랑 없이 지루하게 사느니 그들의 미움 속에 죽는 편이 낫소.'

'사랑에 끌릴 때는 수업을 마친 학생처럼 기쁘지만, 사랑과 헤어질 때 무거운 책을 들고 등교하는 기분이구나.'

나는 셰익스피어가 피워낸 사랑의 문장들에 매료되었다. 그리고 마치 정말로 줄리엣이라도 된 듯 틈나는 대로 대사들을 중얼거렸다. 마침내 나는 열병을 이기지 못한 채 중학교 연극동아리를 찾아갔다. 로미오와 줄리엣이 서로에게 끌리듯 발걸음이 연극반으로 향했다. 동아리에서 처음 본 공연도 로미오와 줄리엣이다. 1999년, 밀레니엄을 앞둔 시기였다는 것 말고는 모든 기억이 흐릿하다. 화려한 무대장치나 소품도 없이 단출한 공연이었다. 연습인지 공연인지 의심될 만큼 심플한 무대가 충격이었다. 공연 전 기대에 부풀어 희곡을 여러 번 읽었다. 하지만 내가 상상한 공연과 전혀 다른 그림이었다. 화려한 파티의 연미복은 일상의 민무늬 천으로, 테라스는 까맣고 네모난 박스(큐빅)로 대신했다. '상상 속 이미지를 넘어서는 공연은 없는 걸까?'

극이 시작되자 여백을 메운 건 배우들의 움직임과 에너지였다. 그것이 매력이었디. 생략과 은유로 가득 찬 공연, 붉은 천이 나부끼는 장면이 펼쳐지자 내 안에서 무언가 울렁거렸다. 핏빛 바다처럼 출렁이는 그 천이 마음을 휘저었다. 화려함 대신 그들이 고른 천과 움직임, 소도구도 흥미로웠다. 하나의 희곡이 여러 가지 색채를 받아들이고 변주되는 과정이 좋았다. 판에 박히지 않은, 다양한 가능성을 품은 여백이 많은 공연이었다. 상상했던 이미지 그 이상의 특별함을 발견하는 순간이었다.

태어나 처음 보는 공연인지라 객관성보다 철저히 주관적인 감상이다. 중학생이니 객관적인 평가 기준이 있을 리 없었다. 16세기 영국 작가의 작품이, 몇백 년 후 동양의 한 나라에서 그 나라의 현대 옷을 입고 시연된다는 사실도 놀라웠다. 둥둥둥! 공연 내내 울리던 효과음은 내 안에도 울림을 남겼다. 먼 북소리, 하루키의 책 제목처럼 나는 그곳에 앉아 심장 울리는 먼 북소리를 들었다. 나는 그렇게 사랑에 빠졌다. 그 후로 여러 버전의 〈로미오와 줄리엣〉 공연을 관람했다. 같은 작품임에도 극단에 따라 작품의 결도 다르고, 연출가의 방향성에 따라 결말의 해석이 바뀌기도 했다. 그 차이는 미미할 때도 있었고, 180도 다른 공연이 되기도 했다. 연극을 만드는 사람의 세계관에 따라 작품 관점이 달라지고, 배우에 따라 캐릭터 해석도 달랐다. 수십 년간 선인으로 등장한 역할이 한순간에 악의 대명사로 옷을 바꿔 입기도 하고, 재정적인 이유로 은유와 상징적인 작품이 만들어지기도 했다. 1999년, 그 시절의 〈로미오와 줄리엣〉도 여러 가지 버전 중 하나였을 것이다.

한 작품을 여러 번 보면서 공연 간의 차이를 발견하는 재미도 쏠쏠했다. 계속 진화하는 연극이 보고 싶은 탓에 같은 작품을 여러 번 관람하곤 했다. 물론 십수 년째 대사도 동선도 안 바뀌는 공연도 있다. 엘리자베스 여왕 시대의 작품을 고스란히 실현하는 일도 의미 있다. 하지만 현재의 시대상을 반영한 공연을 본다는 건 흥미롭다. 나의 기대와 예상을 넘어서는 작품을 만나는 날에는 내 안 깊은 곳에서 바람이 불어왔다. 나도 무대 위에 서고 싶다는 욕망이었다.

반짝, 무대 조명에 비친 물방울들이 반사되었다. 그 찰나에 매혹당했다. 기억하는 것은 좁은 공간의 눅눅함과 콤콤한 냄새, 그리고 반짝이는 땀방울, 배우의 열기였다. 나는 오감으로 그 순간을 기억했다. 배우 이름이나 얼굴은 기억나지 않는다. 심지어 로미오였는지 머큐쇼였는지도 정확하지 않다. 시간을 통과한 기억들이 조각조각 섞여 있다. N차 관람을 하며 여러 버전의 공연을 보았고, 내 안에서 혼합되어 재생산된 기억뿐이다. 출렁이는 천과 춤사위를 보며 전율했다. 빠른 템포의 북과 장구 소리에 심장도 덩달아 빠르게 뛰었다. 나는 땀이 적고 저체온의 마른 소녀였다. 늘 춥고 차가움에 익숙한 나는 배우들의 숨 가쁜 호흡과 땀방울에 매료되어 뜨거움을 느꼈다. 그렇게 내 안에 불이 붙었다. 16살 금사빠 소녀가 새로운 세계와 만나는 순간이었다. 16살, 그날의 기억이 오감에 새겨졌다. 배우로 가는 길의 시작은 〈로미오와 줄리엣〉이었고, 나의 로미오는 무대였다.

여기서 잠시 현실로 돌아와 사랑 이야기를 좀 해보겠다. 로미오와 줄리엣 그들의 나이가 고작 16살, 14살이니까 가능한 불같은 이야기임을 당시에는 몰랐다. 어느새 39살, 결혼 5년 차, 24개월 아들을 둔 엄마는 발칙한 상상을 해본다.

'5일 만에 죽었으니 아름다운 이야기지, 결혼하고 살면 결국 막장 드라마 한 편 찍고도 남았겠지!'

사랑을 부정하지는 않는다. 하지만 그들의 시작이 가벼웠음을 알기에 5일짜리 감정이 현실의 무게를 견딜 수 있을지 의문이다. 첫사랑 로잘린을 짝사랑하며 힘들어하던 로미오는 집안의 원수 캐플릿 가문의 파티에 참여했다. 그리고 줄리엣과 마주치는 순간 가볍게 잊혀진 로잘린, 진짜 참을 수 없는 가벼움이다. 로미오가 줄리엣과 사랑에 빠졌다는 말에 로렌스 신부가 말했다. '청년은 가슴이 아니라 눈으로 사랑을 하는군.' 명쾌하고 통쾌하며 뼈 때리는 이 말에서 39살의 나는 쾌감을 느꼈다. 16살의 나와 39살의 나는 서로 다른 구절에서 공감의 무릎을 쳤다. 물론 사랑의 열병과 눈멂의 순간을 시적으로 그려낸 셰익스피어의 문체에 대한 찬사는 변함이 없다.

놀이터 좀 빌려 쓸게요

〈사운드 오브 뮤직〉은 제2차 세계대전 중 나치를 피해 미국으로 망명한 오스트리아의 본 트라프 가족의 실화를 담은 영화다. 아름다운 알프스 풍경과 화려한 궁전, 그리고 곳곳에 주옥같은 노래로 가득 채워져 있다. 영화뿐만 아니라 OST에도 푹 빠진 나는 온종일 음악을 들으며 두둥실 떠다녔다. 고국을 떠나 망명해야 하는 아픔의 순간조차 아이들의 귀여운 '꾸꾸' 노래와(원제목은 〈So long farewell〉) 조지 본 트라프의 〈에델바이스〉 선율이 머릿속을 가득 채웠다. 그중 나와 동갑인 리즐의 노래 'I am sixteen going on seventeen'은 꽤 오랫동안 나의 특기로 사용되었다. 예고 입시 때 준비해간 노래도 바로 그 노래였다.

I am sixteen going on seventeen
I know that I'm naive

나는 열여섯, 곧 열일곱 내가 순진하다는 걸 알아요.

Fellows I meet may tell me

I'm sweet And willingly I believe

내가 만나는 이들이 나를 사랑스럽다고 하면 나는 기꺼이 믿을 거예요.

'고작 18살이 되려는 랄프에게 의지하겠다고?' 지금은 웃음만 나오는 풋풋함과 간지러움, 그리고 리즐의 순수함이 나에게 충만한 시절이었다.

16살, 용돈으로 떡볶이나 사 먹고 책이나 사던 시절이었다. 당연히 노래나 연기 연습할 공간도 없었고, 그런 공간을 빌릴 수 있다는 사실조차 몰랐다. 학원 끝나고 돌아오는 길에 노래를 흥얼거리다 적당한 연습 장소를 발견했다. 상가 옆 놀이터, 저녁 어스름이 깔리고 놀이터의 주 고객인 꼬맹이들이 집으로 돌아간 시간, 그네에 걸터앉았다. 나는 발로 땅을 툭툭 차면서 리즐로 변신했다. 긴 벤치 위를 뛰어다니는 리즐이 되어 노래 부르며 그네에서 발을 크게 굴렀다. 날아오르는 기분을 느끼며 자유롭게 노래했다. 가끔 지나가는 사람들이 기웃거렸다. 내가 살던 동네는 아파트 단지와 상가로 된 주거지역이라 늦은 밤이면 사람들이 잘 다니지 않았다. 지금 생각하면 겁도 없이 놀이터에 혼자 자리를 잡고 앉아 있었다. 처음엔 15분, 나중에는 두세 시간이 훌쩍 지나도록 연습을 했다. 노래로 시작해 마지막에는 연기학원에서 배운 독백 대사들을 암송했다. 1985년 영화 〈방황하는 별들〉에는 13명의 청소년이 등장하는데, 우여곡절의 삶을 사는 그들의 대사를 연습하며 역할에 빠져들었다. 놀이터는 연습하는 내내 한산했다. 돌이켜보면 저녁마다 놀이터에서 연습하는 나를 주민들이 배려해주었다고 생각한다.

'뭐? 길거리에서 연습한다고? 너, 관종이냐!?'

돈도 없고 꿈만 가득한 중학생이 할 수 있는 치기 어린 선택이었다. 이웃집에 양해를 구해가며 집에서 연습하는 것보다는 눈치 안 보고 마음껏 노래 부르며 소리쳐도 되는 놀이터 연습이 더 낫다고 생각했다. 나는 놀이터에 전세를 내고 안양예고 실기를 준비했다. 물론 연기학원도 다녔다. 학원에서 배운 것들을 나만의 연습 공간에서 다양하게 연습했다. 배움을 복기하며 꿈을 현실로 만들어가려 했다. 어둑어둑 해가 지고 희미한 가로등만 깜빡이던 그 시절의 연습을 잊을 수 없다. 때때로 늦은 시간까지 귀가하지 않는 나를 찾으러 나온 엄마의 잔소리를 들으며 연습을 끝내곤 했다. 뭔가에 홀린 듯 열병에 시달리던 나는 그렇게 놀이터에서 꿈을 키웠다. 참, 당시 놀이터 근처에서 살던 분들에게 하고 싶은 말이 있다. '여러분 양해해 주셔서 감사합니다. 밤마다 불러대는 소질 없는 노래와 어설픈 연기를 지켜봐 주신 여러분이 저의 첫 관객이었습니다!'

예고 진학 후에는 (연습실 부족으로) 운동장에서 바람에 날리는 모래를 먹어가며, 날아오는 축구공을 피해가면서 연습했다. 물론 대학교에서도 사정이 크게 달라지지는 않았다. 학교 광장에서 파트너를 일방적으로 때리는 장면을 연습하다 행인들에게 한두 마디 말을 듣기도 했다. 어느 연인의 막장이라고 오해한 것이다. '저 남자 때리고 그런 여자 아닙니다.'

　　훗날, 프랑스에서 공부하던 시절에는 카페와 튈리히 공원, 학교 앞 뷔트 쇼몽 공원에서 공연을 준비했다. 연습이 끝나면 친구들과 나른하게 늘어져 책을 펴고 누워 일광욕을 즐겼다. 길거리 연습은 완벽하게 준비된 채 관객과 만나는 시간이 아니다. 미완성 단계에서 연습 과정 자체가 까발려지는 순간이다. 조명이나 무대장치, 의상도 없이 나의 어설픈 실력이 모두 드러난다. 가던 길을 멈추고 구경하는 사람도 있고 그냥 스쳐 지나가는 사람도 있었다. 물론 연습하는 순간에는 구경꾼을 의식하지 않았다. 오로지 내 앞에 있는 불, 공연 준비를 위한 연습에 집중했다. 나는 지나가는 사람들이 나와 동료들에게 미친 짓을 한다는 손가락질보다 미완으로 무대에 올라 관객의 질타를 받는 일이 더 두려웠다.

　　길거리 연습은 처음이 어렵다. 하면 할수록 익숙하고 편해진다. 어쨌거나 길거리 연습의 시작은 어둠이 깔린 동네 놀이터였다. 날것 그대로인 그곳을 무대로 삼아, 내 공간으로 채워간 시간이었다. 예고를 준비하던 시절뿐 아니라 고등학교와 대학교 때도, 파리에서의 학생 생활에서도 정식 연습실을 빌릴 충분한 돈이 없었다. 사실 야외연습은 연습실보다 고도의 집중력이 필요하다. 큰 목소리를 내야 하니 목도 아프고, 운동장이나 공원에서는 날리는 흙먼지 때문에 몇 시간 지나면 목이 칼칼해진다. 오랜 시간 해온 길거리 연습은 나를 단단하게 만들었다. 처음 15분은 낯뜨겁고 부끄럽지만, 집중하면 주변의 소음도 귀에 안 들어온다. 오로지 나와 파트너에게 집중하는 순간으로 들어간다. 그리고 정식 연습실에서 느낄 수 없는 여러 가지 영감도 얻게된다. 날씨와 습도, 바람의 속삭임, 낙엽 바스락거리는 소리, 저 멀리 다투는 연인의 소리까지도 모두 영감이 된다. 그날의 분위기를 흡수하는 연기가 된다. 물론 당시에는 방금 말한 것들이 연습을 방해하는 요소라 여겨져 불편했다. 날씨가 어쩌고, 소음이 저쩌고… 당시에 내가 좀 더 노련했다면 환경을 이용한 연기를 연습해 무대에 적용했을 것 같다. 지나고 보니 눈에 보이는 것들이다. 여러 소란함 속에서 홀로 집중하는 법을 그때 체득한 것 같다.

지금도 촬영 현장에서는 배우가 여러 사람에 둘러싸여 연기한다. 영상에는 안 잡히지만, 영화나 드라마를 함께 만드는 스태프들이 그 공간에 존재한다. 스튜디오의 경우 스태프와 관계자들뿐이지만, 야외 촬영이라면 길거리 행인도 합세한다. 그 무언의 압박을 견뎌내는 것도 배우의 역할이다. 이때 스튜디오와 거리는 연습 장소가 아닌 무대다. 길거리 연습 때와는 달리 분장, 의상, 환경까지 모두 갖추어지고 관객도 준비되어 있다. 당연히 과거에 경험한 길거리 연습이 없었다면 더 많이 긴장했을 것이다.

연습실이 없어 택한 놀이터 연습은 피가 되고 살이 되었다. 내 안의 뜨거움을 쏟아내고자 놀이터에서 부르던 노래와 연습이 배우가 되고자 했던 꿈을 현실로 만들어주었다. 지금은 연기를 업으로 한다. '참, 지금은 아이를 키우며 가끔 촬영 현장에 나가는 배우엄마다.' 미끄럼틀을 사랑하는 어린 아들과 매일 놀이터로 나간다. 꿈을 현실로 만들어준 놀이터를 오늘도 아들 손을 붙잡고 다시 찾는다.

뼈 때리는 한 마디 '너는 소리에 울림이 없어!'

'울림 없는 소리는 관객에게 감동을 줄 수 없지. 목을 긁는 쇳소리
는 듣기 싫고!'

어깨 위에 쌓아 올린 기왓장이 무너지는 소리, 자존심이 와장창 깨
지는 소리였다. 가파른 언덕길을 매일 오르며 나는 무언가에 도취해
있었다. 물에 비친 자신의 모습에 심취한 나르시스처럼 나는 작은 성
과에 취해 있었다. 겨우 예고에 들어간 일이지만 입시를 통과했다. 너
는 절대 못 갈 거라던, 현장에서 만난 어느 배우 언니의 말을 보란 듯 뒤
집었다는 희열과 성취감이 내 어깨에 기왓장을 차곡차곡 올려놓았
다. 처음으로 준비해간 독백을 선보이고는 칭찬을 기대했다. 어깨에
뽕을 잔뜩 넣은 채, 숨죽여 나를 보던 친구들의 눈망울을 바라보았다.
내 몸을 통과해간 짜릿함의 순간 이후(연기할 때 종종 짜릿함을 느낀다),
그는 내게 돌직구를 던졌고, 나는 무너진 기왓장들에 깔려 압사당했

다. 그렇다. 누군가의 한마디가 한 소녀에게 큰 영향력을 전달할 수 있다. 그 후 '울림'이라는 단어는 내가 극복하고 정복해야 할 산이었다. 내게 산을 쌓아준 사람은 나의 첫 연기 선생님이었다.

실기 첫 날 연습실에 들어와 '배우이기 전에 인간이 돼라!'는 배우들 사이에서 너무나 유명한 명언을 들려준 그는 나의 영웅이었다. 그렇게 동경하던 영웅이 나에게 울림이 없다고 말했다.

'소리에 울림이 없으니 감동도 없지. 너는 대사가 아니라 일단 소리통부터 울리는 훈련을 해야 해. 허리에 손을 얹고 소처럼 음메~ 해봐.'

무림 고수에게 싸움 기술을 배우러 갔더니 그날로 물 양동이만 나르게 하는 무술 영화가 떠올랐다. 재능 없는 나에게는 두 가지 선택지가 있었다. 일찌감치 포기하고 인문계로 진학하거나, 고수 밑에서 빗자루질을 하든 물 양동이를 나르든 일단 해보는 것 둘 중 하나였다. 나는 후자를 선택했다. 닥치고 해보는 것! 우선 무너진 자존심으로 허우적대는 나를 다독일 시간이 필요했다. 짧은 시간에 어쩜 그리도 많이 쌓아 올렸는지. 망상과 착각으로 쌓은 그 돌들을 초장에 박살 낸 것도 돌이켜보면 행운이었다. 남아서 버티기로 결심한 후, 훈련은 생각보다 쉽지 않았다. 내게 질투가 그렇게 많은지 미처 몰랐다. 연습 없이도 좋은 소리를 타고난 친구를 향한 부러움과 질투. 그리고 첫 공연에서 맡은 작은 배역이 나를 괴롭혔다. 많은 대사를 소화할 실력이 안 된다는 소리에 속만 부글부글 끓었다.

'쓴 약이 몸에 좋다. 쓴소리는 약이다. 작은 배역은 내게 약이다.' 나를 아무리 다독여도 화가 났다. 그리고 나를 구석으로 몰아넣은 선생님에게도 화가 났다. 그런데 선생님은 무관심한 듯했다. 재능 있는 학생들을 다듬어 공연 연습을 시키기에도 부족한 시간에 거의 대사가 없는 나를 신경 쓸 겨를이 없었을 것이다. 그래서 나는 홀로 소리 훈련에 집중했다. 소리 훈련에는 여러 가지 방법이 있다. 그중 선생님이 알려주신 방법은 소 울음소리였다. '음매~' 처음에는 '음매' 소리를 다 내뱉기도 전에 웃음이 터졌다. 그러나 익숙해진 후에는 서서 소리를 내거나, 고개를 숙이거나, 누워서 하기도 했다. 누워서 하는 훈련은 먼저 단전으로 호흡을 모아 복식호흡을 하며 들숨과 날숨에 집중하는 것이다. 연습 5분 만에 코를 고는 친구들도 많았다. 그때의 경험으로 지금도 불면에 뒤척이는 밤이면, 침대에 누워 숨을 깊게 내쉰다. 호흡에 집중하면 언제 잠들었는지 모르고 아침을 맞곤 한다. 누워서 하는 연습은 몸이 이완되면서 잠들기 직전의 상태로 만든다. 이때 소리를 내면 어린 시절 우리가 내던 고유의 소리로 돌아간다고 했다. 이때를 이용해 소리를 내고, 소리의 길을 훈련하는 것이다.

지금은 소리에 대한 정의가 좀 달라진 듯하다. 시대에 따라 패션이나 화장법에도 유행이 있듯, 연기나 훈련 방법에도 변화의 흐름이 있다. 깊은 울림을 추구하는 대신에 고유의 소리나 습관 자체도 매력이 되는 시대다. 앵앵거리는 애교 섞인 소리도 그렇고 목 긁는 쇳소리가 오히려 거친 매력이 되기도 한다. 이렇듯 요즘은 자연스러운 소리를 선호하는 것 같다. 어쨌든 나는 오랜 시간 '울림'이라는 단어에 집착했다. '울림'이라는 말을 들었을 때부터 그것을 넘고자 노력했다. '울림이 없다!'는 이야기가 나를 치열함으로 내몰았다. 지금은 내 소리가 좋다는 이야기를 종종 듣는다. 어린 시절 훈련의 결과일 수도 어른이 되어 붕 떠 있던 호흡이 낮아져 중심을 잡은 것일 수도 있다. 물론 감정 씬에 들어가면 여전히 소리가 뒤집힌다. 쇳소리 같은 것도 나고 말이다. 그래도 연기하는 순간에는 상황과 파트너에 집중하고 소리엔 크게 신경 쓰지 않는다. 일단 무대에 오르면 연습 과정은 잊고 한 판 논다는 심정으로 달려든다.

'순이야! 아이고, 내가 미친년이지. 미친년!'

'순이야!'를 외치며 오열하는 장면이 첫 공연 대사였다. 나머지는 여러 배역으로 나와 몇 마디를 했던 것 같은데, 오직 죽어라 부르짖던 순이 엄마 역할만 또렷하다. 시인 황지우 님의 《새들도 세상을 뜨는구나》를 희곡으로 만든 작품이었다. 긴 대사도 아니면서 굳이 연습한다고 마지막까지 남았다. 그리고 연습실 불을 껐다. 무슨 의식처럼, 쉬는 시간에도 쉬지 않았다. 나는 부르짖었다. '나 좀 봐주세요. 나 여기 있어요!' 아마도 인정욕구가 발동한 것이리라. 울림이 없다는 이야기를 들은 이후 나는 소리 훈련에 집중했다. 선생님은 중요한 배역들을 지도하느라 상대적으로 나는 관심 밖이었다. 친구들이 일명 '깨지는' 그 지적질을 나도 받고 싶었다. '작은 배역은 없다. 작은 배우만 있을 뿐' 이 말도 '배우이기 전에 인간이 돼라'는 말처럼 배우들에게 익숙한 이 야기다. 그러나 현장에서 느낀 바로는 말은 말일뿐이다. 작은 배역도 작은 배우도 존재한다. 다만 남들이 나를 작은 배역으로 대할지언정 나는 나를 작은 배우로 대할 수 없었다. 당시에도 마찬가지였다. 내 안 에 피어난 작은 분노를 불씨 삼아 활활 태워보리라. 자존심이 상해 화 장실에서 우느니 무대 위에 올라가기까지 참았다가 미친년 살풀이하 듯 오열했다. 내게 주어진 고작 두 마디로 '울림'을 주고 싶었다.

'제장, 집념이 아닌 집착이 확실하다.' 인정하고 나니 속이 다 후련 하다. 나는 하나에 꽂히면 그것만 파고드는 스타일이다. 스스로 만족 할 때까지, 나는 '순이야'를 외쳤다. 연습 시간에 소외된 서러움을 홀로 연습실에서 풀었다. 그래 이산가족 상봉이다! 딸을 몇십 년 만에 만났 다! 토악질 나는 그리움과 시퍼런 설움을 얼마나 참았을까! 그 울분을 터뜨리는 거다! 지금이라면 쉽게 내뱉지 못했을 '순이야'를 그때는 오 히려 겉 흉내로 따라하기 시작했다. 치기 어렸던 내가 이산가족의 슬 픔을 이해하고 온전히 마음에 안았다고 생각했다. 철저한 착각이었 지만 그 착각 넉에 공연이 끝나는 날까지 '순이야'를 외칠 수 있었다. 열정보다 뜨거운 용광로 같은 불이 내 안에서 활활 타올랐다, 겨우 한 마디의 외침, 그러나 관객들은 나의 '순이야' 외침에 울음을 터뜨렸다. 이후의 공연부터 내게도 긴 대사들이 생겼다. 39살이 된 지금 굳이 변명하자면, 대사가 중요한 게 아닌데 그땐 그 사실을 몰랐다.

그 한마디 오열에 나는 왜 집착했을까? 내 안의 인정욕구가 깨어나 감동을 주지 못한다는 지적을 뒤집고 싶었다. '이헌주는 할 수 없다'고 말하는 이들에게 증명하고 싶었다. 울림 없음, 재능 없는 나를 받아들일 수 없었다. 밑천이 드러나 부끄럽고 자존심이 무너지는 일이었다. 나를 지적한 사람을 욕하는 일이 더 쉬웠겠지만 욕한다고 달라지는 건 없었다. 나는 욕 대신 무대 위에서 '순이야' 또는 연습실에서 '음매~'를 외치며 터뜨렸다. 그 터뜨림의 시간이 쌓여 실력이 되었다. 무수한 연습과 눈물이 나를 더욱 성장시켰다. 지금도 나는 울림이라는 단어에 집착한다. 그렇다고 어깨에 다시 기왓장을 올리는 일은 하지 않는다. 예전과 다른 의미의 울림. 소리를 넘어선 삶의 울림을 생각한다. 나의 한계를 피하지 않고 마주하는 일은 용기다. 한계를 넘어서는 순간의 짜릿함은 뭐라고 표현하기 힘든 희열을 준다.

숨구멍, 아가미 없는 인간의 호흡법

'그거 아니? 돌고래가 물 밖으로 뛰어오르는 이유는 숨을 쉬기 위해서야. 돌고래들은 아가미가 없고 숨구멍으로 숨을 쉬거든. 물 밖으로 나와 산소를 마시지 않으면 그들도 익사해. 그들은 숨을 쉬는 것을 선택할 수도 있고 스스로 생을 마감할 수도 있어. 신기하지?'

돌고래는 새끼를 낳아 기르고 폐로 숨을 쉰다. 바닷속에서 생존하기 위해 그들은 바다 위로 나와 머리 위 작은 숨구멍으로 숨을 내쉰다. 돌고래의 살기 위한 발버둥에 사람들은 환호하고 손뼉을 친다. 무대에서 박수를 받는 내 모습이 겹쳤다. 나는 필사적인 몸부림으로 관객들의 박수를 받았다. 그리고 불현듯 연기가 나의 숨구멍임을 깨달았다. 생각해보면 나는 아가미가 없는 인간이었다. 그래서 때때로 숨을 쉬기 위해 물 밖으로 나가야 했다. 스스로 삶을 마감할 생각은 없었다. 오로지 살아가기 위한 또 한 번의 호흡이 필요했다. 나는 다른 사람들보다 감정의 통각점이 발달한 편이다. 작은 가시 같은 말 한마디, 나를 향해 던진 작은 돌멩이에도 멍이 들곤 했다. 크고 작은 상황 속에 일희일비하며 쉽게 흔들렸다. 물론 신앙 덕분에 크게 어긋나거나 탈선하지는 않았다. 감수성이 예민한 중고등학교 시절에 무대를 만난 건 행운이었다. 태풍의 눈에서 나와 무대로 걸어갔을 때, 나는 오랜 갈증이 해소되는 듯한 느낌을 받았다. 이거 아니면 안 될 것 같은 마음, 어린 시절 집착적인 연습은 이 느낌에서 시작했다. 이때는 감히 연기가 내 삶의 이유라고 생각했다. 이 얼마나 무서운 말인가!

숨통이 터진 김에 인정욕구에 관한 얘기를 좀 더 해보겠다. 자연스럽게 개인사를 언급하지 않을 수 없다. 우리 가정은 흔하고 평범한 대한민국 중산층이다. 무뚝뚝한 아빠와 그런 아빠를 이해하지 못하는 딸, 그리고 그 둘 사이에 서 있는 엄마. 아빠와 딸의 얽히고설킨 애증… 물론 현재 부모님과 나는 늘 소통하며 가까운 사이로 지낸다. 39살이 된 딸내미는 아들을 키우며 부모님을 조금씩 더 이해하게 되었다. 자칫 지난 이야기가 아빠와 나 사이의 상흔을 헤집는 일이 되지 않기를 바란다. 삶에 곡절 없는 사람이 어디 있을까. 누구나 남들만큼 모자라거나 넘치지 않는 곡절과 눈물을 갖고 있다. 아빠는 베이비 붐 시대에 제법 부유한 집 둘째 아들로 태어나셨다. 감정 표현에 서툰 전형적인 한국 아버지였다. 사랑을 도통 표현하지 않는 성품 탓에 나는 늘 아빠의 사랑을 오해했다. 나에게 좋은 걸 주길 바라는 아빠의 마음을 항상 곡해했다. 아이를 키워보니 아빠가 나를 얼마나 사랑했는지를 새삼

깨닫곤 한다. 당신이 받아보지 못한 사랑 표현을 나름의 방법으로 내게 보이셨지만, 딸은 어리석게도 알지 못했다. 아빠에게 나는 귀한 외동딸이었다. 너무 늦지 않게 알게 되어 다행이다.

　　나는 늘 아빠의 인정에 목말랐다. 전부터 궁금했다. 왜 이 땅의 모든 잘난 애들은 전부 우리 부모님 친구의 아들, 딸인 건지. 취미는 공부요, 돈 버는 게 특기인 그들은 시집 장가까지 잘 가서 나를 고단하게 했다. 왜 동갑내기 육촌 녀석은 변호사가 되어 나를 피곤하게 만들까. 그들은 자신도 모르는 사이 가해자가 되어 나에게 상처를 주었다. 타인과의 비교 속에서 나는 늘 무언가를 증명하고자 했다. 그들의 뛰어남과 비교하면 나는 늘 부족한 딸이었다. 그런데 지나고 보니 이런 생각이 든다. 내가 속한 세계에서 남과 다른 개체로 살아가는 이단아! 이단아의 삶이란 생각보다 별거 없었다. 일명 잘 나가는 남들과 다른 선택을 해서 부모님 속을 썩이는 정도랄까. 부족한 딸을 가진 아비는 늘 남들의 자녀와 나를 비교했다. 나에게 직접 말씀하시진 않았다. 그저 친구 모임에 다녀오면 거나하게 취하시곤 했고, 친구분들의 지나친 자식 자랑을 들으며 아버지는 속이 상하셨다. 술을 마시면 어머니에게 그런 말씀을 하셨다. 나는 방에서 그 모든 소리를 듣고 있었다. '앞집 아들이 사법고시 2차를 준비하는 일이 나와 무슨 상관일까?' 나도 아빠의 인정을 받고 싶었다. 자랑스러운 딸이 되기를 바랐다. 그러나 표현에 서툰 아버지는 내가 상을 받거나 장학금을 받아와도 별 반응이 없으셨다. 그저 장학금을 놓친 어느 학기에 혼을 내셨을 뿐이다. 나는 점점 관계의 문을 닫아버렸고, 아빠와의 소통을 끊었다. 나의 큰 세계와의 단절 때문이었을까. 이따금 정서적인 호흡 곤란이 찾아왔다. 속이 답답했다. 나의 숨구멍으로 들이킬 만한 한 모금의 산소가 필요했다. 그럴 때면 나는 세상과 단절된 나만의 장소를 찾았다.

나는 어린 시절 '장롱 속에 갇힌 아이'였다. 내 발로 장롱 안으로 숨어들곤 했다. 듣기 싫은 이야기를 피해 푹신한 이불이 있는 장으로 들어갔다. 태 속의 아기처럼 장롱 속에 들어가면 편안했다. 거북이가 딱딱한 등껍질 속으로 머리를 감추듯 장롱은 나의 피난처였다. 그곳에서 나는 상상의 세계를 만났다. 감정의 동요가 큰 날이면 장롱에 들어가 웅크리고선 나를 다독였다. 그곳은 나만의 공간이자 방이었다. 거북이가 몸을 숨긴 단단한 갑옷과 같았다. 하지만 그곳에서도 이따금 심리적인 호흡 곤란을 느꼈다. 그 안의 산소는 성인이 다 된 내가 호흡하기에 충분하지 않았다.

'나 여기 있어요. 나 좀 봐주세요.'

왜 '숨 쉬고 싶어요!'가 아닌 나를 봐 달라고 했을까? 잘 모르겠다. 실은 나는 그곳에서 나오고 싶었다. 문제를 앞에 놓고 비겁하게 도망치는 내가 싫었다. 나를 둘러싼 껍질을 깨부수고 새로운 세계로 나오고 싶었다. 나는 사람들 앞에만 서면 부끄럼이 많은 소녀였다. 사람들의 주목을 싫어했다. 그런데 역설적으로 내 안에는 주목받고 싶은 어린아이가 있었다. 숨으려는 마음과 드러내려는 두 욕망이 내 안에서 충돌했다. 무대를 알게 된 후 무대 위에서 내가 직접 연기를 해보고 싶었다. 소심한 소녀의 깜찍한 욕망과 내 안의 충돌 속에서 나는 자신과 투쟁해야 했다.

산소가 넘쳐나는 뭍. 무대는 나에게 산소가 충분한 뭍이었다. 강렬한 끌림에 사로잡혀 시작된 연기에 나는 빠져들었다. 물론 소심한 자아를 깨부수는 건 힘든 일이었다. 기술적인 부족함보다 나의 기질 덕에 더 많은 연습이 필요했다. 120%를 준비해야 그나마 무대에서 80% 정도 나왔다. 그래서 더 많이 연습했고, 나를 감추고 극 속의 인물이라는 가면을 썼다. 상상력을 동원해 극 속 인물의 삶을 그려냈다. 나라면 절대 하지 못할 행동도 무대 위에서는 가능했다. 발칙한 행동, 또라이 같은 행동들…

이헌주는 철저히 가리고, 무대에 섰다고 생각했건만 그건 사실과 다르다. 연기는 나를 투영해서 한다. 내가 철저히 가려질 수가 없다. 물론 그런 연기법도 존재하지만 내가 추구하는 방향은 아니다. 당시엔 몰랐지만, 나는 그때 나의 내면을 들여다보고 있었다. 흔들림 속에서도 점점 뿌리 내리는 법을 배운 것 같다. 위태로운 줄타기에서 균형 잡는 법을 배우고 있었다. 나의 상상력이 인물에 반영되는 거라고 생각했건만, 그런 모습도 나의 한 부분이었다. 그렇게 나를 감싸던 껍질에 균열이 생기고 있었다. 시작은 숨구멍이었다. 아가미 없는 인간의 살기 위한 한 호흡. 돌고래처럼 살기 위해 물 밖으로 솟구치며 나는 큰 숨을 들이켠다. 내 안의 닫혀 있는 문들을 발견했다. 그리고 열고 나왔다. 내가 선택한 세계에는 나처럼 아가미 없는 인간들이 많았다. 나는 틀린 답안만 선택하는 이상한 이단아가 아니었다. 나는 연기를 하며 살아 있는 자유를 느꼈다. 현재 나는 엉뚱한 이단아 또는 몽상가가 아닌 세상에 발을 내딛고 사는 배우다. 연기는 내가 숨을 내쉬는 숨구멍이다. 나는 연기를 해야 살 수 있는 배우다. 그리고 아이를 키우는 엄마다. 배우엄마가 현재 나의 정체성이다. 배우엄마의 이야기는 이제부터 시작이다.

감히 신성한 무대에서!

누군가 나에게 신성한 연습실과 무대에 대한 훈수를 둔다면, '너나 잘하세요!'라고 말할 것 같다. 그 누군가는 바로 20여 년 전의 나다. 미성숙했던 시절, 나는 어설픈 잣대로 다른 사람을 판단했다. 멋대로 재단하고 잔소리한 과거를 생각하면 부끄럽고 후회가 밀려든다. 당시 나에게 상처받은 후배들에게 사과의 말을 전한다. '미안해! 후배들이여!'

지금부터는 나의 변명이다. 내 인생을 뒤흔든 첫 연기 선생님의 '무대는 신성한 곳이다'라는 말씀이 오랫동안 나를 따라다녔다. '아! 어쩜 그리 심오한 말로 순진한 여고생에게 지독한 편견을 심어주셨나요!' 신성함의 사전적 정의는 '함부로 가까이할 수 없을 만큼 고결하고 거룩함'이다. 온전한 분별력과 사유 능력이 부족한 소녀는 '신성함'이란 말의 뜻을 사전적으로 가슴에 새겼다. 그리고 바로 그날, 사건이 발

생했다. 예고 연습실은 학생 수보다 턱없이 부족했다. 공연 연습을 위한 개인 연습 공간은 더욱 그랬다. 나는 쉬는 시간이나 방과 후, 개인 연습을 위해 잠깐씩 비는 연습실을 이용했다. 그날도 장소를 물색하고자 연습실 주변을 기웃거렸다. 우연히 한 학년 후배들이 연습실에서 지저분하게 과자를 까먹으며 늘어진 모습을 보았다. 내 안에서 판단의 날이 곤두서기 시작했다. '신성한 연습실에서 과자를? 게다가 누워 있어?'

선생님이 밝힌 '신성한 연습실'의 의미는 존중하는 태도일 것이다. 하지만 어리석게도 나는 신성함을 사전적인 의미로만 해석했다. 거룩은 깨끗함, 청결함, 정결함으로 고결함은 뜨거운 열정으로 말이다. 따라서 신성한 연습실은 깨끗하고 청결해야 하며, 열정적인 연습만 가능한 장소라고 믿었다. 과자를 먹으며 노닥거리는 후배들을 용납할 수 없었다. 이처럼 고지식하고 꽉 막힌 생각으로 예술을 한답시고 잘난 체한 시절이었다. 지난 과거사에 지금도 얼굴이 화끈거린다. 사실 연극학교에서는 선후배 사이가 엄격한 편이다. 개인주의자였던 나는 이 사실이 무척 불편했다. 그래서 후배들의 군기를 잡는 자리는 부러 피하곤 했다. 한 인간이 다른 인간에게 그것도 고작 한두 살 많다는 이유로 무언가를 강요한다는 게 비합리적이라고 여겼다. 그리고 미안한 이야기지만, 나는 남한테 그다지 관심이 없었다. 착한 선배여서가 아니라 내 안의 열기에 취해 다른 사람에게는 큰 관심이 없었다. 나는 후배들에게 흔한 잔소리 한번 해본 적도 없었다. 그런데 더러운 연습실과 늘어진 몸뚱이들, 수다를 떠는 군상을 보자마자 화가 났다. 청소벽이나 정리벽을 가진 사람이 아님을 밝힌다. 어쨌거나 나는 조금 전까지만 해도 연습실이 없어 운동장에서 연습하느라 모래 먼지를 먹어 목이 칼칼했고, 화를 주체하지 못한 상태로 조장을 불렀다. 그리고 차마 글로 쓰기조차 부끄러운 훈수를 두었다. 물론 욕이나 폭력적인 말을 한 건 아니다. 연습실을 이렇게 쓰면 안 된다는 말과 누워 있지 말라는 나름 진지한 충고를 했다. 그래도 속이 안 풀려 굳이 안 해도 될 말을 이렇게 덧붙였다.

'이런 식으로 연습하고 공연 얼마나 잘 나오는지 보자!'

눕든 자든 먹든 춤을 추든 뭔 상관? 오지랖도 풍년이다. 과거로 돌아가 나의 오지랖에 오히려 훈수를 두고 싶을 뿐이다. 물론 지금도 현장은 신성한 공간이라는 생각엔 변함이 없다. 하지만 그것은 나의 마음가짐에 관한 이야기이지 다른 사람에게 강요할 건 아니다. 무엇보다 신성함에 대한 가치는 개인마다 다르다. 20년이나 지난 현재는 연습실의 활용법에 대한 생각도 많이 변했다. 외골수처럼 꽉 막힌 고지식한 여고생 배우가 아니라는 사실이 다행스럽다. 당시 나의 참견으로 후배들은 불편했을 것이다. 욕설만 입에 담지 않았을 뿐 눈으로 광선을 내뿜었다. 고작 과자 먹은 일을 가지고 공연이 잘 나오는지 보자니…

몇 년 후, 교생실습에서 그날 내 오지랖 훈수를 들은 후배를 만났다. 함께 교생이 되어 수다를 떨다가 재학 중 가장 무서운 선배가 나였다는 말을 들었다. '공연이 얼마나 잘 나오는지 두고 보자'는 말이 가장 무서웠다고 털어놓았다. '정말? 난 후배들 터치도 해본 적 없고, 때리거나 욕설도 한 번 안 했는데 내 잔소리가 그렇게 무서웠다고?' 내 말에 후배가 답했다. '안 그러던 사람이 그러니까 더 무섭지. 언니의 두고 보자는 그 말의 무게가 무서웠던 거에요. 소리도 안 지르고 낮은 목소리로 조근조근 얼마나 소름 돋아?' 내 말을 무섭게 기억하는 동생을 보며 지나친 참견에 미안했고, 등골이 오싹했다. 사람의 말은 누군가의 기억에 따라 내 의도와 다른 뜻으로 남을 수 있다고 생각하는 계기가 되었다. 그렇다면 당시 나의 의도는 무엇이었을까?

이참에 밝히자면, 나는 원래 똥배우 기질을 타고났다. 훈련으로 감추고 있었을 뿐이다. 유진 오닐의 〈몽아〉라는 작품을 하고 있을 때다. 내 역할은 죽어가면서 드리미를 기다리는 드미리 할머니 역이었다. 극이 진행되는 처음부터 끝까지 퇴장이 없었다. 상영 시간 45분 내내 무대 위 침대에 누운 채로 일어나 앉는 장면도 있지만, 마지막 쓰러지는 장면을 제외하고는 침대에서 벗어나지 않았다. 사건은 공연을 며칠 앞두고 다른 장면의 디테일을 잡고 있을 때 벌어졌다. 다음 장면을 위해 누워 있던 나는 그만 스르륵 잠이 들고 말았다. 극을 준비하느라 수면 부족에 시달린 탓이었다. 꿈에서도 연습하는 내가 보였고 대사를 잠꼬대로 지껄이는 등 깊은 잠을 이루지 못했다. 자도 자도 피곤했다. 그렇게 무대 위에서 10분 정도 잠을 잤을까? 드디어 내 장면이 시작되었지만 나는 잠에 빠져들었다. 누군가 조용하면서도 다급히 나를 불렀으나, 깊은 잠에 빠진 난 공연하는 꿈을 꾸고 있을 뿐이었다.

'정신 차려! 이헌주!'

사자후 같은 소리에 벌떡 일어났으나 내가 잠들었다는 사실은 이미 모든 사람이 알았다. 공연을 며칠 앞둔 시점에 마지막으로 세부적인 부분을 조율하면서 잠을 잔 것이다. 방심했다. 아마도 그랬던 것 같다. 신성한 연습실이 어쩌고저쩌고, 공연 얼마나 잘 올리는지 두고 보자던 선배는 신성한 무대에서 공연 연습 중 잠을 잔 사람이다. '얼마나 공연이 잘 나오는지 보자!'가 먼저였는지, 내가 무대에서 잠든 일이 먼저였는지는 기억이 흐릿하다. 어쨌든 그 말을 내뱉은 사람과 잠든 사람이 바로 나라는 사실에는 변함이 없다. 신성한 연습실, 신성한 무대를 찬미하던 고지식한 여고생 배우. 무대에서 잠든 일로 나는 군기가 바짝 들었다. 첫 등장부터 마지막 장면까지 나는 티 나지 않게 상체를 들고, 발도 바닥에서 떼고 있었다. 마치 묘기라도 부리듯 45분간 이상한 운동 자세로 버텼다. 나의 느슨함을 다잡으려고 했다. 다행히 공연은 잘 나왔다. 그리고 나는 허리 디스크를 얻었고 2년간 통원치료를 받았다. 지금도 가끔 허리가 아프다.

요즘 나는 다른 사람의 행동에 섣부른 훈수나 참견을 하지 않는다.

그리고 일단 판단이 서더라도 말을 아끼는 편이다. 내 잣대가 늘 옳은 게 아님을 알기 때문이다. 그리고 상황은 누구에게나 부메랑이 되어 되돌아올 수 있다. 신성한 장소의 활용법에 대해 훈수하던 나는 무대에서 연습 중 잠을 퍼질러 잔 사람이다. 뭐 묻은 개가 뭐 묻은 개 나무라듯 과거의 내가 오늘의 나에게 말한다.

'너나 잘하세요!'

지금도 비가 오는 날, 피곤한 날이면 허리가 쑤신다. 무대에서 잠든 대가를 톡톡히 치르는 중이다. 통증을 인식하면서 동시에 어설픈 훈수를 두던 과거의 실수가 떠오른다. 따스한 조명 아래 신성한 무대 위에서 코를 골던 그때, 가랑잎이 솔잎 더러 바스락거린다고 나무라던 그 시절이…

뜨거운 아비뇽, 한여름 밤의 꿈

'푸른 밤, 카페 테라스의 커다란 가스등이 불을 밝히고 있어. 그 위로 별이 빛나는 파란 하늘.' — 고흐가 여동생에게 보낸 편지 중

어두운 밤을 수놓은 별빛과 노란 조명은 고흐의 그림 〈밤의 카페 테라스〉를 떠오르게 한다. 시원한 바람이 스치는 그해 여름, 아비뇽의 열기는 뜨거웠다. 숙소 근처 창문 밖에선 바이올린 연주와 솥뚜껑을 닮은 악기 '행(Hang)'의 몽환적인 음률이 새벽 내내 들려왔다. 로렐라이 언덕에서 그 노래에 홀리듯 나는 밤새 몸을 뒤척이며 아비뇽의 열기에 빠져들었다. 매년 7월 프랑스 남부 아비뇽에서는 연극 축제가 한 달 동안 열린다.

'사람들이 거리에서 춤을 추고 공연을 한다고?'

고등학교 시절 스치듯 본 사진은 충격이었다. 요즘엔 흔한 거리 공연이지만 20년 전만 해도 낯선 문화였다. '음악도 아니고, 연극과 춤을 거리에서? 그게 가능해?' 그리고 정확히 4년 후, 나는 대학교 조별 과제를 하면서 다시 거리 공연 사진을 보았다. 아비뇽의 유수(로마 교황청을 남프랑스 아비뇽으로 옮긴 일)로 유명한 바로 그곳의 축제 사진이었다. 가슴이 뛰었고 엉덩이가 들썩였다. 마침내 친구 2명과 한 달간 연극 축제 여행을 떠났다. 이끌림이라는 말로만 설명이 가능한 사건이었다. 우연히 사진 한 장에 홀려 그 열기 속으로 뛰어든 것이다. 사진 속 배우들의 모습에서 바람 냄새가 났다. 바람 냄새가 나는 곳으로 직접 가서 맡아보고 싶었다. 뜨거운 열정 말고도 내가 찾는 번뜩임이나 무대 위의 불같은 것이 분명 거기에 있을 거라고 믿었다. 밥값과 기타 부대비용을 아껴서 공연을 관람했다. 아비뇽 축제에는 선정작(IN)과 참여작(OFF)으로 공연이 나뉜다. 선정작은 주로 교황청이나 대극장에서 이루어지고, 참여작은 좀 더 다양한 장소에서 볼 수 있다. 아비뇽 도시 전체가 극장으로 바뀌는데 학교, 술집, 호텔, 카페, 거리, 숲속 천막 등 여러 장소가 공연장으로 변한다. 그해의 메인 연출가는 조셉 나주(Josef Nadj)라는 옛 유고슬라비아 출신 프랑스인이었다. 그의 이력은 화려했다. 연출가, 사진가, 조각가, 안무가, 댄서, 배우 등의 직함이 뒤따랐다. 하나의 장르가 아닌 확장된 그의 예술 세계를 보며 감탄했다.

'우물 밖엔 이렇게 넓은 세계가 있구나!'

연극 한 장르가 아닌 종합 예술가로서의 그의 직함, 그의 작업, 작품을 보며 나는 전율했다. 매일 아침 작품을 상영하는 영화관을 찾아가 그의 옛 작업을 보았다. 찰흙으로 이루어진 벽을 뚫고 나와 몸으로 표현하는 움직임 공연(파소도블)을 영상으로 보며, 내 안에 감추어진 욕망의 조각들이 뚫고 나왔다. 교황청 야외 공연(아소부)에서 본 '그들의 날것의 움직임'은 연어가 파닥이며 물을 거스르는 듯했다. 왜 그들의 움직임 속에서 연어가 떠올랐을까? 그들의 폭발적인 움직임과 한 곳에서 다른 곳으로의 이동 때문이었을까? 그의 작업은 앙리 미쇼라는 시인이자 화가에 대한 찬미였다. 하나의 예술 작품이 유기적으로 다른 예술에 강력한 영향을 미칠 수 있음을 알았다. 참고로 조셉 나주는 훗날 〈태양의 먼지〉라는 작품으로 한국에 방문했다. 그 작품은 현대무용으로 분류되었는데, 연극으로 정의하기에는 한국에서 말하는 연극과 거리가 너무 멀었다.

나는 아비뇽의 열기에 반하고 말았다. 프랑스라는 나라 자체의 매혹보다 세계 예술인을 위한 무대의 장을 마련하는 그들의 배포가 부러웠다. 특히 전 세계인이 작은 도시로 모이도록 만드는 기획력에 놀랐다. 그곳에선 다양한 인종이 모여 자신들의 전통극을 선보였다. 프랑스 작은 도시에서 지구 곳곳의 전통 공연이 이루어졌다. 한국의 판소리, 사물놀이도 있었다. 아비뇽 축제에서는 다양한 장르의 협업이 가능했기에 실험적인 공연도 많았다. 따라서 세계 예술의 유행과 흐름도 살펴볼 수 있었다. 동시에 과거와 현재의 조화로운 작업도 있었다. 가령 셰익스피어의 〈십이야(The Twelfth Night)〉 공연이 코메디아 델 아르테(이탈리아의 고전 가면 연극) 기법으로 연출되었다. 연극사 속에만 존재하는 이론이 실제로 실현되는 모습을 눈으로 보며, 내가 연극사 속으로 들어간 듯했다. 모든 순간을 눈에 담고 적기에는 한 달이 너무 짧았다.

'Au secour(도와주세요)!'

외마디 비명과 함께 온몸에 피투성이가 된 여인이 거리로 뛰어나왔다. 무언가에 쫓기듯 두리번거리는 시선과 함께… '뭐지? 누가 나서야 하는 거 아닐까? 축제 기간의 폭력 사건일까?'라고 생각하기엔 이미 익숙해진 극적 장면은 연극 홍보를 위한 거리 공연이었다. 가장 극적인 장면들 또는 흥미로운 부분을 배우들이 반복해서 시현했다. 분장을 한 두세 명의 배우가 공연 팸플릿을 돌리며 극장으로 초청했다. 중심 거리 길바닥에 앉아 홍보 공연을 보는 것만으로도 재미가 쏠쏠했다. '아, 내가 본 사진이 이거였구나.' 축제의 중심에 내가 서 있음을 실감했다. 온몸으로 축제를 느끼고 즐겼다. 우연히 접한 사진이 나를 그곳으로 이끌어 불씨를 피운 것이다. 알아들을 수 없는 여러 가지 언어의 공연을 아침부터 밤까지 보고 있노라면, 자꾸 멀미가 났다. 비싸게 구한 공연에서 까무룩 잠이 들어 코를 골다 나오기도 했다. 언어의 한계로 OFF 공연은 신체극 위주로 관람했다. 연극 책자를 탐독하여 장르를 고르고, 그곳에서 마음에 드는 키워드를 선택해 공연을 관람했다. 힙합 공연을 보러 들어간 곳에서 만난, 챙 모자를 쓴 객석의 70대 할아버지가 지금도 잊히질 않는다. 할아버지 옆에는 8살 정도의 손주가 함께 있었다. 조명이 꺼지고, 무대 위 커다란 바퀴에 매달린 사람이 등장했다.

'뭐지? 이거 힙합 장르 아니었나?'

현란한 아크로바틱이 합쳐진 공연은 한 편의 서커스를 보는 듯했다. 그리고 시작된 연기자의 독백과 춤. 공연은 자신의 이야기를 담은 에세이 내용인 것 같았다. 내가 생각했던 힙합 장르를 깨부수는 여러 장르의 결합, 그들의 공연에는 메시지가 있었다. 그들의 가치관과 신념, 철학이 몸짓과 언어에 모두 담겨 있었다. 대사가 주가 아닌 공연에서도 잘 드러났다. 내 안에서 질투가 일었다. 대학로에서 관객들을 모으는 20대 여성을 위한 로맨틱 코미디도 아니고, 가족극도 아니다. 그런데 힙합 공연에 할아버지와 손주가 함께 공연을 즐기는 그런 힘의 원천이 부러웠다. 다양성뿐 아니라 자신들만의 매력을 담은 진솔한 이야기, 암전되기 전 배우나 댄서는 관객에게 생각지도 못한 질문을 던지기도 했다. 그들이 살면서 고민하는 일을 전달받는 기분이었다. 다시 나의 일상으로 돌아가 풀어보라는 메시지인가? 처음 아비뇽에 갔을 땐 불어를 할줄 몰랐다. 원고를 쓰면서 어렴풋하게나마 당시의 일들이 생각난다. 아마 영어 자막 도움을 받은 것 같다. 첫 아비뇽 방문의 강렬한 인상이 마음에 새겨졌다. 그리고 이후로 나는 네 차례 더 아비뇽을 찾았다.

내 안에 말로 설명할 수 없는 강력한 터뜨림이 있었다. 실험적인 성향이 강한 공연 때문이기도 할 테지만 공간이 주는 영감도 있었다. 호텔 야외 테라스에서 셰익스피어의 공연을 보고 있노라면 엘리자베스 시대로 간 듯한 착각이 들었다. 한국의 어느 예술가의 '이따금 아이디어가 필요할 때 아비뇽의 공연을 보고 온다'는 말이 떠올랐다. 프랑스에서 공부하던 시절엔 여름마다, 있는 돈 없는 돈 탈탈 털어 아비뇽에 갔다. 그리고 한 달씩 시간을 보냈다. 프랑스에 머물고 있었기에 가능한 일이다. 어느 해에는 움직임 워크숍을 들으며 아프리카 춤을 배우기도 하고, 발레 수업을 듣기도 했다. 그냥 지나가는 여행객으로 머물고 싶지 않았다. 도시 전체가 공연장으로 변하는 아비뇽 공기를 속속들이 들이마시고 모두 흡수하고 싶었다. 내 안에 잃어버린 조각을 발견한 기분이었다.

'꼭 남들이 다 가는 코스대로 가야 하는 걸까?'

나는 궁금했다. 우리 분야에 마땅한 코스라는 게 뭔지도 몰랐다. 정확한 답은 없었다. 두 번째 방문부터 나는 홀로 이방인 여행자가 되었다. 나는 아비뇽에서 의도적으로 길을 잃었다. 끌리는 대로 걷다가 멈춘 그 자리에 앉아 샌드위치를 먹었다. 우연히 떠난 여행이 길이 될 수도 있다. 우연은 필연이 되어 나에게 과제를 남겼다. '프랑스 무대에 꼭 올라봐야겠어!' 그리고 자신의 철학을 가진 힙합 공연의 댄서처럼 나의 가치관을 확립하는 일, 그런 배우가 되고 싶었다. 70대 할아버지와 손주가 함께 공감하는 배우가 되기를 원했다. 막연한 생각이 구체적인 목표로 바뀌고 실체화되기까지 몇 년 걸렸다. 그저 마음 설레고 꿈으로만 끝내기에는 마음속 울림과 간절함이 너무 컸다. 마침내 나는 마음의 소리를 따라 삶이라는 축제의 열기 속으로 걸어갔다. 일단 냄새를 따라온 것처럼, 이번에는 소리를 따라 나만의 연주를 하기 위하여…

2장

오~ 샹젤리제!
무작정 꿈을 키운 파리에서의 6년

왜 굳이 프랑스에서 남으려고 필사적으로 굴었을까?

프랑스는 나에게 이타카의 여정과 같았다.

내딛는 걸음마다 나는 기도했고,

나의 모험 속에 나타나는

두려움의 키클롭스와 포세이돈의 진노를 감히 피해갔다.

여러 현자를 만나 나는 성장했고, 어여쁜 마음들도 만났다.

그것으로 충분하다. 이미 나의 마음이 풍요해졌다.

장학금을 포기하고 꿈을 변호하다

'나는 꿈이 있어. 꼭 여기 무대에 서 보고 싶어. 나 프랑스로 갈 거야!'
무슨 신파도 아니고, 오글거리는 이런 말을 내 입으로 했다. 아직도 그
마음이 또렷하다. 프랑스에서 목표로 삼은 두 가지를 찾을 때까지 한
국에 돌아갈 수 없었다. 첫째는 그 여름에 발견한 불, 야성을 발견하는
것. 둘째는 배우로서의 색과 향기를 찾는 일이었다.

아비뇽 연극 여행 이후 나는 그 삶의 축제에 뛰어들기로 다짐했다.
몇 넌 후 열정 하나만 갖고 막연히 꿈꾸던 프랑스로 떠났다. '에라스뮈
스 문두스'라는 문화교류 교환학생으로 EU에서 2년간 전액 장학금
을 받는 프로그램 덕분이었다. 6개월에 한 번씩 국가를 옮기는 것이
조건이었다. 첫해는 프랑스 파리였다. 짧은 어학을 마치고 대학원에
들어간 나는 소르본 대학교에서 어학도 동시에 공부해야 했다. 힘든
광야 생활의 시작이었다. 반짝이던 물빛 거리는 없고, 커다란 쥐가 돌

아다니는 지하철, 소변 냄새, 여기저기 개똥인지 사람 똥인지 구분조차 힘든 거리, 그리고 나를 무시하는 코 큰 거인들, 그게 현실이었다.

은행 계좌를 열려고 하니, 핸드폰을 개통해야 한다고 했다. 핸드폰을 개통하러 가니 은행 계좌가 있어야 한다고 했다. 뭐든 한 번에 되는 게 없는 느려터진 나라였다. 남부에서 본 황금빛 해바라기밭도, 밤새 나를 홀리던 길거리 연주도, 향기로운 라벤더 향도 삭막한 도시에는 없었다. 축제 안으로 뛰어들었으나 실상은 광야였다. 환상과 꿈을 좇아 날아온 거인국, 그곳에서 나는 미아로 남았다. 나를 두렵게 만든 큰 사람들도 이방인이었음을 나중에 알았다(프랑스 골 족은 체구가 작다). 하루하루가 전쟁이었다. 물건 하나를 사는 일도 공포가 뒤따랐다. 매일 작은 방에서 눈물로 기도했다. 거인국에 홀로 남겨진 걸리버처럼 언제 그들의 발에 치여 죽을까 공포와 싸워야 했다. 프랑스에 가기 전 대본 외우듯이 달달 외워간 회화책으로는 몇 마디 뱉을 수 있었지만 알아듣는 일은 쉽지 않았다. 낭만은 개뿔, 생존이 위협받았다. 우아하게 마시는 에스프레소가 아닌, 버티기로 배운 하루 커피 8잔. 속이 쓰려 어지럼증이 일 때까지 이 습관이 계속되었다. 그래도 내 안의 열정을 쉽게 꺼뜨릴 수는 없었다. 다만 처음으로 장기간 연습을 쉬어야 하는 상황에서는 견딜 수 없었다. 중3 때 이후로 처음 연습을 쉬었다. 쉰다는 것에 정체성이 흔들렸다.

'나는 누구지? 훈련을 안 해도 배우일까?'

나의 일과는 수업과 과제, 그리고 논문 계획을 짜는 일 중심으로 흘러갔다. 아이디어는 지인과 항상 공유했다. 어느 날 논문 계획 발표에서 지인이 비슷한 주제로 발표를 했다. 나보다 능숙한 발음으로 유창하게 말했다. 나는 그날 한마디도 할 수 없었다. 나의 어리석음이었다. 오해에서 비롯된 틀어짐까지 모든 게 엉망이 된 상태에서 나는 한국으로 돌아가고 싶었다. '어떻게 나온 건데. 이렇게 포기하고 실패자로 돌아갈 수는 없어!'

나는 버텨내기 위해 퇴로를 차단했다. 도망치고 싶은 마음이 머무를 곳이 없도록 나를 붙들고 나와 연결된 한국의 소중한 연들을 독하게 끊어냈다. 그들에게 사과의 말씀을 드린다. 나의 버팀은 우아하지 않았다. 치열했다. 외로웠고 두려웠다. 소금기 가득 짠 내 나는 하루의 버팀의 시간이 끝나면 홀로 울며 기도하는 시간으로 채워졌다. 나를 위해 기도하고 힘이 되어준 믿음의 동역자들과 신앙의 힘으로 무너지지 않았다. 그렇게 버티며 나는 마침내 뿌리내리고 성장했다. 그리고 중요한 결단을 내려야 했다. 장학금을 주던 재단을 떠나 실기학교에 도전하기로 했다. 결국, 첫 마음의 울림을 선택했다. 파리에서의 대학원 수료 후 벨기에에서 열린 재단 콘퍼런스까지 찾아가 재단을 떠나겠다고 뜻을 밝혔다. 장학금 지원이 끊겨 생활비, 학비도 없이 그렇게 프랑스에 덩그러니 남았다. 좀 더 영악했더라면 논문을 마무리하고 학위를 따는 방향으로 택했을 테지만, 배우에게 학위보다 중요한 건 경험과 번뜩임을 찾는 일이라고 생각했다. 아비뇽에서 본 그 열기를 나는 찾고 싶었다.

이론 중심의 대학원 수업은 내가 원하는 방향과 다른 인류학에 가까웠다. 나는 논문 대신 다시 어학을 시작했다. 연극학교 입학을 위한 선택이었다. 체류비와 학비를 벌기 위해 식당 아르바이트를 시작했다. 내가 거기서 할 수 있는 아르바이트는 식당 주방 보조 겸 캐셔뿐이었다. 부모님은 크게 반대하며 당장 들어오라고 말씀하셨다.

나는 교회 언니가 사는 셋방으로 세를 내고 들어가 언니와 방을 나누어 썼다. 그곳은 프랑스인들도 꺼리는 18구 지역이었다. 집 옆으로 지나는 외곽순환도로는 국경으로 이어져 있어, 불법적인 거래가 종종 이루어지는 곳이었다. 과장하지 않고 책 한 권도 쓸 만큼 무시무시한 괴담이 많은 동네였다. 밤이 되면 직업여성들이 도로를 점령하고는 호객을 하는 곳이기도 했다. 지하철로 다닐 땐 몰랐는데, 언젠가 교회 행사 후 친구 차를 타고 집으로 오는 길에 직접 확인할 수 있었다. 아르바이트와 수업을 마치고 돌아오는 길은 오금이 저려 함께 사는 언니와 만나 함께 귀가했다(이랬던 내가 나중에 강도를 만나 멱살을 잡고 물고 늘어지며 핸드폰을 지켜내기도 했다). 무엇이 나를 극한으로 내몰았을까? 위험하다는 주변의 경고도 안 들릴 정도로 나는 꿈에 몰입해 있었다. 사실 대학원 위치도 그다지 안전한 동네는 아니었다. 연극 극장이 즐비한 극장가도 동양 여자가 들락거리기에 안전하지 않았다. 안전하기로는 한국이 최고다.

나를 매혹하는 색과 향기를 프랑스 남부에서 발견했다. 그 이야기를 좀 해보려 한다. 고흐의 색채는 매력적이다. 고흐 그림을 보고 있노라면 강렬한 터치에서 여러 충동과 감정의 출렁임을 느끼고는 했다. 그래서 고흐가 머물렀다는 아를에도 가보았다. 아비뇽에서 멀지 않았다. 그러나 정작 나는 다른 곳에서 우연히 해바라기밭을 보았다. 찬란한 햇빛과 활짝 핀 해바라기가 넘실대는 황금빛에 감탄했다. 절로 나오는 탄성은 자연의 작품이었다. 고흐의 색감과 터치의 영감이 어디서 흘러나왔는지 바로 알아보았다. 그리고 라벤더밭은 몇 년 후 홀로 아비뇽에 머물며 주변으로 여행을 다니다가 발견했다. 넓게 펼쳐진 연보랏빛 은은함과 그 향기에 취할 듯했다. '나도 나만의 향기, 색을 입히고 싶다' 이런 소원을 지키기 위해 내 평생의 용기를 끌어다 썼다.

무색무취, 착하고 성실한 배우? 그 이상의 매력을 갖고 싶었다. 프랑스라면 가능할 것 같았다. 모든 것이 우연의 연속이었다. 그런데 돌아보면 그것은 우연이 아닌 숙명이고 운명이었다. 그 가운데서 나는 부서지지 않았다. 그 시간이 나를 단단한 검이 되도록 해주었다. 늘 작은 일에 울음을 터뜨리던 연약한 개복치는 사나워졌다. 몇 년 후엔 핸드폰을 훔쳐 달아나던 도둑놈의 뒷 멱살을 잡고 늘어지다 계단을 구르는 일도 겪었다. 이 시간이 나를 단단하게 만드는 거름이 되었다. 나의 버티기를 보다 못한 부모님의 도움을 받기로 했다. 그렇다고 전액 도움받을 순 없었기에 아르바이트를 쉴 수 없었다.

'꼭 프랑스여야 하니? 한국에도 무대는 많아!'

'프랑스 무대에 꼭 서보고 싶어. 평범한 무색무취에서 벗어나 나만의 정체성을 찾고 싶어. 야성! 그래 야성을 찾고 싶은 거야. 아무리 연습해도 나는 항상 아쉬웠어. 그런데 프랑스라면 나만의 색을 찾아 가득 채울 수 있을 것 같아!'

연극을 한다면서도 쓸데없이 프랑스에서 뭉그적거리는 딸에게 엄마는 귀국을 권유했지만, 나는 프랑스에 머무르기로 마음을 굳힌 상태였다. 나는 낯간지러운 말을 지하철 안에서 내뱉으며 포효했다. 만약 그때 누군가 내 말을 들었다면 웃음을 터뜨릴 것이다. 호소력 짙은(?) 변호 덕이었을까? 결국 나는 프랑스에 조금 더 머무를 수 있는 시간을 얻었다. 눈앞에 당장 보이는 것도 손에 쥐어지는 어떤 것도 없었다. 그저 나는 주어진 하루를 하루살이처럼 연명했다. 그날 할 수 있는 일들을 선택하며 나만의 향취를 찾아갔다. 그러나 현실은 라벤더 향도 황금빛도 아닌, 빛바랜 락스 묻은 티셔츠를 입은 양파 냄새가 나는 동양인이었다. 그것이 당시 나의 첫 색과 향기였다.

나의 꿈을 위해 희생해준 부모님과 나를 추천해주신 교수님, 그리고 나와 멀어진 많은 분들에게 이 자리를 통해 사죄합니다. 시간이 흘렀어도 나는 마음의 빚을 잊지 않고 있습니다. 그리고 나의 꿈의 실현으로 그 빚을 갚고 있습니다. 마음의 소리를 따라간 그 여정에서 저는 마침내 제가 찾고 싶은 것들을 발견했습니다.

눈물로 헤맨 샹젤리제 거리

Aux Champs-elysees, aux Champs-elysees

샹젤리제 거리에는, 샹젤리제 거리에는

Au soleil, sous la pluie, midi ou minuit

맑은 날이나, 비가 올 때나, 낮이나 밤이나

Il y a tout ce que vous voulez aux Champs-elysees

당신이 원하는 모든 것이 샹젤리제 거리에는 다 있어요

— 다니엘 비달(Daniele Vidal), 〈Les Champs Elysees(샹젤리제)〉

오! 낭만의 샹젤리제? 낡였다. 꿈과 사랑, 환상까지는 아니더라도 세계적인 도시에 편리와 안전 정도는 있을 줄 알았다. 나는 프랑스를 너무 몰랐다. 정확하게는 파리의 속성을 몰랐다. 프랑스의 골 족보다 외국인 비율이 높은 나라. 휴가철이면 철새처럼 파리지앵들은 떠나가고 이방인들이 주인 행세를 하는 나라가 프랑스였다. 아름다운 언어와 달콤한 '오 샹젤리제' 같은 노래의 나라, 무지개 너머 아름다운 나라 프랑스는 없었다. 물론 지방은 또 다른 얼굴을 갖고 있다. 그러나 파리는 오래 지켜봐야 비로소 얼굴을 내밀어주는 불친절한 낭만의 도시였다. 아비뇽 열기에 대한 환상은 첫해 파리에서 산산이 부서졌다. 낭만을 꿈꾸던 피터팬에게 파리는 척박한 사막이었다. 우물을 찾아 여기저기 기웃거려도 찾을 수 없었다. 파리의 작열하는 태양은 살갗을 뜨겁게 태우고, 마음에 허물만 벗겨냈다. 버석한 모래로 잔뜩 갈증만 생겼다. 현실은 생각보다 녹록지 않았다. 그런데 〈오 샹젤리제〉 노래에 대해 알고 보니 이 또한 사기였다. 오! 샹젤리제~라며 폭신폭신 달콤한 솜사탕 같던 가사가 감탄사가 아닌 장소를 뜻하는 Aux였다. 오! 샹젤리제는 샹젤리제 거리에서라는 뜻이다. 우리나라로 치면 광화문 거리에서라는 노래 제목쯤 되려나?

샹젤리제는 개선문에서 콩코르드 광장 방향으로 쭉 벋은 거리의 이름이다. 원곡은 영국의 제이슨 크레스트(Jason crest) 라는 밴드가 1968년 〈워털루 로드(Wateroo road)〉라는 제목으로 발표했다. 이 곡이 히트를 쳐서 프랑스에까지 알려졌다. 그런데 원곡에서 워털루 전투가 떠오른다는 의견에 따라 피에르 둘라노(Pierre Delanoë)가 프랑스어 가사를 붙여 샹젤리제 거리로 제목이 바뀌었다. 프랑스에서는 조 다생(Joe dasin)이 불러 유명해졌는데, 우리에게 익숙한 버전은 다니엘 비달이 부른 곡이다. 후렴구를 우연히 듣고 난 후 나는 자주 흥얼거렸다. 다니엘 비달의 목소리는 설렘을 주었고 가사는 호기심을 자극했다. '샹젤리제 거리에는 내가 원하는 모든 것이 다 있다'는 달콤한 속삭임에 따라 나는 그 거리에 서 있었다. 가난한 유학생이 절대 누릴 수 없는 것들로 가득 찬 거리였다. 사실 난 명품에 거의 관심이 없었다. 낭만보다는 삭막한 인심으로 가득 찬 거리였다. 유명한 관광지이다 보니 맛도 없는 커피 한 잔이나 쇼콜라 쇼(핫쵸코) 한 잔에 비싼 자릿세가 붙었다. 8유로나 주고 마실 여유도, 마음도 없었다. 손에 1.5리터 물한 병을 들고 당당히 지나쳤다. 아르바이트를 하며 맛난 커피를 줄곧 마실 수 있었기에 사람 붐비는 곳에서 식어 빠진 맛없는 커피에 입을 버리고 싶지 않았다. 낭만이나 추억을 새기며 그곳에 머물기보다 1유로라도 아껴야 하는 시절이었다. 고된 아르바이트와 병행하는 학업으로 모든 것이 버거웠다. 내가 찾는 게 과연 무엇인지 헷갈리기도 했다. 그냥 버티며 하루하루를 살아낸 것 같다. 왜 프랑스에 와 있는지 기억하기보다 잊는 순간이 더 많았다.

외동딸로 자란 나는 손에 물 한 방울 안 묻혀본 '섬섬옥수' 고운 손의 소유자였다. 매끄럽고 보드라운 손. 핸드크림 냄새와 가끔이긴 해도 네일아트를 받던 정갈한 손이었는데, 프랑스에서는 늘 양파와 각종 채소, 음식 냄새가 났다. 건조한 계절이 되면, 가뭄에 땅이 갈라지듯 손이 쩍쩍 갈라져 피가 나기도 했다. 내가 일한 곳은 17구, 샹젤리제 거리 근처의 시장 건물 안에 있었다. 나는 레스토랑에서 운영하는 트레퇴흐(traiteur, 주로 포장 판매를 하는 음식점)에서 주방 보조 겸 캐시로 일했다. 점심 장사 전까지는 트레퇴흐에 필요한 채소와 레스토랑에 필요한 식자재를 다듬었다. 양파 7킬로 채썰기, 당근 7킬로 채썰기, 냉동 새우 다지기, 그리고 설거지 등을 주로 했다. 그 식당은 프랑스 사장님과 한국인 셰프가 운영하는 곳이었다.

멀티 유전자가 전혀 없는 나에게 주방 일은 대환장 파티였다. 채소를 썰면서 불 위에 감자를 뒤적거려야 하고, 오븐 안의 키쉬(quiche, 돼지고기, 크림, 계란 등을 넣어 만든 파이) 또는 각종 디저트를 살펴야 했다. 그리고 오픈 주방이었기에 직접 손님도 받아야 했다. 처음엔 점장 하나에 아르바이트 2명이 함께 일했지만, 어느 순간부터 나 혼자 3명의 일을 했다. 처음엔 일이 너무 고되어 몇 차례 하혈도 했다. 일이 끝나면 바로 어학교로 가 프랑스어를 다시 공부해야 했다. 프랑스에 온 첫해부터 대학원을 다녔기에 일상 언어는 서투른 대신 논문에 쓰이는 단어만 사용할 줄 알았다. 그래서 어학을 다시 배워야 했다. 고급 어휘는 사용하는데, 일상 언어를 할 줄 몰랐다. 당연히 소통에 어려움을 겪었다.

'주, 저 타블루 좀 에수이 해줄래? 그리고 올 때 키쉬 좀 엉폭떼 해와!'
'???'

한국인 셰프가 분명 한국말로 지시해도 아니 불어였나? 그의 말을 한마디도 알아듣지 못했다.

'주, 테라스에 있는 식탁 좀 닦아줄래? 그리고 레스토랑으로 넘어올 때 끼쉬 좀 가져다줘!'라는 뜻이었다. 포장 전문 식당이지만, 테라스에서 식사할 수 있었다. 한국인 셰프도 거주 20년 차 되는 분이라 나에게 자주 불어를 섞어서 썼다. 17구에 자리한 시장이라 동양 손님보다 주로 프랑스 손님을 상대했다. 대학원까지 다닌 사람이 왜 간단한 일상 회화를 못 하는지 의아했던 셰프는 불어가 가능해야 아르바이트를 할 수 있다고 말했다. 초반 며칠은 불어로 얘기한 후 한국말로 단어를 알려주기도 했다. 행주, 프라이팬, 주걱, 접시, 집게, 냄비, 그리고 각종 채소 이름 외우기와 주문받는 용어 외우기가 시급했다. 정신없이 몇 달이 흘렀다. 일하고 학교에 가면 온몸에 밴 음식 냄새로 주변 학생들이 인상을 찌푸리곤 했다. 구석에 앉아 수업을 듣고는 바로 일어났다. 내가 부엌데기인지 배우인지 알 수 없는 정체성 혼란이 찾아왔다. 목이 늘어난 티셔츠에 락스 청소한다고 티를 낸 옷들을 걸치고 부스스한 머리를 질끈 묶고 다닐 수밖에 없었다. 피곤함을 이기지 못하고 수업 시간 신나게 상모만 돌리는 날들도 있었다. 나의 울타리, 지붕이 사라진 환경에서 세차게 내리는 비를 고스란히 다 맞는 기분이었다. 아르바이트를 관두고 어학에 집중하고 싶었다. 프랑스 무대에 서려면 기본적으로 말이 유창해야 했다. 이미 딸의 우격다짐에 어학연수 비용을 보태주신 부모님께 방세와 생활비까지 내달라고 할 순 없었다. 그나마 다행인 건 식당에서 일하다 보니 아침과 점심이 해결되었다. 때로는 저녁까지 싸갈 수도 있었다. 그렇게 꼬박 3년간 식당에서 일했다. 끼니를 해결할 수 있다는 장점과 함께 다른 식당보다 보수가 후하다는 것도 좋았다.

아르바이트 후 수업이 없는 날이면, 나는 샹젤리제 거리로 나갔다. 내가 굳이 그 길을 선택한 건 〈오 샹젤리제〉의 영향이 컸다. 나의 걷기 코스는 개선문에서 콩코드 광장 쪽으로 쭉 따라 내려와 루브르를 통과해 오페라를 지나 상라자흐 역까지였다. 이후에는 지하철을 타고 집으로 갔다. 예배가 있는 날은 생제르맹 거리 쪽으로 예술가의 다리를 건너갔다. 지금 언급한 거리는 센 강 옆으로 늘어선 유명 관광지이자 산책로다. 어차피 나는 그곳에서 이방인이었다. 나는 대놓고 관광지를 돌아다니며 여행자 흉내를 내곤 했다. 여기는 잠시 머무는 곳이니 굳이 상처받을 필요 없다며 다독이는 시간이기도 했다.

류시화 시인의 책 제목처럼 나는 '지구별 여행자'였다. 떠도는 이방인처럼 정처 없이 걷기도 하고, 센 강에 앉아 멍을 때리기도 했다. 어느 날은 부러 길을 잃기도 했다. 길을 잃기란 쉽다. 나는 방향감각이 없지만, 이상하게 지도를 잘 보는 편이다. 그러니 지도를 꺼내지 않으면 된다. 그렇게 방황하며 길을 걸었다. 이런 행동들은 나만의 버티기였다. 벼랑 끝에 매달려 버티는 사람처럼 손아귀에 힘을 주고 있었다. 돌이켜보면 그 시절이 아름다웠다. 나름 낭만이 깃든 버티기였다. 샹젤리제 거리에는 내가 원하는 건 없었다. 그러나 그 거리를 방황하며, 숨은 우물이 있다고 믿는 내게 그곳은 점점 낭만의 얼굴을 보여주었다.

프랑스 할머니들에게 윙크 날리는 한국 여자

'휘~(휘파람 소리) 마담 루시, 오늘 당신 손에서 태양이 반짝이는데? 손에 벌이 앉았네? 나비인가? 꽃향기가 나서 그런가. 당신과 정말 잘 어울려!'

시정잡배가 껄떡이는 듯한 말투의 주인공은 1984년 한국에서 태어난 여성, 바로 나다. 아르바이트로 일하던 식당의 단골손님이 어느 날, 손에 나비 모양의 커다란 호박 반지를 끼고 왔다. 70세 안팎의 나이임에도 멋을 포기하지 않는 그녀가 인상적이었다. 백발에 두른 멋진 스카프, 그리고 립스틱으로 멋을 한껏 표현한 파리지엔느에게 나는 찬사를 보냈다. 마치 10대 남자나 느끼한 20대 초반의 남자들이 말하는 투였다. 시장 초입에서 건네는 나의 찬사에 할머니는 '주, 네 덕분에 기분이 좋아졌어!'라고 대답한다. 그 소리에 덩달아 기분 좋아진 나는 윙크를 날렸다. 가게에 들르지 않고 지나치는 날에도 여러 헛소리와 윙크를 남발하며 입으로는 '띡(프랑스 어린 남자들이 주로 내는 소리)' 소리와 한쪽 어깨를 으쓱했다. 고개는 옆으로 까딱!

아르바이트와 학업을 병행하기란 쉽지 않았다. 그렇다고 불가능한 일도 아니었다. 매일 락스와 음식 냄새로 움츠러드는 나의 태도와 무너지는 정체성을 그냥 두고 볼 수만은 없었다. 나는 주어진 상황에 적극적으로 뛰어들었다. 매일 식당에 나가 일하는 그 시간이 나의 무대였다. 3명이 일하다 어느새 나 혼자만 남게 되어 일이 많아졌지만, 나만의 시간을 누릴 수 있는 장점도 있었다. 물론 시간 누리기보다는 늘 해야 할 일이 넘쳐났다. 그래도 중간중간 레스토랑의 베테랑 직원들이 내려주는 에스프레소는 고됨을 싹 날려주는 한 모금이 되었다. 쌉쌀한 까만 물 위의 부드러운 크레마와 그 향기, 목 넘김을 즐겼다. 그 커피 한 잔과 하루 한 개 나에게 허락된 디저트를 맛보며, 에스프레소와 삶이 비슷하다는 생각을 했다.

내가 일하는 곳은 시장 건물 입구에 자리했다. 나는 누구보다 활기차게 인사했다. 가끔 노닥거리며, 농을 건네는 일로 나의 웃음을 지켜냈다. 일하다 보면 지쳐서 웃음기가 쏙 빠지는 일이 흔했다. 반복적인 실수로 셰프에게 혼이라도 나는 날엔, 눈물이 줄줄 나기도 다반사였다. 그래도 나는 자존감을 지키기 위해 목이 늘어난 티 대신 가끔 원피스를 차려입기도 했다. 그리고 나를 돌아보기 시작했다. 부엌데기가 아닌 배우의 향기를 찾기 위해 내가 선택한 건 외형의 변화였다. 일단 선크림을 부지런히 바르기 시작했다. 태양이 좋다며, 매일 햇볕을 따라 걸으면서도 흔한 선크림도 안 바르던 나였다. 찍어 바르는 일이 귀찮아 늘 쌩얼을 고집했다. 한국에서는 가끔 화장도 하고 외모에 신경을 꽤 썼던 것 같은데, 프랑스에서는 생존에 초점이 맞춰지다 보니 그런 행위가 사치처럼 느껴졌다. 이런 선택이 점점 나를 부엌데기라는 정체성에 머물도록 했다.

'너, 여기 아르바이트하러 온 거 아니잖아. 너의 향기를 어떻게 찾을 건데?'라는 질문에 나는 움직였다. 선크림을 바르고 아이라이너를 그렸다. 그리고 립스틱을 발랐다. 외모를 바꾼다고 찾아지는 건 아니지만, 어떤 방법으로든 변화가 필요했다. 특히 '미'를 중요한 가치로 생각하는 프랑스에서는 말이다. 그런데 놀랍게도 그 작은 변화로 나를 대하던 사람들의 태도가 바뀌기 시작했다. 전보다 함부로 대하지 않는 느낌이랄까? 단적인 예는 체류증을 연장하러 간 두 번의 비교 경험이다. 일하다 말고 양파 냄새 풍기고 갔을 때는 무려 4시간을 기다렸다. 불법 체류자 취급을 하며 불편하게 대하던 그들은 1년 후 체류증 연장을 위해 방문한 나에게 30분 만에 서류를 내주었다. 그날 나는 정장 원피스와 구두를 신고 약간의 화장을 하고 있었다.

나는 점점 여성스러워지고, 나만의 매력을 찾아가고 있었다. 하지만 나의 태도는 왠지 어색했다. 동양에서 온 젊은 여자가 지닌 프랑스 10대 남자 같은 행동과 단어 사용 때문이었다. 연극 아카데미에서 우리 반은 유독 남학생 비율이 높았다. 4명의 프랑스 여자는 동양에서 온 나와 친해질 마음이 없는 듯했다. 내게 먼저 다가온 건 처음 본 한국 인이 궁금한 10대와 20대 초반의 어린 남자들이었다. 나는 학기 말 학 교 공연에 배우로 뽑히기 위해 주변 친구들의 언어습관을 흉내 냈다. 작은 표정에 손짓 어깨 제스처(gesture)까지 모두 따라 했다. 마치 거 울처럼, 앵무새처럼 말이다. 사실 연습 과정에 그런 것들이 있기도 했 다. 친구들이 쓰는 표현을 그대로 외워서 쓰기도 하고, 학교 대본에서 본 용어들을 쓰기도 했다. 그러다 보니 나의 언어는 비유가 가득하고, 시적인 표현을 쓰다가도 불쑥 저급한 단어를 남발하거나 남자들 특유 의 몸짓이 튀어나왔다. 그런 이질감을 처음엔 몰랐다. 그저 친구들은 나에게 자신들만의 신조어를 신나게 가르쳤고, 나는 그것이 남자들 의 은어인지도 모르고 마구 사용했다. 어쩐지 나의 거친 언행과 표현 에 시장에서 만난 할머니가 그런 말을 어디서 배웠냐고 물었다. 그리 고 귀엽다며 웃으셔서 나는 그 표현이 적절치 않은 건지도 모르고 계 속 사용했다.

프랑스에서 처음으로 출연한 공연은 프랑스 17세기 고전주의 작 품 몰리에르의 〈아내들의 학교〉였다. 나이 든 남성이 순종적인 아내 를 얻고자 어린 여성의 후견인이 되어 그녀를 사회로부터 고립시키고 인위적인 교육을 한다. 하지만 그녀는 우연히 만난 젊은 사내와 사랑 에 빠진다는 내용이다. 내가 맡은 배역은 '아네스'였는데, 고립되어 순 종적으로 길러진 어린 여성이었다. 내 나이는 반 친구들보다 좀 많은 편이었으나 동양인의 외형이 나이보다 어리게 보였기에 가능했다. 그녀의 순수함은 파리 생활에 대한 무지와 일상의 서툰 경험을 역할에 녹여 표현할 수 있었다. 배역이 정해지자 파트너인 친구와 특훈에 들어갔다. 일단 시정잡배같이 물든 나의 말투를 벗겨내야 했다. 시장에서야 위트 있다고 좋아하지만, 무대 위 순진한 소녀의 말투나 습관으로는 적합하지 않았다. 그러나 이미 말을 배울 때 습득한 거친 몸동작은 고치기가 힘들었다.

  '주? 그런 단어는 어디서 배웠어? 너 중딩이냐?'
  '유리가 인사할 때는 주먹을 맞대고 이렇게 하라던데? 봉주르보다 더 친근한 표현이라고…'
  '그런 친근함은 살뤼(Salut)로 충분해!'

  Maxim(이후 막스)의 지적이 없었다면, 나는 이상한 단어와 행동을 남발했을 것이다. 뜻도 잘 모르면서 지껄여댄 혀가 부끄럽다. 학기 초에 친해진 그들은 막 20대가 된 친구들이었다. 그들은 사전에도 없는 신조어와 성적인 단어들을 많이 사용했고 나는 프랑스인의 일상적인 구어 표현으로 착각해 외설적인 표현을 참 잘도 외웠다. 공연에서 나의 파트너가 된 막스는 친절한 발음 선생이자 태도 교정까지 돕는 선생이었다. 나와 나잇대가 비슷한 막스는 잘못된 나의 언어습관을 교정하기에 적합했다. 체구는 나보다 작았지만, 작은 거인 같은 성실한 친구였다. 수업이 끝나고 마땅한 연습실이 없어 공원과 카페를 전전하면서도 대본을 붙들고, 또 거울을 비춰가며 입 모양과 혀의 위치를 알려주었다. 이때의 여파로 한국어 발음이 새기 시작해 아직도 애먹는 발음들이 있다. 막스는 그 어떤 어학 수업보다 값진 시간을 만들어주었다. 어떤 날은 연습하다 얼굴과 혀에 마비가 오기도 했다. 막스 덕분에 그동안 내가 쓰던 표현의 의미를 정확히 알 수 있었다. 손동작이며, 단어들 중 오해를 불러일으킬 만한 것들이 많았다. 그렇게 나는 학교생활에 적응했고, 막스뿐 아니라 그와 친하게 지내는 무리 속에 자연스럽게 녹아들었다. 드디어 나를 돕고 지지해주는 친구들이 생긴 것이다.

지금 불어를 하면, 한국어를 할 때와는 다른 습성들이 드러난다. 감정 표현도 더 크고, 반응이 극대화된다. 전처럼 이상한 단어를 사용하지는 않지만, 나도 모르게 어깨를 으쓱하거나 입을 삐죽일 때도 있다. 고개를 좌우로 까닥거리거나 손짓 사용도 빈번하다. 무대에서는 분명 고쳐졌던 것들이 일상에서는 적절히 여성화된 표현으로 나타난다. 사실 한국말을 할 때는 전혀 나타나지 않는 버릇이다. 불어만 쓰면 튀어나오는 반사신경이다. 나는 이 반사적인 습관들이 좋다. 나를 좀 더 적극적으로 어필하고, 와일드하게 해주는 것 같아 자신감이 붙는다. 물론 귀국할 무렵에 한국에서 온 지인은 그런 나를 두고 너무 거칠어졌다며, 쌈닭 같다고 말했다.

낯선 장소에서 만난 내 모습 또한 나의 한 부분임을 이제는 안다.

그 당시 나는 선택해야 했다. 부엌데기의 정체성으로 찔찔거리며 신파로 내 이야기를 써 내려갈 것인가, 아니면 처음 목적대로 나만의 향기와 매력을 찾기 위한 행동을 할 것인가. 준비 기간에 무엇으로 채우든 누구도 상관하지 않았다. 그렇지만 나는 소금기 가득한 물로 그 이야기의 맛을 내고 싶지 않았다. 어떤 방식으로 버텨야 할지는 나의 선택이었다. 삶에 대한 연민으로 시간을 보내기에는 이미 나는 누리는 것이 많았다. 나는 나를 향한 눈물을 멈추었다. 그리고 당시 내가 할 수 있는 것들을 하나씩 했다. 누구에겐 별거 아닌 선크림 바르기를 시작으로, 나의 매력을 탐색해갔다. 언어를 배우고자 일단 주변 친구들을 흉내 냈다. 그런 나의 노력으로 언어도 조금씩 발전해갔다. 그리고 나는 빨간 립스틱을 바르기 시작했다. 조금씩 나만의 생기가 덧입혀졌다.

홀로 복귀한 수업, 눈물의 광대

'함께 울고 웃으며, 꿈을 키우던 시절의 꿈을 짓밟은 것은 학교가 아니다. 그것은 바로 형제의 등에 칼을 꽂고 형제들을 밟고 일어선 바로 그들이다. 그들의 그럴듯한 변명은 듣지 않을 것이다. 우리의 연대에 균열을 일으킨 배신자들! 나는 핸드폰 목록에서 그들을 삭제했다.'

나는 그들 무리에서 빠져나온 첫 번째 이탈자였다. 그래도 나는 친구들이 상황을 이해해줄 것이라고 굳게 믿었다. 나는 매년 체류증을 갱신해야 하는 외국인이었다. 연극 아카데미 3학년에 올라가자마자, 모든 수업이 파업했다. 교장과 이사장 간의 분쟁으로 교장이 해임되어 모든 교사가 이 사실에 항의했다. 처음에는 피켓 시위, 그리고 전체 수업 파업으로 이어졌다. 교사들은 모두 교장의 1세대 제자들이어서 그에 대한 애정과 충성도가 대단했다. 교사들의 파업 여파가 학생들에게도 이어졌다. 이사장은 급하게 유럽에서 빈번히 활동 중인 현직 배우들로 교사들을 빠르게 교체했다. 학생들은 반발했다. 졸업생들까지 가세해서 일이 점점 커졌다. 법정 싸움으로까지 번졌다. 나도 처음에는 시위에 참여했다. 실력 있는 배우와 선생님이 되는 것은 다름을 알기에, 그 체계에 대한 무시와 전복에 함께 분노했다. 그러나 나의 상황은 그 학기 출석과 성적표가 없으면 바로 프랑스에서 추방이었다. 매번 학기마다 다음 학년에 선발되고자 애를 쓴 것도 그 때문이었다.

내가 다닌 학교는 액팅 인터내셔널-파리(Acting international-Paris)였다. 파리에 있지만, 미국에 뿌리를 두었기에 3학년 때는 할리우드로 교환 수업이 가능한 미국 시스템의 학교였다. 그래서 입학은 누구나 가능했다. 1학년은 한 반에 25명씩 5반으로 시작했다. 2학년은 20명에 3반, 그리고 3학년은 10명의 1반만 남는다. 피라미드 형식으로 실력에 따라 학년이 올라가거나 유급되었다. 3번 지각이면 결석 1회, 3번 결석이면 퇴교 등의 부수적인 조건도 있었다. 나는 이 학교 최초의 한국인이었다. 사실 주변 친구들도 내가 3학년까지 올라가는 건 불가능하다고 생각했다. 그 기적 같은 10명 안에 내가 포함되어 드디어 프랑스에서 공연해볼 기회가 주어졌다. 1, 2학년은 학교 공연장에서 공연하지만 3학년은 외부의 공연장에서 공연할 기회가 주어진다. 물론 관객들은 관계자들로 넘쳐난다. 그런데 3학년 초부터 이런 일이 터지니 당황스러웠다. 혼란한 상황을 틈타 이사장은 학생들에게도 칼을 들었다. 1주일의 말미 동안 학생들이 수업으로 돌아오지 않으면, 외부에서 10명의 배우를 뽑아 학교 공연에 세울 것이다. 그리고 공연할 극장도 업그레이드된 곳으로, 프랑스 배우들도 한 번 서는 것이 영광스러운 격조 있는 전통 극장이라고 했다. 공연 연출로 내정된 교사 대신 유럽에서 활동하는 독일인 연출가를 초빙한다고 했고, 정식으로 공개 오디션을 볼 것을 예고했다. 학생들에게 우선적인 오디션 기회를 준다는 패를 들고 우리를 유혹했다. 사실 교장과 이사장은 사실혼 관계였다. 그들의 치정에, 아니 돈 문제와 사인 위조 등으로 인한 법정 싸움에 교사진과 학생들이 휘말린 것이다. 나는 친구들과 체류증 관련 문의를 위해 경시청에 들렀다. 혹시 내가 학교로 돌아가지 않을 경우, 프랑스에 체류할 가능성이 있는지 알아보았다. 그러나 역시 그럴 가능성은 없었고, 즉각 추방이라는 말만 되돌아왔다. 친구들은 이번 소송을 맡은 변호사에게 문의해서 일임하자고 했다. 그러나 학비도 매달 밀려가며 간신히 내는 처지에 변호사는 언감생심이었다.

'미안! 나는 너희들과 함께 못할 것 같아. 나는 학교로 돌아갈게!'

그 말이 그렇게 죽을죄인 걸까? 그들의 서늘한 반응에 내 마음에 차가운 바람이 불었다. 자유의 국가로 알던 프랑스에서 나의 권리와 선택도 존중받지 못하는가? 그들이 말하는 '톨레랑스(Tolerance)'는 현실에 없었다. 친한 막스조차 이 사건에 대해서는 침묵했다. 그 침묵은 나의 선택을 이해한다는 무언의 지지였으나 당시에는 알지 못했다. 그저 서운했다. 도대체 프랑스에서 시위의 의미가 무엇인지 다시 생각해보았다. 자신들의 권리를 위한 투쟁 아닌가! 의견이 다르다고 다른 길로 분주하게 가는 친구들을 보며, 나는 경시청 앞에서 덩그러니 서 있었다. 흔하게 나누던 비쥬나 포옹도 없이 우리는 등을 보였다. 그들의 서늘한 눈빛에 마음이 상해 무작정 집으로 걸었다. 평소라면 절대 걷지 않을 위험천만한 코스였지만, 그다지 먼 거리는 아니었다. 몇 년을 살면서도 한 번도 걸어본 적 없는 거리였다. 뒤따라오는 발걸음 소리도 듣지 못할 만큼 머릿속이 시끄러웠다. 넋이 나간 나의 정신은 뒤로 바짝 따라붙은 거친 호흡 소리에 급히 돌아왔다.

'여기는 눈 깜짝하면 당한다는 위험천만한 구역이지!' 그러고 보니 밤이 되면 직업여성들의 컨테이너가 도로로 즐비하게 늘어선 그 한복판에 내가 서 있었다. 낮이라 컨테이너는 인도 쪽에 늘어서 있었고, 나는 그 옆을 지나는 중이었다. 일단 아는 프랑스 욕이란 욕을 모두 쏟아부으며 남자 걸음으로 바꾸어 걸었다. 갑자기 힙합 신이라도 내린 것처럼, 혼자 중얼중얼 기도하며 가방을 앞으로 고쳐맸다. 미친년 흉내를 내며 잽싸게 튀었다. 그렇게 10분을 쉬지 않고 달려서 사람들이 많은 큰 길로 나왔다. 뒤를 보니 수상한 발걸음은 사라진 후였고 여기시 징신을 놓고 있으면 안 된다는 생각에 미쳤다. 흘러내리는 눈물을 훔쳐내고는 집으로 들어가 직접 담근 김치로 김치찌개를 보글보글 끓여 먹었다. 힘을 내어 다음 날 첫 수업에 들어가야 했다. 몸도 마음도 단단해져야 했다.

다음 날, 물론 예상은 했지만 극장에 들어서자 기분이 이상했다.

수업에 돌아온 사람은 나 하나였다. 갈등하는 누군가도 첫 이탈자는 되기 싫었을 것이다. 선생님과 단둘이 앉아 10분, 15분, 30분이 흘렀다. 그 사이 나는 혹시라도 올 친구가 있을까 봐 싶어 페이스북에 접속했다. 그러다 같은 반 친구가 적은 글을 보았다. 함께 어울리며, 1학년에서 3학년까지 함께한 친구의 글은 신랄했다. 함께 동고동락하던 동료의 울분에 찬 글자들이 화살이 되어 마음에 박혔다. 그렇게 박힌 화살촉들이 무대 여기저기로 날아다녔다. 1:1 수업이 시작되었다. 나는 태연하게 광대 소품의 빨강 코를 끼고 발표를 위해 무대에 올랐다. 서러움에 눈물이 후두두 떨어졌다. 애처로운 광대라는 것이 무슨 말인지 알 것 같았다. 무슨 자존심인지, 나는 수업을 망치고 싶지 않았고 눈물 속에서 준비해간 광대 짓을 풀어냈다. 마지막 동작 후 그대로 서서 소리 없이 눈물만 뚝뚝 흘리던 내 어깨에 따스한 토닥임이 느껴졌다. 오늘 처음 본 광대수업 선생님이었다.

"진짜 광대였네."

"나는 배신자예요. 친구들이 그렇게 생각해요."

"자세한 상황은 모르지만, 프랑스에는 '톨레랑스'라는 단어가 있어. 서로의 관점에서 그럴 수 있다고 이해하는 거야. 아마 지금은 화가 난 친구들도 시간이 지나면 이해할 거야. 사실 나도 계약 전에는 학교 사정을 몰랐는데, 지금 무척 당황스러워. 나는 로버트를(교장) 무척 존경했거든."

나는 일주일 동안 교사들과 1:1 수업을 진행했다. 2주차가 되자 9명의 친구가 돌아왔다. 아무 일 없었다는 듯 진행되던 우리의 수업 속에서 친구들 몇 명은 이탈했고, 결국 이사장이 예고한 대로 외부 배우들이 투입되었다. 내 주변에는 또다시 다른 배우들로 채워졌다. 학교로 다시 돌아온 친구는 2명의 파리지앵(세바스챤과 마튜였다)으로 2학년 때부터 같은 반이었다. 평소 차갑게 느껴지던 그들이 실은 연극에 큰 열망을 가졌음을 알 수 있었다. 다만 표현 방식이 불같던 다른 친구들에 비해 이성적이었을 뿐이다. 그들은 오히려 오래도록 신뢰를 나누는 친구가 되었다. 애석한 것은 이제는 함께 할 수 없는 인연들이었다. 막스, 폴린, 사라, 다비드, 제롬도 모두 안녕! 그렇게 나는 또다시 이방인으로 남았다. 힘들 때마다 내게 손을 내밀어준 따뜻한 기억들은 내 마음 한 편에 고이 간직 중이다. 온기가 사라지고, 습한 겨울바람에 온몸 구석구석 시려왔다. 그 후 두 번의 공연에서 그 누구보다 열광하며 브라보를 외치는 목소리들을 들었다. 나의 이름이 외쳐진 순간! 나는 알았다. 톨레랑스는 존재하는구나! 고맙다. 나의 벗들이여!

　왜 굳이 프랑스에서 남으려고 필사적으로 굴었을까? 프랑스는 나에게 이타카의 여정과 같았다. 내딛는 걸음마다 나는 기도했고, 나의 모험 속에 나타나는 두려움의 키클롭스와 포세이돈의 진노를 감히 피해갔다. 나는 여러 현자를 만나 성장했고, 어여쁜 마음들도 만났다. 그것으로 충분하다. 이미 나의 마음이 풍요해졌다. 나에게 볼모지 같던 그 땅은 내게 마음 한 평 내준 적 없다. 그래도 나는 이타카의 가르침을 이해했다. 길 위에서 나는 이미 풍요로워졌다.

　'길 위에서 너는 이미 풍요로워졌으니

　(중략)

　설령 그 땅이 볼모지라 해도, 이타카는

　너를 속인 적이 없고 길 위에서 너는 현자가 되었으니.

　마침내 이타카의 가르침을 이해하리라.

　─ 콘스탄티노스 카바피, 〈이타카〉

무대 오르기 10분 전, '주는 빼고 가!'

'내 말 무시하는 거야? 나 이사장이야! 주는 빼고 가!'

공연 15분 전까지도 이사장 이리나가 나타나지 않았다. 무사히 공연에 오를 수 있겠거니 안도하는 찰나에 그녀가 등장했다. 그녀는 자신의 말을 무시했다며 길길이 날뛰었다. 그동안 내게 보낸 찬사나 애정은 눈곱만큼도 없었다. '가장 아끼는 학생이자 배우라던 말도 헛소리였구나!' 환멸감을 느꼈다. 드디어 꿈에 그리던 외부 무대에 서게 되었는데 등장 전에 끌려 내려가는 기분, 혈압이 떨어지고 몸이 서늘해졌다. 손끝으로 냉기가 몰려와 가늘게 떨었다. 무릎에 힘이 빠져 휘청이는 것을 간신히 버티고 서 있었다. 사실 그녀는 내가 이 무대에 서는 것을 반대했다. 그녀는 3주 전 연습 중 나를 따로 불러냈다.

"주, 네게 미안하지만 이번 공연에서 너는 무대에 설 수 없어. 우리

학교의 사활이 걸린 문제라. 널 많이 아끼지만, 이건 스탠드업(Stand-up) 코미디야. 불어로 말장난을 하면서 무대에서 홀로 15분을 버텨야 해. 이번에 나는 최고의 배우들을 초청해서 함께 공연할 거야. 미안해! 앞으로 수업에 나오지 않아도 좋아.”

나서서 내 편을 들어주는 이는 한 사람도 없었다. 같은 반 친구들도 새롭게 외부에서 채워진 배우들이라, 동양에서 온 배우 지망생 따위에게 관심이 없었다. 2학년부터 함께 공연하며 올라온 세바스챤과 마튜도 침묵했다. 되려 이사장의 공식적인 알림을 듣다 중간에 극장에서 나가버렸다. 난 그렇게 내처졌다. 너무 기가 막혀서 눈물도 나오지 않았다. 조용히 화장실로 갔다. 문을 잠그고 입을 틀어막고는 숨죽여 울었다. 억울했다. 그동안 나만의 이야기로 스탠드업 코미디를 준비하며 써 내려간 글감들이 노트에 가득한데, 이대로 접어야 했다. 나의 핸디캡은 나도 알았다. 단 한마디도 그녀에게 반박하지 못했다는 사실에 더 화가 났다. 할 수 있다고 설득하지 못했다. 한참 울다 찬물로 얼굴을 적시고, 콤팩트로 빨간 코와 눈을 누르고 나왔다. 이대로 집으로 간다 한들 아무도 상관하지 않을 상황이었다. 나는 조용히 가방을 들고 수업에 복귀했다. 눈이 빨간 것까지는 감출 수 없었지만, 화장실에서의 소리 없는 울음을 아무도 모르기를 바랐다. 대학원 졸업장도 팽개치고 선택한 이 길에서 실패는 상상하고 싶지 않았다.

공연은 ‘Théâtre du Gymnase Marie Bell’에서 하기로 했다. 10구

의 본누벨(Bonne nouvelle) 거리에 자리한 고전 극장이었다. 1820년 건립 이래 장 콕도(Jean Cocteau), 장 주네(Jean Genet) 등의 작품을 올린 곳이기도 했다. 비극으로 유명한 여배우 마리 벨(Marie belle)이 극장 감독을 맡았다. 그녀는 직접 라신느(Racine)의 페드라(Phedra)에 출연하기도 했다. 이리나(이사장) 측은 로버트(교장)가 떠난 후에도 학교가 건재함을 과시하고자 무리수를 두었다. 프랑스 전통 극장에서의 공연이라는 이름을 내걸었다. 외부 배우 오디션으로 학생들을 채우더니, 이제 기존 학생인 나의 기회를 박탈했다. 평소 순종적인 편이었지만, 나는 그 지시를 절대 따를 수 없었다. 고집을 부려 수업에 나갔고, 객석에 앉았다. 침묵으로 일관하던 교수와 학생들도 내가 무대에 나가 연습하는 걸 막지 않았다. 사실 화장실에서 나오다가 선생님과 이사장의 대화를 우연히 엿들었다.

"왜 '주'가 안 된다고 생각하세요? 저는 이 분야 전문가예요. 주의 이야기에는 힘이 있어요. 무엇보다 재미있고, 흥미로워요. 누구라도 사랑에 빠질 수밖에 없는 학생이에요."

"바로 그 점이지. 사랑에 빠질 수밖에 없는 학생! 난 학생이 아닌, 프로가 필요해. 내 말에 굳이 토를 달겠다면, 계약을 해지해 줄게."

무모한 나의 용기는 그동안 티가 안 나게 나를 지지해준 선생님 덕이 컸다. 둘의 대화를 듣지 못했다면, 아마 수업에 참석하는 것에 더 큰 용기가 필요했을 것이다. 무대에 설 수 있을지 없을지 알 수 없었다. 관객들이 내 이야기에 얼마나 웃고 호응할지도 의문이었다. '두려워 말라. 내가 너와 함께 하리라. 놀라지 말라 나는 네 하나님이 됨이니라(사 41:10)'라는 말씀을 수시로 묵상하며 주변의 시선에 눈을 감고, 귀를 닫았다. 공연 10분 전, 극도로 흥분한 이리나와 선생님이 구석으로 가서 대화를 나누었다. 잠시 후 선생님이 소리쳤다.

"주는 내 학생입니다. 이 무대는 내 책임이에요. 저 위에 10명 그 누구라도 건드리지 말아요. 계약서? 그건 내가 파기할 테니 마음대로 해요."

웅웅웅 소리가 귓가에 퍼졌다. 주변이 어지러워 다리를 딛고 서 있는 일조차 버거웠다. 미세하게 떨리던 손이 부들부들 심하게 떨렸다. 그때 누군가가 내 손을 잡았다. 그리고 9명의 보증인이 나를 둘러쌌다.

"주는 우리와 한 팀이에요. 우리는 같은 배에 탔어요. 주가 무대에 못 서면, 우리도 서지 않아요. 미안하지만 오늘 공연은 없어요."
"공연 끝나고 봐. 다 끝이야. 끝이라고! 두고 봐."

무대를 향해 악다구니를 퍼붓는 이리나가 극장에서 나갔다. 내 안에 가득 찬 설움이 툭 터져 나왔다. 옷소매를 입에 욱여넣고 화장실에서 숨죽여 흘리던 눈물이 한꺼번에 차올라 아이처럼 꺽꺽 울었다. 세

바스찬과 마튜가 내 어깨를 감쌌다. '주, 이제 너의 무대야. 공연해야지. 가자!' 이미 터져버린 홍수를 수습도 못 한 채 무대 뒤로 들어갔다. 다독이려고 할수록 깊은 오열이 터졌다. 정신을 차리고 보니 관객들이 입장하는 소리가 들렸다. 750명의 관객이 부활주일의 밤에 극장을 찾았다. 현실 자각 타임이 왔다. 팅팅 부은 눈과 코! 광대가 따로 없었다. '내가 할 수 있을까?' 오금이 저렸고 나도 모르게 다리가 제멋대로 떨리기 시작했다. 한글을 이용한 불어 풀이 식의 말장난과 슬랩스틱 코미디를 관객들이 과연 좋아할까? 확신이 없었다. 여기까지 왔는데, 도망갈 수는 없었다. 대사 한 마디도 떠오르지 않았다. 화이트 아웃 상태에서 어떻게 공연을 진행할지 걱정만 앞섰다. 게다가 너무 울어서 기분이 가라앉기도 했다. 결국 나의 선택은 신체를 활용해 몸을 데우는 것이었다. 내 차례가 될 때까지 스쿼트를 하며 무대 뒤를 뛰어다녔다. 중얼중얼, 대사가 아닌 성경 구절을 외치고 또 외쳤다. '두려워 말라, 두려워 마! 헌주야!!' 내 차례는 초반이었다. 그래도 한 사람당 8~15분가량이었으니, 스쿼트를 40분 이상 했다.

"non, non, non, pas encore, je ne suis pas prête.(아니요. 난 아직 준비가 안 되었어요)."

콰당~

무대 위에 그대로 엎어져 고개를 들고 눈알을 굴렸다. 능청스럽게 일어나 아무 일 없었다는 듯, 내 소개를 하는 것으로 시작된 나의 코미디에 관객들은 박장대소했다. 한국어 인사말을 발음이 비슷한 불어 단어로 바꾸어 어떻게 발음해야 하는지 가르쳐 주고, 따라 하게 하자 관객석에서 단체로 '안녕하세요'를 외쳤다. 갑자기 애국심이 고취되는 듯했다. 모국어인 한국어에 관한 이야기와 무대에서 배우로서의 이야기를 풀어내려 했다. 도입부 말고 자세한 내용은 기억이 가물가물하다. 원색적이고, 유치한 개그도 섞였던 것 같다. 내가 좋아하는 '똥 얘기'였던가. 똥 얘기는 어디서나 통하는 이야기임을 알았다. 가족에게만 은밀히 오픈되는 화장실 사정이 무대에서 벌어지면, 사람들은 그 이야기로 어린아이처럼 깔깔 웃는다. 동양에서 온, 그것도 한국에서 온 소녀가 휴지를 엉덩이에 끼고 무대를 뛰어다녔다. 관객 입장에서는 말로만 하는 스탠드업보다 볼거리가 많았을 것 같다. 주어진 12분의 무대가 끝나고 퇴장하는데, 휘파람과 갈채 소리, 앙코르를 외치는 소리에 어리둥절했다. '어? 이 정도는 아닌데?' 사실 말도 안 되는 반응과 과분한 찬사를 받았다. 그것은 아마도 그 무대에 선 이방인이 자신들의 언어에 대해 나눈 교감 덕분일 것이다. 고작 1~2분 남짓 주고받는 대화 속에서 짜릿함을 느꼈다. '이 사람들이 정말 나에게 집중했구나'라는 희열이 몰려와 꿈을 꾸는 듯했다. 티켓 판매 사이트에서 5점 만점에 4점. 나 혼자 받은 점수는 아니었지만, 온라인 리뷰를 읽으며 그 시간을 계속 곱씹었다. 공연이 끝난 후 저 멀리 사람들을 헤치고 이리나가 내게로 왔다.

"내가 틀렸어. 이번에도 너는 나를 한 방 먹이는구나. 나만의 최애가 아닌 걸 증명해줘서 고마워. 나는 확신이 없었어. 미안해. 라신느 선생이 무대에서 존재하는 건 너뿐이라고 하더라."

그리고 극장 밖에서는 이미 학교를 떠난 친구들이 기다리고 있었다. 나를 꼭 안아주었다.

"주, 수고했어."

완벽한 부활절의 밤이었다. 내 영혼은 혼돈과 두려움의 시간을 통과했다. 모두의 불신이 확신으로 바뀌어 나를 지지해주었을 때 나는 무대 위에서 춤추는 별이 되었다.

노숙자들의 태양, 주

'나랑 결혼할래? 아! 주는 배우니까 나도 배우처럼 무릎을 꿇고 말해야지. 오~ 부드러운 한 줄기 햇살. 아름다운 주! 나와 결혼해 주겠니? 나는 너에게 체류증을 줄 수 있어. 나 이래 봬도 정식 프랑스인이야. 이 거리가 우리의 집이 될 거야.'

나는 부드러운 한 줄기 햇살, 주! 그들의 태양이었다. 사실 그 말은 농으로 부르는 내 별명 같은 거였다. 장난 섞인 청혼에 빵 터진 마리아와 그의 남편은 내 얼굴이 태양처럼 빨개졌다며 놀려댔다. 생애 처음이자 마지막 프러포즈는 파리의 상라자흐 역의 노숙인에게 받았다. 나는 노숙인을 대상으로 봉사하는 'J'ai faim' 선교 단체에 참가해 샌드위치를 나눠주었다. 일주일에 한 번씩 가서 몇 시간씩 거리를 돌아다니다 보니, 늘 같은 구역에 머무는 노숙인들과 꽤 친해질 수 있었다. 매일 지나치던 역에 즐비하게 늘어선 노숙인에게도 이름이 있었다.

각자의 사연과 상황들이 넘쳐났다. 프랑스에 가기 전, 크리스마스 즈음 서울역에 교회 식구들과 노숙인 봉사를 몇 번 나간 적이 있다. 그때를 떠올리며 프랑스에서도 봉사 단체를 찾아보았다. 프랑스 CCC인 아가페와 연계된 'J'ai faim' 단체를 알게 되었다. 봉사자들이 직접 바게트 안에 속을 넣고 포장을 한다. 따뜻한 물을 부어 마시는 수프도 가지고 나갔다. 사람들이 줄을 서면 나누어주는 배식이 아닌 그들이 있는 구역으로 찾아가 음식을 나누어주고 대화를 했다.

봉사한다고 나갔지만, 글쎄 내가 어떤 마음이었는지는 잘 모르겠다. 하루하루 나만 돌아보며 살기에도 버거운 삶이지만, 주변을 돌아보고 싶었다. 교회에서 크고 작은 도움을 받다 보니 마음의 빚이 쌓여갔다. 그리고 빚은 빛이 되었다. 그 빛은 다른 곳으로 흘려보내라는 말에 일단 나갔다. 각기 다른 목적으로 모인 봉사자들 사이에서 샌드위치를 만드는 일은 쉽게 할 수 있었다. 2~3명씩 구역을 나누어 샌드위치를 들고 나갔다. 나는 처음이라 리더를 따라갔다. '여기 내 형제 중에 지극히 작은 자 하나에게 한 것이 곧 내게 한 것이니라.'(마태복음 23장 40절)

2000년 전 예수님의 무습이 저랬을까? 진짜 말씀대로 사는 듯했다. 가히 충격적이었다. 리더의 이름을 기억할 순 없지만 '이름처럼 천사네'라고 생각한 것으로 미루어 미카엘이었던 것 같다. 저 멀리서 한 노숙인이 나타났다. 그는 미카엘을 보자마자 악수와 함께 포옹하고

프랑스식 인사 비쥬를 나누었다. '비쥬를 한다고. 비쥬를? 비쥬를…?'

　　미카엘은 오랜 거리 생활로 끈적끈적한 노숙인의 손을 마주 잡았다. 이물질로 엉겨 붙은 수염, 지독한 냄새는 상관없다는 듯 포옹하고 비쥬를 함으로써 친밀함을 표현했다. 그리고 주머니에서 지난번에 부탁한 서류라고 말하며 무언가를 건넸다. 내가 옆에서 어색하게 인사를 하고, 가방에서 샌드위치를 꺼내 그에게 내밀자, 이미 먹었다고 괜찮다고 했다. 그리고 미카엘에게 핸드폰을 꺼내서 '내일 10시쯤 전화줘'라는 말을 남기고 자리에서 떠났다. 문화적인 충격이라고 해야 하나, 나는 조금 경직된 자세로 '잘못 왔다'라는 생각을 했다. 나는 그냥 매주 몇 시간씩 이벤트성 봉사를 하고 싶었다. 이제야 하는 고백이지만, 그들의 불행을 보며 지붕 아래 있는 나의 삶에 감사함을 느끼고 싶었는지도 모른다. 그게 나의 민낯이었다. '핸드폰 번호를 알려주다니!' 그들과 사적으로 교류를 하며, 서로의 삶에 영향을 주는 일은 상상도 못 했다. 계속되는 리더의 행동에 나의 이기심은 일단 감추어 두었다. 판단보류! '그래, 손은 닦으면 돼.' 나도 악수를 하고, 내 소개를 했다. 손을 잡는 순간, 끈적한 느낌에 찔끔했으나 따스한 체온이 느껴졌다. 물론 그들은 리더를 대하듯 나를 대하지는 않았다. 동양 여자애가 늦은 시간에 겁도 없이 상라자흐 역 주변을 돌아다니는 걸 신기하게 여길 뿐이었다. 그래서 내가 사는 구역에 관해 말하자 웃으며, '이 시간에 여길 돌아다닐 만한 배짱이 그냥 나온 건이 아니네'라고 했다.

이상하게도 나는 그곳에서 만나는 사람들에게 위로를 받았다. 특히 그 구역에는 루마니아 불법 체류자들이 많았다. 프랑스인 봉사자보다 나의 서툰 불어가 이방인 루마니아인들에게 잘 통했다. 그들과 대화하고 서로의 일상과 안부를 나누었다. 거리 생활을 하는 마리아와 그녀의 남편은 일거리가 있었고 곧 숙소도 마련할 계획이었다. 그들 역시 루마니아 불법 체류자였다. 차로 국경을 넘어왔다고 알려주었다. 자기 동네의 공장이 문을 닫고 국가적으로도 어려워서 선택의 여지가 없다고 말했다. 낮에는 남편이 케밥 집에서 일하고, 마리아는 레스토랑에서 설거지를 한다고 했다. 그녀는 심장에 지병이 있었다. 아픈데도 늘 쾌활했고, 내가 찾아가면 차가운 내 손을 녹여준다며 꼭 잡아주었다. '낯선 이국땅에서 방랑하는 영혼은 오히려 나였던 걸까?'

외국인으로 이방 땅에서 살아간다는 것은 매년 체류증 심사를 통과해야 한다는 의미다. 딱딱한 그곳은 차갑고 서늘해서 오금이 저렸다. 서류 심사에 가는 날이면 부족한 서류와 서툰 불어로 더 얼어붙어서 절대 가고 싶지 않은 기피 장소 1위였다. 언어가 익숙해진 후에는 사정이 좀 나아졌지만, 프랑스 체류 첫 해 서류갱신을 떠올리면 체류증 스트레스로 잔뜩 표정이 굳은 기억뿐이다. 마리아는 내 이야기를 프랑스 노숙인에게 말했다. 그러자 갑자기 일어나 대뜸 우스꽝스러운 청혼을 했다. 헛소리에 한바탕 웃어넘기고, 마리아는 바로 나에게 맥도날드 감자튀김을 입에 넣어줬다. 처음으로 함께 앉아 식사를 한 날이었다. 보통 그들에게 샌드위치를 주고, 먹는 동안 대화를 나눈다.

그러나 같이 앉아서 먹어본 적은 없었다. 일주일에 한 번 찾아가는 나에게 그들은 부드러운 한줄기 햇빛이라고 불렀다. 'doux rayon de soleil' 줄여서 가끔은 'soleil'(태양)이라고 불렀다. 아마도 그들을 찾아가 낄낄거리는 유일한 한국인이라 그랬을 거다. 일주일 후 그녀의 남편은 추방당했다. 그 일로 심장에 무리가 간 마리아는 내 손을 잡고 자신을 위해 기도해달라고 했다. 그 이후 그녀도 본국으로 송환되었다는 얘기를 들었다. 스치듯 마주친 인연이었지만 어느 곳에서 잘 살기를 바란다.

나는 마리아 부부가 추방된 후에도 계속 'J'ai faim'에 나갔다. 모든 봉사자가 미카엘 같은 마음은 아니었다. 악수는커녕 이름도 밝히지 않고 묵언 수행하듯 입을 꽉 다문 채 샌드위치만 내려놓는 친구도 있었다. 노숙인들 앞에서 대놓고 코를 막는 봉사인에게는 나도 분노했다. 그 단체를 통해 노숙을 청산하고, 일상으로 돌아가는 노숙인을 보며 보람도 느꼈다. 물론 대부분은 다시 거리로 나와 실망하기도 했다. 작은 관심이 그들의 삶에 어떤 큰 영향을 주고 삶을 변화시킬 수 있다고 믿고 싶었다. 기껏해야 일주일에 한 번 찾아가 말벗을 한 일을 가지고 너무 큰 기대가 아니었나 싶기도 하다. 가끔 그들이 필요한 물건을 내가 구할 수 있으면, 지나가는 길에 전해주기도 했다. 나는 나밖에 모르는 개인주의자다. 가끔 듣는 착한 사람이라는 이야기도 적당한 거리 두기에서 오는 평가였다. 가끔 남편은 나를 지독한 이기주의자라고 말한다. 물론 거기까진 아니다. 그저 나에게만 집중하며 적절한 거리 유지를 좋아하는 사람이다. 그런데 거리에서 다양한 군상을 만나보고, 그들의 삶을 듣게 되었다. 들으면서 과연 '누가 지극히 작은 자인가?'라는 물음을 했다. 누구나 같다. 단지 나와 다른 상황에 놓였을 뿐이다.

배우는 사람의 이야기를 담는 그릇이다. 사람의 언어로 사람의 이야기를 사람의 몸으로 풀어내는 그릇. 어학과 학업 때문에 많은 공연에 서지는 못했지만, 그 기간은 암흑기가 아니었다. 훈련과 성장의 시간이었다. 나는 나만의 이야기를 담을 그릇을 만들고 있었다. 나는 그곳에서 잠잠히 그들의 이야기를 내 안에 담았다. 다시 만나지 못할 인연일지라도 그들의 온기, 웃음, 사연은 나의 그릇 안에 머물러 있다. 그들은 나를 농으로 '태양'이라고 불렀으나 덕분에 나는 나 스스로 따스함을 품은 사람으로 인식하게 되었다. 개인주의자 이헌주의 차가운 손에 온기가 돌았다.

나는 가끔 미카엘의 손이 생각난다. 아무 편견 없이 내미는 따스한 손. 과연 배우의 손은 어때야 할까? 정갈하고 다듬어진 손, 매끈한 손, 거친 손. 어느 손이어도 좋다. 내가 만나는 인물이 어떤 삶을 살았는지 미리 알 수 없다. 그러나 내게 찾아왔을 때, 이해할 수 있기를 바란다. 판단의 안경이 아닌, '아, 당신은 이랬구나'라고 보듬어줄 수 있는 사람으로 다가설 뿐이다. 어색하고 서툴지만, 나는 손을 내민다. 비록 차가운 손이지만, 사람을 향해 내밀 수 있기를 바란다.

강을 거슬러 헤엄치는 연어처럼

매년 겨울이면 라파예트 백화점과 프랭땅 백화점의 쇼윈도는 여느 전시장을 방불케 한다. 화려하게 진열된 상품들은 나름의 스토리가 있었다. 감각적인 전시와 아이들을 위한 크리스마스 장식은 동화 속으로 초대된 것 같은 기분이 든다. 늘 보던 장식의 풍성함과 반짝임이 나에게는 얼음의 성처럼 차가운 어느 겨울이었다. 창문에 비친 내 얼굴이 설핏 보였고 낯설었다. 몸도 마음도 시렸다. 아르바이트가 고된 날이었는지, 학교에서 설움을 겪은 날이었는지 정확히 알 수 없다. 한국의 뜨끈한 어묵이나 한입 베어 물고 싶었다. 길거리 음식을 참 좋아했다. 겨울에만 먹을 수 있는 붕어빵, 꿀호떡, 뜨끈한 어묵 국물이 사무치게 그리운 날이었다. 참, 그리운 게 '고작' 거리 음식이라니. 가벼운 감기처럼 향수병은 그렇게 스쳐 지나갔다. 그러나 그날 본 낯선 내 얼굴은 오래도록 마음에 남았다. 눈 속에 황량한 사막이 있었다. 시린 겨울이건만 사막이 그해 그곳에 있었다.

웃어 넘긴 나의 '고작 음식'들은 프랑스 음식으로 대체되었다. 길거리 어묵 대신 길거리 크래프(밀가루, 우유, 달걀을 반죽해 전처럼 부친 음식)로, 국물 대신 테이크 아웃 에스프레소, 붕어빵 대신 마카롱을 먹었다. 한국 분식이 먹고 싶을 때면 음식 재료를 구해다가 비슷하게 만들어 먹었다. 프랑스에서의 삶은 적응되었다. 느릿느릿 기다림의 불편함 속에서도 마음은 평안했다. 되려 방학 때 가끔 들어가는 한국에서의 '빨리빨리' 문화가 나를 불안하고 조급하게 만들었다. 프랑스 레스토랑에서는 직원이 주문받으러 올 때까지 손님이 기다리는 것이 흔한 풍경이다. 직원이 바로 오지 않아도 소리치며 부르지 않는다. 그 기다림이 처음에는 속 터졌다. 직원 교육도 제대로 못 시킨다며 툴툴거렸다. 그러나 어느새 나도 그 기다림을 당연하게 여겼다. 한국에서 온 지인이 기다리다 못해 일어나 직원을 부르러 갔다. 기다리면 곧 가겠다는 말 후에도 바로 오지 않자, 결국 큰 소리로 소리쳐서 직원을 불렀다. 그 큰 소리가 상당히 불편했다. 기다림은 5분도 채 걸리지 않았다. '겨우 5분인데…' 나는 프랑스의 느릿함에 익숙해졌다. 큰 소리를 불편해하기도 하고, 워낙에 느리고 태평한 성격 탓도 있다. 그런 부분이 프랑스와 잘 맞았다. 이대로 그 생활에 안주해도 나쁘지 않겠다는 판단이 들었다. 어느새 먹거리도 생활문화도 익숙해졌고, 꿈꾸던 프랑스 무대에도 서 보았다.

실기 학교 졸업을 앞두고 소개로 프랑스 캐스팅 디렉터를 만났다.

"주, 사실 이 역은 중국인 가정부 역이야. 단역인데, 중국어 대사랑 영어 대사가 조금 있어. 기왕이면 중국 악센트로 해주면 좋겠어."

"난 한국인이야. 중국어는 할 줄도 모르고, 중국 악센트 영어는 당연히 모르지. 혹시 언어 선생님이 붙니?"

"그렇지는 않아. 그런데, 어차피 네가 중국인이 아니어도 프랑스 사람들은 구분 못 해. 너희가 쓰는 영어 악센트도 중국인 악센트랑 별반 다르지 않아. 중국인이나 한국인이나."

한국 출신 배우를 접해본 적 없는 캐스팅 디렉터의 반응에 나는 화가 치밀었다. 중국인 가정부라는 역할보다 그녀의 무심한 태도와 무지한 발언에 그만 흥분하고 말았다.

"네 귀에 내 불어 악센트가 중국인처럼 들리니?"

그제야 주절주절 변명하는 그녀에게 나는 정중하게 그 역할을 거절했다. 그리고 기회를 줘서 고맙다고 했다. 그녀는 사무실을 나서는 나에게 냉정한 소리로 말했다.

"주, 미안하지만, 너에게 줄 수 있는 배역은 중국인 가정부 그 이상은 없어. 한국인 역할이 프랑스 영화에 나올 것 같니? 그나마 있는 단역도 다 중국인이야. 너도 그 점을 냉정하게 생각해야 해"

뼈 때리는 냉정한 말에도 웃음을 유지하며 고맙다는 인사를 남기고 거리로 나왔다. 나는 갈림길에 다시 서 있었다. 이제 또 결정할 시간이 되었따. '바다로 더 나아갈 것인가? 아니면 산란하는 연어처럼 강을 거슬러 올라가야 할까?' 나에게 알을 낳는 다는 건 작품을 의미했다. 배우는 작품으로 성장하고 훈련된다. 그런데 이곳에서 줄곧 중국인 가정부 역할만 맡는다면 어떤 도움이 될지 그림이 그려지지 않았다 (물론 지금이었다면 일단 제안한 역할에 도전했을 것이다. 사람 일은 모르는 거니까). 무엇보다 모국어로 무대에 서보고 싶은 강한 충동이 일었다. 이곳에서 훈련한 것들을 한국에서 어떻게 적용할 수 있을지 궁금했다. 강한 호기심은 내 삶을 다시 강으로 거슬러 올라가게 했다. 그래! 한국이 바로 나의 다음 무대다!

20대의 마지막을 파리에서 지내는 행운을 누렸다. 30대의 새로운 무대는 한국이다! '회귀하는 연어, 바다에서 성장했으니 이제 내 안의 것들을 쏟아내려 태어난 곳으로 가자!' 이미 프랑스에서 적응한 탓에 한국에 가면 또다시 이방인 기분을 느끼게 될 듯했다. 한국행을 결정하고 나니 프랑스의 낭만이 물밀 듯 내게 흘러들어왔다. 유학 막바지에 나는 에펠 탑 근처로 이사했다. 집으로 가던 눈길 쌓인 고즈넉한 골목길을 걸으며, 내 삶의 한때를 누렸다. 시간 맞추어 점멸하는 에펠을 보며 아름다운 광경을 눈에 담았다. 그 어느 겨울의 차가운 쇼윈도도, 늘 걷던 샹젤리제 거리와 콩코르드 근처의 카페도 모두 따스함과 그리움이 덧입혀졌다. 귀국을 결정했으나 익숙한 생활과 파리의 낭만이 나를 붙잡았다.

나는 홀로 여행을 떠났다. 목적지는 있었지만, 딱히 갈 곳이 있었던 건 아니었다. 스트라스부르그와 꼴마 지역은 파리와 분위기가 달랐다. 독일답기도 하고, 꼴마 지역의 리틀 베니스는 이탈리아 같기도 했다. 지도 한 장 챙겨 들고 여기저기 돌아다니며 나는 이문세의 〈소녀〉를 흥얼거렸다. '불어오는 차가운 바람 속에 그대 외로워 울지만 나 항상 그대 곁에 머물겠어요. 떠나지 않아요.' 향수병으로 고국이 그리운 어느 날에는 가슴을 찡하게 울리던 가사와 호소력 짙은 목소리였다. 그러나 나는 의도적으로 방황하며 여행 중이었다. 그 길 위에서 듣는 소녀는 또 달랐다. 햇살이 비치며 반짝이는 꼴마의 강가와 알록달록 건물의 색을 보며, '이 빛깔들이 내 안에서 움직이는 축제가 되겠구나' 생각했다. 어둑해진 저녁, 어느 레스토랑에서 흘러나오는 음악에 멈추어 섰다. 나는 창가에 다가갔다. 저녁 메뉴를 보려고 기웃거리던 내 눈에 띈 건 그 창에 비친 나였다. 또 낯설었다. 그러나 1년 전 겨울의 황량했던 눈빛과는 달랐다. 무언가 할 말이 있는 눈빛으로 내가 나를 보고 있었다. 내 안에 가득 찬 말들을 풀어내려 나는 다시 길을 떠나야 했다. 나는 음식과 음료를 시켜 놓고, 기념품 가게에서 산 엽서를 꺼냈다. 평소처럼 여행지에서 끄적이던 편지였다. 이번에 받는 이는 바로 나, 나의 20대를 보내며 낯간지러운 표현을 많이도 적었다. 추억의 필터로 돌려보아 아름다운 색일 뿐, 내내 짠물과 투명한 물로 가득한 여정이었다. 그럼에도 감사하다는 말을 적었다. 내 인생을 붙드는 성경 구절과 함께… '감사함으로 받으면 버릴 것이 없나니.'

분명 갈등했던 것 같은데 어느새 한국행은 확실시되었다. 한국으로 가도 딱히 보장된 자리가 준비된 건 아니었다. 오히려 처음부터 시작해야 하는 상황이었다. 유학 오기 전 극단을 권하셨던 분들과 연락도 끊겼고, 장학 재단을 마음대로 나온 상황에서 교수님들께 연락드릴 염치도 면목도 없었다. 맨땅에 헤딩이 자명했다. 상황은 꽃길이 아니었다. 그러나 그 길이 험난한 폭포수를 넘는 과정일지라도 다시 돌아가야 했다. 내 안에 알을 품은 지 오래되어, 산란할 때가 되어 있었다. 이방에서의 익숙함을 벗고, 고향의 낯섦에 적응하는 길을 택했다. 그동안 한국의 무대가 어떻게 바뀌었을지 궁금하고 기대되었다. 막내로 돌아가기에는 좀 많은 나이였다. 극단에서 반가워할 막내는 아닐 테지만, 뭐라도 좋다. 연습실 청소라도 기꺼이 할 수 있었다.

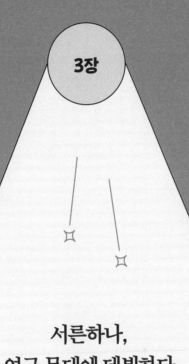

3장

서른하나,
연극 무대에 데뷔하다

여기저기서 안부를 묻는 말들이 부담스러웠다.

'네, 백수예요!' 그런데 나는 잊고 있었다.

일을 쉬는 동안에도 나는 배우였다.

이따금 찾아오는 마음의 출렁임과 방황은

어긋남이나 궤도 이탈의 신호가 아니었다.

내가 방향성을 잡고 잘 나아가고 있다는 증거였다.

내가 배우라는 정체성이 확실하다면,

굳이 그들의 안부에 뾰족하게 굴지 않아도 될 것이었다.

외국물 먹은 백수

'나는 백수다!'

눈을 떴다. 하얀 천장을 바라보며 눈을 뻐끔거리다 다시 눈을 감았다. 갈 곳이 없다. 감은 눈으로 비집고 들어오는 햇살에 결국 몸을 일으켰다. 갈 곳이 없다. 6시 반에 하루가 시작되는 부모님은 이미 분주했다. 딱히 갈 곳도 없는데, 굳이 아침을 먹겠다고 일어나 세수를 했다. 30살 11월 늦가을, 나는 동경의 땅 프랑스에서 현실의 땅 한국으로 돌아왔다. 외국물 먹은 백수가 되어 처음 며칠은 신나게 놀았다. 부모님은 파리에서 귀국한 딸이 손에 들고 온 실기학교 졸업장 한 장이 못내 아쉬웠나. 뉘 집 딸은 유학 후 교수 자리로 척 들어갔다는데, 흔한 대학원 졸업장도 나는 없었다. 비빌 언덕도 없었기에 부모님 등 자락에 매달려 있었다. 밖에서 물만 마시더라도 일단 나가야 했다. 물론 나를 불러주는 곳도 없었고, 어디로 가야 할지도 몰랐다.

산란기의 연어처럼 알을 품었으니, 안전한 곳에 소중한 알들을 품고 어쩌고 등의 계획은 귀국길 샤를 드골 공항에 두고 온 듯했다. 여차하면 연습실 청소라도 해볼 생각도 있었으나, 누구를 통해 어디로 찾아가야 할지조차 몰랐다. '눈 딱 감고 연출하고 계신 교수님과 선배, 동기들에게 연락해볼까?'라는 생각도 6년 동안 파리에서 연락 한번 없다가 갑자기 나타난 염치 앞에서 접고 말았다. 그 정도면 '파렴치한' 아닌가! 자만일 수도 있지만 일단 직접 부딪혀보기로 했다. 맨땅에 헤딩이든 벽에 머리를 처박든 내가 선택한 일의 대가는 스스로 책임지기로 했다. 그땐 몰랐다. 어리석고 오만했다는 걸 말이다. 파렴치한이든 철면피가 됐든 뭐라도 시도해야 했다.

나를 부른 건 21살쯤에 성극으로 만난 아리랑 극단의 언니였다. 극단의 워크숍 작품의 주연배우로 자리를 추천했다. 오디션 겸 리딩 자리에 초대되어 대본을 읽었다. 그 자리에서 운 좋게 캐스팅되어 〈아무도 아무 말도 하지 않았다〉라는 작품의 연습을 시작했다. 객원 단원으로 들어가서 그동안의 배움을 펼쳐 보리라! 그러나 연습을 거듭할수록 해결되지 않는 문제들이 드러났다. 되는 척 넘어가기에 나는 예민했다. 그리고 나는 질문을 던졌다.

첫째, 무대에서 존재하고 있는가?
(무대에 서 있지만, 그 순간에 머물지 않는 경우도 많다.)

둘째, 나의 반응은 진실한가? 정말 듣고 반응했나?

(미리 알고 있는 건 아닌가, 정말 그 순간에 들은 것인가?)

프랑스에서 나의 강점으로 여겨지던 것들이 모국어를 사용하는 연습실에서 적용되지 않아 당황했다. 파리 거리에서 줄기차게 연습했던 '마이즈너 연기법(반응 훈련)', 무대 위에서 존재하는 것 등은 오히려 말이 자유로워지자 어려웠다. 불어로 연기할 때는 언어의 한계가 있었다. 연습실과 무대에 서는 모든 순간 나의 촉과 더듬이를 바짝 세워야 했다. 특히 동료들이 연습할 때마다 동선과 대사를 다르게 준비해와서 진짜로 듣지 않으면 행동할 수 없는 상황도 많았다. 그러나 한국에서는 노력 없이도 대사가 잘 들렸다. 상대에 집중하지 않아도 반응할 수 있었다. 익숙하고 능숙한 모국어 사용이 되려 진짜로 듣는 데 장애물이 되었다. 한국말을 오히려 못 듣는 이상한 일이 벌어졌다. 굳이 애쓰지 않아도 되니까 나의 촉과 더듬이가 둔해졌다. 아! 산란은커녕 도태인가?

헌주는 프랑스까지 다녀와서 뭐 해?

'헌주야, 너랑 연기하면 가끔 무서워. 너는 어제나 오늘이나 슬플 때나 기쁠 때나 늘 같은 에너지로 같은 수준의 연기를 해.'

어리석고 열정만 넘치는 20대 시절엔 칭찬인지 독설인지도 구분 못 했다. 나는 아무 말 없이 웃으며 다시 연습실로 향했다. 나는 연습벌레였다. 배우라면 늘 같은 조건으로 관객을 만나야 한다고 생각했다. 내 기분이나 내적인 충동에너지가 40%일지라도 100%로 끌어올려 연기했다(오버, 과장했다는 이야기다). 그래서 언제든 100% 에너지를 낼 수 있도록 연습했다. 40%와 100%의 간극을 나의 진심을 담은 연습으로 채우려 했다. 사람은 기계가 아니다. 가짜와 진짜를 구분하는 건 그 순간의 에너지가 아니다. 목소리 크기나 에너지보다 중요한 건 상대의 말을 듣는 일이다. 상대가 나에게 전해준 에너지와 충동, 그것에 반응하는 일이 중요했다. 그러나 어설픈 20대 시절엔 상대의 에너지가 20%라면 억지로 내 에너지를 더하여 반응했다. 진심으로 반응하는 게 아닌 '~하는 척하는' 위험한 연기를 하면서 나는 연습에 충실하다고 잘난 체했다. 그런데 서른이 넘어 무대에서 다시 헤매고 있었다. 연출 선배를 붙들고 인물에 대한 이야기도 충분히 나누고, 연습량을 늘려 무대 위에서 온전히 존재하는 방법을 찾고자 했다. 어떤 날은 존재했고 어떤 날은 ~하는 척했다. 답을 찾는 과정에서 공연은 끝나고 말았다.

나는 어느 극단의 워크숍 오디션을 통해 작품에 참여하게 되었다. 워크숍은 '눈물'이라는 주제로 즉흥 작업을 통해 짧은 단막극을 만드는 작업이었다. 각자의 파트너와 연습실, 카페, 공원 등을 돌아다니며, 아이디어 회의를 하고 소재를 모았다. 그리고 연습실에서는 '아무거나' 시도했다. 대부분의 아이디어가 사장되고 말았지만, 그 과정에서 번뜩이는 순간들이 나오기도 했다. 흐름에 어울리는 즉흥극을 대본화하여 연습했다. 무엇보다 즉흥으로 켜켜이 쌓이는 과정들이 전사(이전의 사건)로 남았다. 후에 작품이 만들어졌을 때, 우리 안에는 무대 밖의 무수히 많은 이야기로 채워져 있었다. 돌이켜보면 그 시간이 나에게는 사금을 캐는 과정이었다. 즉흥 훈련으로 배우의 기본인 '듣기, 말하기' 훈련에 집중할 수 있었다. 즉흥 작업에서는 상대가 무슨 말을 할지 알 수 없다. 그 순간만 존재한다. 온전히 듣지 않으면 반응할 수 없다. ~하는 척으로는 할 수 없는 작업이다. 내 안에서 느껴지는 충동만큼 표현해서 연기하는 방법, 그것을 확장하는 방법을 터득하기 시작했다. 상대 배우가 내 연기를 돕는다는 사실을 깨달았다. 내가 하는 것이 아니라 파트너가 하는 것이다. 이를 계기로 동료를 더욱 존중하고 아끼게 되었다. 나에게만 집중하는 연습으로는 절대 알 수 없고 채울 수 없는 것들을 발견했다. 그런 경험을 통해 연기의 방향성이 조금씩 수정되어 가기 시작했다.

나는 가끔 페널티킥 앞의 골키퍼처럼 불안했다(페터 한트케의 책 제목에서 인용했다). 한 작품이 끝나면, 또다시 백수가 되었다. 31살의 나는 페널티킥을 기다리며 초조했다. 키커가 왼쪽으로 공을 차올릴지, 아니면 오른쪽으로 찰지 알 수 없다. 순간의 반응과 감각에 의존해야 했다. 모든 순간이 나에게 선택을 요구했다. '내일은 뭐 하지?'라는 고민에서는 일단 벗어난 듯했지만, 하나의 문을 지나면 또다시 나타나는 닫힌 문 앞에서 한참을 서 있어야 했다. 내 안의 불안과 초조함을 신앙으로 의연하게 버티다가도 이따금 마음에 큰 파도가 몰려왔다. 반복되는 백수 생활은 자존감을 갉아먹었다. '무대에 서지 않으면, 나는 과연 배우인가?'라는 불안이 내 생각을 잠식했다.

'헌주는 프랑스 다녀와서 뭐 해? 아니, 거기까지 다녀와서 놀아?'

여기저기서 안부를 묻는 말들이 부담스러웠다. '네, 백수예요!' 그런데 나는 잊고 있었다. 일을 쉬는 동안에도 나는 배우라는 사실을 말이다. 이따금 찾아오는 마음의 출렁임과 방황은 어긋남이나 궤도 이탈의 신호가 아니었다. 내가 방향성을 잡고 잘 나아가고 있다는 증거였다. 내가 배우라는 정체성이 확실하다면, 굳이 그들의 안부에 뾰족하게 굴지 않아도 될 것이었다. 나는 여전히 훈련 중이며, 무대에 서고 있었다. 나의 항해는 풍랑에도 순항 중이었다.

'주변에서 하는 수많은 이야기. 그러나 정말 들어야 하는 건 내 마음속 작은 이야기'

— 이적 · 유재석, 〈말하는 대로〉

출렁이는 물살에 밀려 바다로 떠내려가 익사할지, 아니면 마음속 작은 이야기에 귀를 기울일지, 나는 다시 선택의 순간과 마주했다. 어떤 순간에도 배우이기를 포기한 적이 없었다. '처진 달팽이'의 노래 가사처럼 '도전은 무한히 인생은 영원히!' 심장 떨리는 쪽으로 선택했다. 하루하루 잠자는 시간을 쪼개어 생활할 정도로 바쁜 백수 시절, 그것도 외국물 먹은 백수의 삶을 살았다(이 기간을 백수라고 말하는 이유는 수입이 거의 없었기 때문이다).

'내가 돈이 없지, 가오가 없냐!' 그렇게 가슴 펴고 당당하게 낭만 백수의 삶을 살았다. 미래의 두려움은 미래에, 과거의 시간은 과거로 남긴 채로 나에게 주어진 오늘에 충실했다.

금수저였어? 재수 없네

코 끝을 맴도는 구수한 냄새. 멸치 맛 마법 가루 향과 크게 숭덩 썰어 넣은 무, 이미 진액을 다 빨린 홍게 육수의 향이 나를 유혹했다. 평소 집에서는 먹지도 않을 MSG 냄새가 거리에서 풍기면 걷다가도 홀린 듯 그 자리에 멈춘다. '그래, 바로 이 냄새지!' 공연이 끝나고 집에 돌아가는 길, 지하철 혜화역 출구에는 떡볶이 노점상이 줄지어 있었다. 단골집에서 떡볶이와 튀김을 시키고, 어묵을 두 꼬치쯤 먹고 있을 때였다.

"어? 이헌주 배우님? 조금 전 공연 보고 사진도 같이 찍었는데, 여기서 뵙네요. 공연 너무 잘 봤어요."
"감사합니다. 맛있게 드세요. 여기 떡볶이 정말 맛있어요."

어묵 꼬치를 하나 더 먹을 생각이었지만, 계획을 바꾸어 남은 떡볶이만 열심히 입에 넣었다. 온갖 청순한 척 다한 여배우가 홀로 노점상

112

에서 떡볶이와 튀김을 게걸스럽게 먹는 모습을 들키자 민망했다. 아니, 인간적인 모습이었다고 하자. 계산하고 등을 돌려서 나오는데, 이런 말이 들렸다. '말랐는데, 생각보다 많이 먹네. 엄청 배고팠나 봐. 하긴 에너지 소비가 많은 공연인 것 같더라.'

내가 생각보다 말에 약한 사람이라는 걸 안 건 서른이 넘어서였다. 지나가는 작은 말 한마디에도 움츠러들곤 했다. 나에 대한 확신보다 남의 말에 휘둘린 시기였다. 남의 등쌀에 나의 마음 돌보기나 다독임 같은 건 뒷전이었다. 여기저기 눈치 보느라 어느 순간부터 늦게 데뷔한 이유를 말하지 않았다. 16살 때부터 연극 언저리를 늘 맴돌았으나 그 얘기도 굳이 꺼내지 않았다. 물론 묻는 사람도 없었다. 내가 먼저 구구절절 내 이야기를 하지는 않았다. 밝혔을 때 여러 번 불편한 경우도 있었다. 대화 중 우연히 프랑스 시절 얘기가 나오면 '유학파야? 러시아? 미국? 파리? 거기는 왜 갔데?'부터 '금수저야?'라는 나완 상관없는 수저 이야기까지 나왔다. 몇 번 경험하고 보니 밝힐 만한 이력이 아님을 깨달았다. 나의 유학 시절이 다른 사람에겐 자칫 상대적 박탈감을 줄 수 있다는 사실도 알았다. 남들 생각처럼 돈 펑펑 쓰며 누린 프랑스 생활이 아니었다. 우리 집 수저가 금수저든 아니든, 나는 부모님에게 금수저보다 귀한 딸내미인 것만은 확실했다. 당시엔 그런 이야기들이 모두 뾰족한 가시가 되어 나를 찔러댔다. 말끝마다 붙는 유학파 어쩌고~ 금수저가 저쩌고~ 등의 시선과 편견이 나를 움츠러들도록 했다.

질투나 시기에 가득 찬 말이 아니어도, 막연히 동경으로 치켜세우는 말도 불편하기는 마찬가지였다. 의도를 알 수 없는 치켜세움에 어찌할 바 몰랐다. 나는 그때 적절한 거리 두기를 배웠다. 지나치게 멀어서 차갑거나 피부를 델 만큼 가깝지 않은 적정 거리는 지금도 중요하게 생각하는 부분이다. 이제야 솔직히 고백하자면, 몇 가지 '재수 없음'의 근거는 나의 습관에 있었다. 바로 '커피'였다. 나는 프랑스에서 에스프레소로 커피를 배웠다. 그래서 사람들이 즐겨 마시는 일반 아메리카노가 내 입에는 너무 썼다. 크레마도 없이 줄곧 쓴 물을 삼키는 기분이었다. 부드러운 거품과 잠깐의 쌉쌀함, 그리고 끝 맛의 깔끔함을 즐기는 커피 중독자였다. 맛있는 커피에 대한 집착이 있었다. 나는 항상 에스프레소와 물 반의 아메리카노를 시켰다. 크레마가 없어지기 전에 원샷하고, 아메리카노는 천천히 마셨다. 가끔 크레마가 빠진 에스프레소가 나오면, 일단 계산대로 가서 바꾸어달라고 요청했다. 밥값만큼 비싼 가격에 그 정도 권리는 내게 있다고 생각했다. 이 모습을 본 지인들 눈에 내가 얼마나 별종이었을까? 이런 내 모습을 기억하는 분들에게 말씀드린다. 불편했다면 너그러이 이해해주시고, 오해였다면 풀어주시기를 말이다. '진짜 재수 없네!' 내가 흘린 몇 가지 단서가 나에 대한 오해와 편견을 만들었다. 누군가는 재수 없다며 괴롭혔고, 누군가는 특별하다고 존중해줬다. 많은 오해를 푸는 데에는 많은 시간이 필요했다.

'오~ 파리! 프랑스에서 유학했어? 그럼 와인 좀 하겠네? 연애는?'

왜, 유학 이야기에서 와인과 연애로 주제가 튀는지 모르겠다. 대부분의 질문은 비슷했다. 그렇다고 딱히 답할 것 없는 이야기였고, 진짜 하고 싶은 이야기는 고스란히 내 안에 머물렀다. 변함없이 봉인된 채로 20대의 시간은 내 안에만 존재했다. 아비뇽의 열기에 들떠 있던 시절의 이야기, 거기서 본 공연들, 프랑스로 가기 전 찾고 싶은 나의 향기나 번뜩임에 관한 이야기는 아꼈다. 그 이야기를 듣는 대부분의 반응은 철없는 피터팬 취급이었다. 떠나기 전에도 돌아와서도 나는 여전히 꿈꾸는 아이였다. 세상 물정 모르는 철없는 아이, 입만 열면 숫자를 말하는 사람 사이에서 나의 꿈 타령은 헛소리에 가까웠다.

파리에서는 동양에서 온 이방인, 돌아와서 나는 또다시 이방인이었다. 사람들 속에서 느끼는 외로움은 조금 다른 성질의 것이었다. 칼바람에 뼈가 시린 것은 아니지만, 가슴으로 스쳐 지나가는 바람에도 쓸쓸함이 묻어나오는 빈 마음. 가을 낙엽의 버석거림이 들리는 듯했다. 사실 그들은 그냥 궁금함을 표현한 것뿐이다. 그러나 그들의 이야기를 감정적으로 받아들인 사람은 바로 나였다. 그들이 나를 상대로 화살을 쏜 건 아니다. 어쩌면, 내 감정은 나를 인정해 달라는 욕구가 깔려 있었던 듯싶다. 말도 안 통하는 배우가 이방 땅에서 치열한 시간을 보낸 것을 인정받고 싶었다. 하지만 그들의 관심이나 호기심은 샹젤리제 거리와 에펠의 낭만에 머물렀다. 그들에게 나의 6년은 그냥 돈지랄이었다. 혹자는 '차라리 한국에서 빨리 데뷔했어야지', '여배우가 서른 넘어 데뷔하면 누가 써주나?' 등의 이야기를 하기도 했다.

'야, 가서 담배 좀 사 와.'

휙~ 카드가 내 발치에 떨어졌다. 공연 준비와 의상을 정리하느라 선배의 말을 듣지 못했다. 몇 초 후에 알아들은 나는 당황했다. 비흡연자인 나를 콕 집어서 담배를 사 오라는 뜻을 알 수 없었다. 주변에는 흡연자 남자 후배들이 많았다. 카드를 들고 부당함을 말하고 싶었으나 차마 말하지 못했다. '세상에나! 서른이 넘어서 담배 심부름을 하게 되는구나' 결국 그 일이 후배들 입을 통해 알려졌다. 더 자존심이 상했다. 극장에 남아서 연습을 하다 상대역 배우의 '괜찮아?'라는 말에 눈물이 터졌다. 파리에서의 시간을 보상받고 싶은 건 아니었다. 의상 심부름이나 청소, 소품 만들기 등은 아무렇지 않았다. 그러나 나를 시험하려는 듯한 '네가 어디까지 할 수 있어?'라는 선배의 태도가 어려웠다. 나의 선의가 무시받는 기분이 들어 서러웠다. 나는 그렇게 그 선배의 테스트를 지나갔다(선배는 나중에 그 일을 사과했다. 그리고 나의 든든한 지지자가 되어주었다).

나는 이방인임을 인정했다. 그리고 억지로 비집고 들어가려 애쓰기를 그만두었다. 사람들 속에서 웃으며 내면의 외로움을 감추는 침잠을 택했다. 나의 침잠은 공연에 더 집중하는 것이었다. 연습실에서의 침잠 시간을 통해 배움과 성장을 꿈꿨다. 사적인 술자리로 연을 쌓기보다 나만의 방식을 택했다. 연습실이나 무대에서 연습하면서 동료들과 소통했다. 카페에서 우리가 맡은 역할에 관한 이야기들을 나누고, 삶을 나누었다. 1대 다수가 아닌 소수와의 소통이었다. 시끄러운 군중 속에서 고독감을 느끼기보다는 한발 떨어져 있었다. 처음에는 색안경 끼고 보는 사람들이 많았지만, 어느 순간 내 주변에 나의 든든한 지지자와 동료가 있었다. 오히려 이런 관계가 오래 지속되었다. 작품이 끝나도 서로 응원하며 커피 한 잔 나누는 동료들, 안부를 묻고 보고 싶다고 말하는 사람들이 곁에 남았다.

　　말로 인해 만들어지는 생채기는 가슴에 많은 자욱을 남기게 마련이다. 그렇다고 꽁꽁 싸매고 혼자 담을 쌓는다면 어리석을 뿐이다. 나는 너무 늦지 않게 편견들을 처리하기로 했다. 나는 편견에 맞서는 방법으로 정면승부, 정공법이 제일 좋다는 것을 알았다. 나는 대놓고 꿈에 대해 떠들었다. 누군가 '피터팬'이라고 말하면 그냥 인정하면 된다. 그들의 생각 때문에 나 자신을 괴롭힐 필요가 없다. 프랑스에서 경험한 수업을 궁금해하는 동료들에게는 배운 것을 나누었다. 때로는 연습실에서 그 훈련을 활용한 연기도 해보았다. 수많은 연습 방법 중 하나일 뿐이다. 색안경이니 고까워한다느니 그것 또한 나의 착각일 수 있있다. 소수의 사람 때문에 움츠러드는 것은 어리석었다. 나는 그들의 편견에 편견을 갖고 있었다. 이 또한 나의 오만임을 인정했다. 나의 편견으로 쌓아 올린 담은 소통을 막았고, 오만한 모습은 다른 이들의 접근을 막는 또 다른 벽이었다. 나는 조금씩 그 담 밖으로 걸어 나왔다. 오만함도 편견도 벗은 채 오롯이 나로 존재하기 위하여…

나는 1,000원짜리 배우예요

"누나, 1,000원으로 살 수 있는 게 뭐가 있죠?"

"1,000원? 글쎄, 컵라면 하나? 아니면, 생수 한 병? 웬만한 음료수도 1,000원은 넘을걸?"

"컵라면에 김치도 살 수 없는 거구나."

공연 전 분장실에서 후배가 뜬금없는 질문을 던졌다. 1,000원으로 살 수 있는 물건? '다이소' 매장에도 1,000원짜리는 찾기 힘들고 등산로에서 파는 맥심 커피가 1,000원이었나? 갑작스러운 질문에 나는 1,000으로 살 수 있는 것들을 머릿속으로 나열했다. 다시 후배가 입을 열었다.

"누나, 나는 1,000원짜리 배우예요. 내가 지금 하는 공연 입장료가 1,000원이에요. 요즘 길바닥에서 할인권만 받으면 1,000원에 공연을 봐요. 내 몸값이 1,000원인 거죠."

후배 말을 들으니 말문이 턱 막혔다. 연극배우가 공연을 위해 연습하는 기간은 최소 1~2개월임에도 이 기간의 페이는 책정되지 않는다. 공연 회차 계약을 하기 때문이다. 하루 거의 모든 시간을 연습에 매달려도 많은 배우가 생계 때문에 아르바이트를 따로 한다. 특히 자취하는 친구들은 아르바이트가 생존의 필수 사항이다. 그때 후배가 출연한 대학로 공연은 로맨틱 코미디였는데, 매우 핫한 작품이었다. 일반인들의 데이트 코스로 많이 선택하는 상업 공연이었다. 유명한 공연인데도 말도 안 되는 액수로 티켓 가격을 낮추어 버리니 무대에 서는 배우는 자존심도 상하고 참담할 만했다. 물론 티켓 가격이 1,000원이라고 해도 출연 배우가 한 회당 1,000원을 받는 건 아니지만, 입장료 1,000원 정책은 배우와 작품의 자존심 문제와 직결된다.

〈베테랑〉 영화에서 황정민 배우의 대사가 떠올랐다. '우리가 돈이 없지, 가오가 없냐?'라는 말이 내 심정이었다. '진짜 가오 상하게. 당장 때려쳐!'라는 말을 쉽게 할 수는 없었다. 무대에 서는 게 얼마나 절실한 마음인지 아니까 말이다. 처음 오디션에 붙었다는 소식을 알렸을 때 그 후배의 맑은 미소가 떠올랐다. 그래도 그렇지 1,000원이라니… 물 없이 독한 항생제 가루를 들이킨 듯 씁쓸한 알갱이가 입안에 돌아다녔다. 차라리 무료 공연이면 배우의 마음이라도 지킬 수 있다. 입장료가 1,000원이면, 관객에게 더도 덜도 아닌 1,000원짜리 가치의 공연인 것이다. 나는 숫자에 밝은 배우는 아니었다. 숫자에 대해 협의하거나 말을 꺼내면, 열정 없는 속물로 보는 시선이 두려웠다. 귀국 후 무대나 영화를 하면서도 늘 아르바이트를 병행해야 했다. 무대에 서는 것만으로는 생활비가 부족했다. 일반적인 30대 여성이 누리는 화장품, 핸드백, 옷, 구두 등에 대한 지출을 생략해도 최소한의 것들조차 채워지지 않았다. 물론 나는 부모님 집에서 살아 형편이 좀 나았다. 그러나 같은 공연팀의 배우 중 지방에서 올라와 홀로 자취하는 친구들은 생존을 위협받았다. 공연 말고 다른 일을 해야만 했다. 바리스타, 나레이터, 고깃집 서빙과 불판 닦기, 전단지 돌리기, 컴퓨터 자판 쓰기, 동대문 사입 삼촌 등 아르바이트 종류도 다양했다. 나 역시 처음 한국에 왔을 무렵엔 행사에서 프랑스어 통역을 했다. 나중에는 나레이터, 판촉 직원 등의 일용직도 전전했다. 어느 날은 전날 야외 판촉 알바 장소가 공사장 옆이었다. 그날 연습을 진행하는 내내 쉰 목을 부여잡고 꿀을 삼키고 물을 마시며 연습했다. 너무 지친 나머지 전체 연습이 끝나자마자 곧장 집으로 갔다. 수입을 위해 일하느라 무대의 질이 떨어지는 느낌을 받았다. 그런 내 모습이 소금 인형 같았다. 어리석은 소금 인형은 자신이 녹는 줄도 모르고 바다로 천천히 걸어갔다. 무대 위의 열정에 취한 나머지 내가 열정페이와 노페이의 노예가 되었음을 몰랐다. 아르바이트와 연습을 병행하느라 체력이 점점 고갈되어갔다. 결국 나는 최소한으로 일을 줄이기로 했다.

나는 어느 순간부터 연극의 예술적인 가치, 열정과 경제적 가치를 같은 선상에 두는 것을 죄악시 여겼다. 이는 비단 나만의 태도가 아닌, 많은 배우의 생각이었다. 그들은 페이 대신 회식으로 대체되는 것에 이의를 달지 않았다. 일단 노페이로 시작해서 추후 공연 수익이 생기면 N 분의 1로 나누는 계약에 사인했다. 유독 돈에 대해 말하는 일이 죄처럼 느껴졌다. 여기서 흔히 듣는 이야기 '연극배우는 배부르면 안 돼'라는 말! 아니, 이런 말도 안 되는 거짓 선전이 어디 있는가? 다 먹고 살자고 하는 짓인데… 나도 오랫동안 이 거짓말을 믿었다. 연극배우가 돈을 밝히면 연기에 절실함과 진실성이 떨어진다고! 결국, 천박해지는 거라는 거짓말.

어느 날, 함께 공연했던 동료의 부고를 들었다. 신호등 앞에서 건널목을 건너다 눈앞이 흐려졌고 하늘이 빙그르르 돌았다. 가까운 사이가 아니었다. 따스한 말 한마디 건넨 적 없는 서먹한 사이였다. 말이 없어 시시콜콜 사담을 나누지는 않았다. 그래도 함께 고생하며 무대를 만들고 공연을 올린 동료였다. 묘한 상실감에 마음이 헛헛했다. 마음에 연결이 전혀 없는 사이라고 생각했는데, 막상 그의 소식에 나는 그대로 길을 잃었다. 어디로 가려던 건지 한참을 헤매다 정신을 차렸다. 그의 사인이 주는 타격감이었다. 지병을 앓던 그는 추운 겨울에 난방을 켜지 못해서 감기가 폐렴으로 이어졌고, 아무도 모르게 우리 곁을 떠났다. 21세기에 생존을 위협한 것은 칼과 총이 아니었다. 가난한 연극배우의 망령이었다. 나는 망연자실했다. 누구에게나 일어날 수 있는 이별이지만, 가난 때문에 동료를 잃게 될 줄은 몰랐다.

가난한 예술쟁이, 거짓 판타지는 깨졌다. 통상 직업이라고 하면 일을 해서 일정 수준의 보수를 받는 일이다. 요즘엔 아르바이트도 최저 임금을 받는다. 두 달 연습하고, 한 달 공연하는 동안의 수익이 아르바이트 삼일 치보다 적었다. '내 직업은 과연 배우일까?', '한 달에 연기로 20만 원도 못 벌면서 무슨 낭만을 논할까?' 언제까지 부모님에게 얹혀살 수는 없는 노릇이었다. 하지만 이 굴레를 벗어날 길이 안 보였다. 내 혈관에 흐르는 가난한 연극배우의 망령을 끊어내기 전까지는. 하지만 이 사건 이후에도 나는 여전히 이 망령을 끌어안고 대학로에 머물러 있었다.

"그건 낭만이 아니야. 사기지. 그리고 너의 태도는 열정이 아닌 무책임이야! 다른 배우들의 밥줄과 앞길까지 막는 거라고. 누구는 무대가 절실하지 않아?"

유난히 포근한 어느 해 겨울이었다. 나는 엄동설한의 거리에서 물따귀를 맞는 기분이었다. 등줄기부터 바짝 서는 냉기에 정신이 들었다. 나의 우물쭈물한 태도와 선택으로 손해를 보는 사람이 나인 줄 알았다. 그 대가를 치르는 건 나니까. 돈 대신 열정이라는 가치를 택한 것이라 여겼다. 그러나 이런 선택에 같은 공연팀의 언니는 신랄하게 비판했다. 여러 감언이설로 꾀는 것은 연출의 사기요. 너의 태도는 태만하다는 말이었다.

"30대인 네가 결정한 선택이 20대에 막 대학로에 온 후배들에 미칠 영향력을 생각해본 적 있어? 너도 거절이 어렵지? 그런데 막 사회에 나온 애들은 어떻겠어? 못해. 특히나 열정페이를 요구하는 연출들에 늘 예스라고 말하는 너 같은 애들이 있는 한!"

얼굴이 화끈거렸다. 안면을 익힌 지 얼마 안 되는 사이였으나 언니는 기탄없이 말했다. 그런 식으로 생각해본 적이 없었다. 나의 선택은 나의 희생이었지 이기심이 아니라고 생각했다. 나는 빈곤의 고리를 끊어내야 했다. 오랫동안 관습이 되어 내려온 예술가에 대한 잘못된 프레임을 나도 답습했다. 나의 선택이 다른 동료들에게 영향을 줄 수 있음을 기억해야 했다. 천박한 배우는 계약서를 작성할 때 몸값 협상을 하는 사람을 지칭하는 말이 아니다. 주린 배로 연습하는 모습은 다이어트 때문이지, 절대 가난 때문에 되어서는 안 된다. 살아가는 데 필요한 생계비와 그 경제 능력에 대해 협상하는 행위를 누가 감히 천박이라 부를 것인가. 그 돈으로 공부도 하고, 좋아하는 공연도 보고 책도 사볼 수 있다. 누군가는 가정을 책임질 수도 있다. 생각이 여기에 미치자 가난한 배우의 망령에 안녕을 고해야겠다고 결심했다.

'나는 돈을 벌기 위해 사업을 시작했고, 거기서 예술이 나왔다. 사람들이 이 말에 환멸을 느껴도 어쩔 수 없다. 진실이니까.' ─ 찰리 채플린

하루 4회 공연이 열정이라고?

"오늘 공연은 취소하세요!"

"일단 오늘 저녁 목소리만 나올 수 있게, 주사라도 놔주세요!"

"이미 목에 염증도 심하고 붉게 부어올랐어요. 오늘 저녁쯤에는 더 심해질 거예요. 지금 열도 나는데, 무슨 공연을 합니까. 파트너보다 헌주 님이 더 심해요. 무슨 배우라는 사람이 건강관리를 이렇게 합니까?"

누군가에게는 열정적으로 보일 수 있는 하루 4회 공연은 배우에게 미친 짓이다. 배우로서 건강관리는 필수적인데, 이를 무시한 행위다. 그러나 하기로 한 이상 무대를 책임져야 했다. 아직 2회 더 공연이 남은 상황이었다. 공연 취소로 관객을 돌려보낼 수는 없었다. 그들이 어떤 사연을 가지고, 어떻게 그 공간을 찾았는지는 알 수 없으나 일방적인 취소가 그들에게 무례한 태도라는 것은 분명했다. 이 사건은 지방에서 공연할 때 벌어졌다. 그날은 특별 공연이었고 공연이 아침부터 저녁까지 4회 잡혀 있었다. 2회 공연을 마친 후 다음 공연을 앞두고 쉬던 중에 파트너가 목이 너무 아파서 병원에 가야겠다고 했다.

"넌 괜찮아? 난 소리가 더 안 나와. 성대 결절 같아."

"난 침을 삼킬 때 좀 따끔거리는 정도인데, 비타민을 먹으면 괜찮지 않을까요? 어! 그런데 병원 갈 거면 같이 가요. 나도 예방차 가봐야겠어. 오늘 2회 더하고 나면 내일은 또 어떨지 모르니까!"

우리는 극장 앞 병원을 찾았다. 생각보다 나의 목 상태는 심각했다. 의사는 오늘 공연을 취소하지 않으면 당장 내일부터 공연을 못 할 수도 있다고 했다. 평소에도 난 몸이 아파도 잘 못 느끼는 둔탱이다. 하지만 그날은 점점 열이 올라 머리가 지끈거렸다. 나는 의사를 졸라 무조건 당장 버틸 수 있도록 주사를 놔달라고 했다. 링거를 맞았다. 며칠간 통원 치료하겠다고 약속한 후 병원을 나왔다. 나는 한번 아프면 열이 금세 오르는 편이다. 열이 오르면 밤에 홀로 고생할 것이 뻔했다. 하지만 나로 인해 공연이 취소되는 초유의 사태가 없기를 바랐다. 요즘 연극의 러닝타임은 1시간 반 남짓이다. 분식집에서 라면 하나와 공깃밥을 추기해 밀어먹고, 커피 한 잔 마시면 끝나는 짧은 시간이다. 가끔 주변 지인들은 여러 회차 공연을 어려워하는 나에게 물었다. '겨우 그 시간 몇 번 돌리는 게 왜 힘들어? 이미 다 외운 건데…' 나는 정색하며 이렇게 답했다. '기계가 아니니까. 배우들은 혼신의 힘으로 1시간 반을 자신의 피와 땀으로 채워 넣지. 나는 관객의 1시간 반을 진실하고 성실하게 책임지고 싶어. 그래서 힘들어.'

누군가에게는 내 말이 개똥철학일 수 있겠지만, 채움과 쏟아붓기가 나의 연기 신념이다. 하루 여러 번 공연하는 걸 피하는 것은 몸이 부서질 듯한 피로감 때문만은 아니다. 무대에서 거짓말로 지껄이고, ~하는 척하는 모습을 보일까 봐 두렵기 때문이다. 배우에게는 매일 반복되는 공연이지만, 관객 입장에서는 그 배역과 그 장면을 처음 보는 사건이다. 익숙함에 영혼 없는 연기를 할 수는 없다. 거듭된 공연으로 상대의 말을 듣지도 않고 미리 반응하는 상황을 피해야 했다. 관객들은 눈치채지 못해도 무대에서 드러난 거짓 감정은 감동을 줄 수 없다. 물론 스킬로 진심을 담고 충분히 잘 해내는 배우들도 있다. 다만 나는 그럴 깜냥이 안 된다.

뱀이 이브에게 선악과를 건네듯 내게도 유혹이 찾아왔다. '이번에 하루 4회 공연이 몇 번 있어. 괜찮지?' 나는 기획자의 요청을 단박에 거절하지 못했다. 이미 결정 후 묻는 형식적인 물음이었으나 나와 파트너에게는 거절할 수 있는 배우의 명분과 권리가 있었다. 약 7~10일의 기간이었던 것으로 기억한다. 내면에서 두 소리가 갈등을 일으켰다.

'당연히 안 되지. 미친 거야? 내가 기계인 줄 아나…'
'1달 내내 하는 것도 아닌데, 눈 딱 감고 해? 하루 1회씩만 추가해도

10일이면… 얼마야?'

거절해야 한다는 판단이 섰지만, 혼자 결정할 일이 아니었다(순전히 핑계다. 내 파트너는 내게 그 어떤 부탁이나 강요도 하지 않았다). 일로 생계를 해결하는 배우들에게 1회 추가 공연은 곧 돈이다. 회당 4~5만 원의 돈을 무시할 순 없었다. 과연 하루 4회 공연을 책임질 수 있을까? 하고 싶지도 책임질 자신도 없었다. 내 안에 확신이 없었다. 그러나 중요한 순간 나의 내면의 소리 대신 상황의 흐름에 결정을 맡겼다. 그저 착한 동료 콤플렉스와 착한 가면을 써버린 대가가 나에게 어떻게 되돌아올지 그때는 몰랐다.

처음 걱정과 달리 3회 공연까지는 잘 굴러갔다. 무대에 오르기 전에 맞은 링거 덕분에 몸이 다시 살아나는 듯했다. '그래 이렇게 4회까지 버텨보자!' 그러나 문제는 4회 공연 때 일어났다. 내 의지와 달리 다리는 물 먹은 솜뭉치 같았고, 귀가 먹먹한 것이 꿈꾸는 듯 공연이 흘러갔다. 반응은 미묘하게 느리고 어긋났다. 장면 속 감정이 느껴지지 않아 가짜 울음을 쥐어짜며 대사를 몇 번이나 멈추었다. 진실한 반응을 위해서 약속하지 않은 애드리브를 시도하는 등 파트너를 당황하게 했다. 그렇게 공연이 끝이 났다. 맥 빠지는 공연이었다. 관객들의 반응은 나쁘지 않았지만, 매번 공연을 함께한 동료들은 그 차이를 알아차릴 수 있었다. 나는 비참한 심정이었다. '나는 똥 배우야'

그 순간의 수치심은 내가 선택한 결과였다. 하지만 현실을 마주볼 용기가 없었다. 나는 그곳에서 관객을 피해 도망가고 싶었다. 그러나 무대 위에서 웃으며 커튼콜을 해야 했다. 마지막까지 웃으며 마무리하는 일이 관객에 대한 최소한의 예의이니까… 연극이 끝나고 나면 으레 관객과의 포토 타임을 갖는 공연들도 있다. 당시의 공연도 포토 타임이 포함되어 관객들이 길게 줄을 서 있었다. 관객들 한분 한분에게 변명의 말이라도 하고 싶었다. 그러나 나는 입가에 미소를 지으며 서 있었다. 연기의 여운인 것처럼 눈에 물기를 머금은 채로. 마침 무대에 오르며 두 손을 맞잡고 걸어오는 커플이 보였다.

"너무 감동적이었어요. 오늘이 저희 결혼 10주년입니다. 아내가 엄청 울었어요"

미안함과 수치심에 어떤 변명도 할 수 없었다. 그저 축하의 인사를 전했다. 그들은 감동적이었다고 말했으나, 부끄러운 공연이었고, 그 공연은 합리화될 수 없었다. 열정과 무모함은 구분되어야 했다. 4회 공연과 링거는 열정이나 투혼이 아닌 무모함과 어리석음이었다. 1회 공연 페이 5만 원! 그리고 링거 비용 7만 원!! 그래서 고작 얼마 더 벌자고 이런 패배감의 기록을 마음에 새겼을까? 배우는 로봇이 아니다. 그날의 공기, 날씨, 기분 등이 모두 무대에 영향을 끼친다. 나는 늘 최고의 컨디션을 유지하려고 애썼다. 물론 건강상의 이유로 지켜지지 못할 때도 있었지만 대부분은 지켰다고 자부한다. 그러나 그 열흘 남짓 시간을 나는 그저 버티기만 했다. '오늘 하루도 넘겼다'는 무의미한 시간의 연속이었다. 나의 어떠한 신념도 지켜지지 않았다. 누구도 나에게 강요하지 않았다. 거절하지 못하고 예스맨을 자처한 내 잘못이었다. 그 후에도 여러 차례 공연을 하면서 나는 '스스로를 비참하게 만들지 않겠다'고 다짐했다. 배우의 자존감은 내가 지켜야 한다. 내가 나를 귀하게 여기고 가치 있게 대하는 일, 그것의 시작은 신념을 지키는 일이다.

우리는 살아가면서 생각보다 많은 선택을 요구받는다. 수많은 선택지 앞에서 내면의 소리를 따를 수도 있고, 외부의 소음을 따라갈 수도 있다. 하지만 그 결과는 오롯이 내가 책임져야 한다. 나의 가치관과 신념을 무시하고 내린 선택의 결과가 좋지 않을 수도 있음을 이때 무대에서 배웠다. 이후로도 회사는 나에게 하루 여러 회 공연을 요구했다. 그들에게 이미 나는 하루에 여러 회차 공연을 허락한 배우였으니까. 물론 그것을 감당하고도 완벽하게 최선을 다할 수 있다면 수락했을 것이다. 하지만 나는 슈퍼 배우가 아니다. 신념을 지키며 살아간다는 건 용기와 같다. 종종 '노'를 외치며 주변 사람들과 얼굴을 붉혀야 하는 상황일 수도 있다. 하지만 그것은 순간의 문제일 뿐 그 결과로 나의 의견이 존중받을 수 있음을 기억해야 한다. 또다시 선택의 기로에서 망설이는 상황에 놓인다면 나는 그날을 기억할 것이다. '내가 망친 공연이 누군가에게는 결혼 10주년 기념일일 수도 있다.' 누군가의 기념일에 기억된다는 것은 책임이 따른다.

무대 위, 숨 막히는 공포증

"그는 연극을 믿지 않고, 늘 내 꿈을 비웃었어요. 나도 점점 신념이 없어지고, 열정을 잃어갔죠. 그리고 사랑에 대한 걱정, 질투, 아이… 항상 두려움에 마음을 졸였어요. 나는 보잘것없고 하찮은 사람이 되어 아무렇게나 연기하고 있었어요, 내 손을 어떻게 해야 할지, 무대 위에 서 있을 수도 없었어요. 목소리도 통제하지 못했고요. 스스로 형편없는 연기를 하고 있구나! 하고 느끼는 그 기분을 당신은 이해하지 못할 거예요." ─ 안톤 체호프, 〈갈매기〉

배우라면 누구나 공감할 공포의 순간이 있다. 무대 위에서 손을 어떻게 해야 할지 모를 때다. 주머니에 넣어야 할지, 턱을 만져야 할지, 머리가 판단을 내리지 못한다. 허공을 가르는 나의 손끝을 발견하며 당황한다. 발가락도 자꾸 경련이 났다. 통제되지 않은 떨림과 혀의 꼬임. 내 몸의 신체 기관이 서로 자유의지를 표출하며 통제되지 않는 순간이 있다. 여러 가지 이유로 찾아오는 이 찰나의 순간이 배우에게는 공포의 시간이다. 물론 이를 방지하기 위해 배우들은 신체훈련을 한다. 그런데도 슬럼프 또는 자기 확신의 결핍으로 인해 이런 현상이 나타나곤 한다.

앞에서 소개한 대사는 안톤 체호프의 희곡 〈갈매기〉의 4장, 니나의 독백이다. 시골 처녀 니나는 배우 지망생이다. 그녀는 자신을 연모하던 트레블레프를 두고 그의 어머니의 연인이자 유명 작가인 트리고린과 사랑의 도피를 했다. 그러나 꿈도 사랑도 이루지 못한 채 방황하던 그녀는, 삼류 여배우가 되어 떠오르는 작가가 된 트레블레프를 찾아간다. 연기과 입시생이라면 한두 번쯤 연습했을 흔한 대사이지만 그 순간을 내가 경험하리라고는 생각하지 못했다.

어느 날, 무대 위에 도저히 서 있을 수 없었다. 수십 개의 눈동자가 나를 향하고, 그들의 집중이 내 목을 조르는 듯했다. 그대로 얼어버린 그 순간, 나는 '어버버버' 말했다. 감정 씬 중이라 얼빠진 상태인 척 나만의 표현인 것처럼 넘어갈 수도 있었다. 하지만 그 상황이 비정상적이란 걸 알았다. 30초 남짓 지났을까? 관객의 호흡 소리 하나에 내 관자놀이에서 식은땀이 흘렀다. 그 후로 내 손이 허공을, 발이 무대 위를 허우적거리며 방황했다. 자꾸만 내 멋대로 손가락들이 춤을 추며 돌아다니는 기분이었다. 마치 잠깐 악몽을 꾼 것 같았다. 통제되지 않는 빨간 구두를 신고 춤추는 소녀는 스스로 춤을 멈출 수 없었다. 빙글빙글 도는 듯한 어지러움의 상태⋯ '누가 나 좀 잡아줘요.' 아무도 알아차리지 못한 그 순간의 허우적거림과 잠깐의 화이트 아웃에 나는 경악했다. 내게도 그렇게 무대 공포가 찾아왔다. 주변에 도움을 청하지 않고 홀로 두려움과 싸웠다.

공연 중 마주친 지인의 눈빛이 발단이었다. 〈행복〉이라는 공연을 할 때였다. 내용은 알츠하이머를 앓는 남편과 코델리아 다란지 증후군을 가진 아내의 동화 같은 사랑 이야기였다. 공연에 지인들이 온다는 연락을 받았다. 지인 중 한 분은 아내를 잃은 지 몇 해 안 된 시점이었다. 공연 몇 분 전에야 그 사실이 떠올랐다. 배우자의 병에 대한 소재로 그분 앞에서 연기하는 것이 부담스러웠다. 배우자와의 이별이 연상될 수밖에 없는 공연이었다. 그렇게 공연이 시작되었고, 극장 안에 지인이 앉아 있었다. 아무 생각 없이 그분을 모시고 온 다른 지인이 원망스러웠다. '부담스러워서 어떻게 연기를 하라고⋯ 아니지, 내 연기로 그분이 위로받을 수도 있지.'

무슨 호기였는지, 나의 연기와 진심으로 그분의 닫힌 마음이 열릴 거라고 믿었다. 순수했던 나의 착각은 객석에 불이 들어오는 순간 산산조각이 났다. 극 중 배우가 관객 석으로 다가가 말하는 장면에서 관객석에 불이 들어왔다. 그 순간, 초점 없이 허공을 헤매는 공허한 눈빛을 보았다. 감정 씬이었고, 내 눈에서 눈물이 흐르고 있었다. 그러다 내 안에서 들려오는 호된 음성에 나는 얼음처럼 몸이 굳었다.

'거짓말! 당신이 뭘 알아?'

'네가 정말 안다고? 남편을 잃고 아내를 잃는, 동반자를 보내는 심정을 알아서 그렇게 울고 있어?'

퇴장 후 온몸이 떨려 무대로 나가고 싶지 않았다. 허공을 헤매는 그 눈빛이 칼날이 되어 나를 향해 날아왔다. 알 수 없는 손에 목이라도 졸린 듯, 목소리가 나오지 않았다. 간신히 숨만 겨우 쉴 뿐이었다. 다시 조명이 들어오고 나는 무대로 나갔다. 한순간 벌거벗겨진 기분에 대사가 다 날아가 버렸다. 몇 초간, 나는 아무 말이나 지껄였던 것 같다. 그냥 타이밍이 되어서 대사를 했던 것 같다. 사실 어떤 대사를 했는지조차 기억나지 않는다. 나중에 확인했더니 반응이 조금 느리긴 했지만, 순서대로 대사를 다 했다고 했다. 그 찰나의 블랙홀에서 허우적거린 그 순간부터, 나는 슬럼프라는 늪에 빠졌던 것 같다. 그동안의 연습으로 어떻게든 버티고 있었지만, 공포가 시작되었다. 몸이 반응했다. 그 후 두 달여 간 무대에 나가기 직전이면 구역질이 났다. 나가서 오늘은 또 어떤 사기를 쳐야 할지, 내가 모르는 진심이나 진실에 대해 마치 대단한 배우인냥 거짓부렁을 해야 하는 내가 싫었다. 내 민낯이 까발려졌다. 동료들에게 이유는 알리지 않은 채 스케줄을 조정해 공연을 줄이기 시작했다.

그때 나의 질문은 '나는 진실했는가?', '내 눈물에 책임을 졌는가?' '나의 악어새 같은 눈물이 그분의 상처를 건드린 건 아닌가?'였다. 내 연기가 누군가의 마음에 따스함이 되기를 바랐을 뿐, 또 다른 상처를 만들어 후벼 파기를 바란 건 아니었다. 무대에서 내 눈물은 메말라 갔다. 1시간 반짜리 공연은 가짜 울음으로 채워졌다. 그때 찾아준 관객들에게 나의 무대 위 방황에 대해 사과하고 싶다.

시간이 흘렀다. 지인을 통해 그분의 일상이 평안해졌다는 이야기를 들었다. 그날 공연장에서는 그 공간이 거북했고, 이야기에도 공감할 수 없었다고 한다. 하지만 그 이후로 어느 순간 일상으로 돌아와 있었다고 했다. 아마도 그날의 공연에 위로를 받으신 것 같다고 했다. 그냥 하신 말일 수도 있고, 어쩌면 나의 두려움 섞인 울음과 떨림이 닿았는지도 모르겠다. 그 눈빛을 마주한 순간 한 사람의 마음을 위로하는 공연을 하고 싶었다. 허공을 방황하는 그 눈빛이 공연장에 돌아오기를 바랐다. 물론 공연이 끝나고, 마지막 인사를 나눌 때까지 그분의 눈은 공연장 어딘가를 헤매는 느낌이었다. 그 일을 계기로 나는 어디까지 책임질 수 있을지를 고민했다. 내가 극의 내용을 좌지우지할 수는 없어도 내가 연기하는 말 한마디에 진실을 담아낼 수 있지 않을까? 공연장에서 방황하던 눈빛은 시간이 흐르면서 다시 제자리로 돌아왔다. 잠깐의 위로가 일상으로 돌아오는 데 도움이 되었다는 지인의 말이 내게도 힘이 되었다. 아직도 무대에서의 진실과 진심에 대한 질문과 답을 찾아가는 중이다. 그러다 문득 예전에 보았던 공연의 한 장면이 떠올랐다.

절대 잊히지 않는 무대 위의 울음이 있다. 내 혼을 깨우는 곡소리.

대학교 시절 지금은 더욱 유명해진 길해연 교수님의 공연을 보았다. 내용은 잘 기억나지 않지만 극 중 교수님은 곡을 하고 있었다. 무대를 뚫고 관객들 사이사이 곡성의 활이 쏟아졌다. '아이고오오~~' 단전, 깊은 곳에서부터 끓어올라 공연장 구석구석으로 뻗는 소리가 오랫동안 이어졌다. 객석에서는 여기저기 훌쩍이는 소리가 들렸고, 나도 이유 모를 눈물을 흘렸다. 그 울음이 가슴을 울려 흐느끼지 않고는 배길 수가 없었다. 그날 밤 나는 꿈속에서 멀리서 울리던 그 곡소리를 들었다. 아니 점점 가까이 와서 내면의 울음으로 바뀌어 엉엉 울고 있는 나를 보았다. 배우의 울음이 울림이 되는 순간의 위로였다. 배우의 역할이 대신 울어주는 사람이 될 수도 있다고 생각했다. 진심에 관한 질문과 그 해답을 조금 알 것 같았다. '이 기억이 실마리가 될 수도 있겠다.'

배우는 무대 위에서 조명을 받으면 관객이 보이지 않는다. 그저 그림자들이 앉아서 나를 지켜본다고 느낄 뿐이다. 그러나 공포의 순간에는 그 수십 개의 눈동자가 나를 바라보며 소리쳤다. 그 무게에 짓눌려 도망치던 순간에도 나는 무대를 그리워했고 갈망했다. 두려움보다 무대를 사랑했다. 옛 기억의 실마리가 나를 무대로 이끌었다. 모든 사람에게 위로를 전할 수는 없다. 그러나 단 한 사람이라도 극장을 나서며 마음이 풍성해졌다고 말한다면 그것도 괜찮다. '지금 할 수 있는 만큼의 진심을 담아내자' 진부해도 진심이 힘이 될 수 있다고 믿기로 했다. 그리고 다시 무대로 돌아왔을 때, 직접 지인의 연락을 받았다.

"고마워요. 늦었지만 공연 잘 봤어요. 그날은 사실 별 감흥이 없었어요, 그런데 문득문득 배우님의 그 울음이 떠올랐어요. 초대해줘서 고마워요."

"감사합니다."

고맙다는 말 한마디에 나는 다시 힘을 얻었다. 어설픈 진심 한 조각도 마음이 아픈 사람에게는 위로가 될 수 있다. 나의 작은 울음이 오랜 시간 동안 달려가 그의 마음에 닿았다. 나는 용기를 내보았다. '내 연기도 누군가에게 도움이 될 수 있어. 영혼의 치유자까지는 아니더라도 손수건 정도는 될 수 있지 않을까…'

눈물을 참으며 오늘을 견뎌내는 당신을 위해, 나는 오늘도 훌쩍이며 콧물을 들이마실 수 있습니다. — 엄마배우 이헌주

7

이 자리에 고작 프로필 한 장 들고 온 겁니까?

거대한 풍차를 보며 칼춤을 추는 돈키호테는 과연 어리석음의 대명사일까, 아니면 꿈꾸는 자의 도전일까. 현실적인 문제로 무대에서 잠시 멈춤을 택했다. 본격적으로 영상 분야로 나아가기로 했다. 마음은 먹었으나 나를 가로막는 거인들로 인해 제자리걸음만 계속했다. 잡을 수 없는 하늘의 별을 꿈꾼 탓에 마음에 갈증이 더해갔으나 손에 잡히는 건 없었다. 빈손과 간절한 마음뿐이었다. 일단 인터넷과 지인을 통해 정보를 모으기 시작했다.

- 영화는 영화사에 나의 이력과 사진이 담긴 PPT를 프린트해 직접 제출한다.
- 드라마는 PPT와 출연 영상을 캐스팅 디렉터에게 보낸다.

배우들을 위한 인터넷 카페와 사이트를 검색해 영화사 위치를 알아냈다. 인터넷 카페에 가입한 지 얼마 안 되었기에 영화에 대한 정확한 정보는 접근이 불가능했다(영화사에도 제작단계에서 배우를 모집하는 시기가 있다). 나는 보따리장수처럼 출력한 PPT를 들고 여기저기 기웃거렸다. 지금은 무명배우에게 프로필 투어는 당연한 코스다. 직접 돌리든 업체를 통해 신청하든 많은 배우가 프로필을 돌린다. 그러나 당시만 해도 '어차피 버려질 쓰레기를 열심히 투척한다'는 비아냥을 듣곤 했다. 내 절실함에 하늘이 도우신 걸까? 우연히 피디 협회의 주소록을 얻게 되었다. '대박! 눈 딱 감고 전화해?' 대한민국의 날고 기는 감독, 피디들의 연락처를 보며 눈이 휘둥그레졌다. 그런데 이걸 어쩌라고 내 손에 왔을까?

나는 철저히 개인주의적인 사람이라, 번호를 알려준 적 없는 사람의 연락은 불편하고 불쾌했다. 그래서 주소록은 일주일째 손에 묵혀 있었다. 나의 선택은 부분적인 활용이었다. 바로 편지쓰기! 이메일로 자기소개와 프랑스에서의 삶, 배우로서의 꿈 등을 구구절절 적었다. 만나게 될 인연에 대한 막연한 기대감만 가득했다. 약간은 목적의식이 결여된 편지에 나는 진실한 마음을 실었다. 영상으로 나아가기 위한 나침반이 필요했고, 그 분야의 멘토를 만나고 싶었다. 무식하면 용감하다! 좋게 말해 열정이 넘친다는 이야기지 당시에 난 무지하고 순수했다. 프로필 투어를 하며 제출하는 서류 위에 커다란 포스트잇 손편지를 함께 건넸다.

"이건 뭐예요? 이런 거 읽을 시간 없어요. 쓸데없는 짓 할 필요 없어요."

어느 영화사에서 만난 조감독은 길게 붙은 나의 쪽지를 뜯으며, 훈수를 두었다. 쓸데없는 일! 나는 쓸데없는 일을 하는 데 정말 탁월했다. 모두가 웃어넘기는 하찮은 일이 내 눈에 콕 박히면, 남의 시선과 상관없이 반드시 하고야 마는 고집이 있었다. 손편지도 그랬고, 피디 협회의 주소록으로 편지를 쓰는 일도 그랬다. 너무나 미련하게도 진심이었다. 그렇게 불가능해 보이는 만남을 위해 약 200통의 편지를 보냈다. 행운의 편지처럼 복사해 붙이고 이름은 개별로 적어서 분리 전송했다. 5개의 답장을 받았다. 그중 3명으로부터 직접 만나자는 요청이 왔다. 실제로 내가 만난 사람은 두 분이었다. 그중 아직 연이 닿는 한 분이 있다. 그분은 어느 영화 제작사의 대표였다. 내 편지를 읽고 '이렇게 건강한 생각을 가진 배우가 영화계에 오래 있으면 좋겠다는 생각에 연락했다'고 말씀했다. 자신의 연남동 사무실로 오면 커피 한 잔 내려 주시겠다는 말씀에 나는 프로필 한 장을 들고 찾아갔다. 작은 마당을 지나 가정집 같은 곳으로 들어가자 몇몇 직원이 바쁘게 일하는 중이었다. 그리고 나를 반기며 인사하는 분이 계셨다. '혹시, 이분인가? 어? 저분도 나를 아시나?' 영화 제작사 대표님 말고도 나의 이메일을 받은 감독님들 몇 분이 더 계셨다. 이메일을 받고 내가 궁금해서 오신 것이었다. 갑작스럽게 미팅이 이루어졌다. 지금도 그날을 생각하면 손이 축축해진다. 감추고 싶은 불명예의 시간이었으니까…

아무 준비 없이 찾아가 나의 현재 위치를 마주했다. 그저 난 미련하고 준비되지 않은 배우였다. 심지어 나는 그분들이 연출한 영화들을 몰랐다. 대부분 손익분기점을 넘긴 영화들이었으나(심지어 1,000만 관객 영화도 있었다!), 내가 본 영화는 없었다. 날 불러주신 대표님의 회사 영화조차 검색하지 않고 찾아간 탓에 대화가 이어질수록 얼굴이 붉어졌다. 마음만 앞섰을 뿐 구체적으로 내가 무엇을 준비해야 할지조차 몰랐다. 결국 한 피디님이 이렇게 직언했다.

"여기 모인 사람들이 얼마나 바쁜 분들인 줄 압니까? 헌주 씨의 이메일을 받고 설렜습니다. 당신이 궁금해서 이곳까지 왔는데, 이 중요한 만남에 고작 프로필 한 장 들고 온 겁니까?"

"그냥 커피 한 잔하자고 부른 거야. 요즘 내 조카도 저렇게 프로필 돌리고 다니는데, 괜히 아무것도 모르고 다니다 안 좋은 사람 만날까 봐. 건강한 친구가 오래도록 영화 일을 했으면 좋겠기에…"

직설적인 말을 들으며 어쩔 줄 몰라 할 때, 영화사 대표님이 나서며 분위기를 바꾸시려 했다. 결과적으로 빈 수레가 요란했다. 절절하게 써 내려간 편지로 어렵게 얻은 자리였다. 그러나 나는 수레에 아무것도 담아가지 않았다. 그저 무대포 정신 하나만으로 진행한 미팅이었다. 현관을 나서며 '그 자리에서 독백이라도 할걸' 후회해보았지만, 그건 그들도 원하지 않는 것이었다. 나는 열정만큼 실력을 갖춘 사람임을 증명하고 싶었다. 건강한 태도를 갖춘 배우. 그걸로 충분하지 않았다. 마당을 나서면서 내 어리석음을 탓했다. 부끄러운 나머지 뭐라도 해야 했다. 그날 바로 부랴부랴 개인 독백 영상을 찍었다. 미리 준비하지 못한 영상 대신 '제가 이 정도는 연기합니다'라는 증명을 하고 싶었지만, 그 또한 내 미흡함만 드러낼 뿐이었다. 뜨거운 마음보다 차가운 이성으로 준비된 실력이 필요했다. 붕 들뜬 마음을 가라앉힐 필요가 있었다.

나는 덜 익은 신 포도송이였다. 주렁주렁 열매 맺어 향기 있는 배우인 줄 알았다. '준비된 배우 이헌주입니다'라는 소개가 부끄러웠다. 필요한 것들을 미리 살필 섬세함이 부족했다. 그 후 대학로 공연에 대표님을 초청했다. 그 공연에는 대표님과 일행분들, 그리고 계약을 앞둔 기획사 대표님과 이사님들 관계자들만 있었다. 진실은커녕 과장과 가짜가 난무하는 무대에서 내려와 나는 당황했다. 어설픈 공연이었고 전혀 집중할 수 없었다. 대표님은 공연 후 치킨과 커피를 사주시며 격려했으나 나는 더는 연락을 드릴 수 없었다. 바람이 가득 들어간 내 허파에 바늘을 찔렀다. 제자리로 돌아가 다시 내 무대에 집중할 시간이었다.

지금은 24개월 아들을 둔 배우엄마다(대표님께 연락드린 건 2022년 봄이었다). 복귀 후 두 번째 촬영을 마치고, 용기 내어 대표님께 안부 인사를 전했다. 과거 치기 어린 마음으로 찾아간 일에 대한 속죄 내지는 반성이었다. 준비도 없이 찾아가 그분들의 시간을 빼앗지 않았나. 예의 없지만 순진한 태도에 진심으로 조언해주신 일을 감사드리고 싶었다. 당시의 사건 이후 나의 필모그라피는 영상 분야에서도 차근차근 쌓여갔다. 그동안의 영상을 보내볼까 한참 고심하다 긴 안부 인사만 보냈다, 영상을 보내는 순간 내 마음이 왜곡될까 염려되었다. 나로서는 그동안의 작업에 대한 증명, 성장했음을 알리고자 하는 일이 누군가에게 부담이 될 수도 있었다. 길고 긴 내 편지에 기억하고 있다며 짧지 않은 답장이 왔다.

"시간이 새내기 배우에서 엄연한 베테랑 배우로 탈바꿈시켰네요. 이제 같은 길을 가는 동료라고 생각하고 선배, 후배 해요. 그저 영화를 할 수 있음을 감사하면서 삽니다. 행복은 생각보다 멀리 있지 않더라고요. 그동안 어떻게 살았는지 얼굴 보고 살아온 얘기해요. 이렇게 연락해줘서 고맙고, 감사해요."

무모한 열정으로 들이민 나의 뜨거움은 부끄러움이라는 상흔을 남겼다. 거기서 만난 다른 분들은 내가 이 분야에서 사라졌다고 짐작할 것이다. 그날의 직언이 없었다면 그랬을지도 모른다. 돌직구와 무언의 동의 속에서 나는 뻔뻔하게 그곳에 앉아 조언을 모두 흡수했다. 그리고 나를 돌아보았다. '꿈꾸는 배우'는 맞다. 그러나 '준비된 배우' 인가? 그럼 무엇을 준비해야 하지? 많은 질문을 던지고 답을 찾아 부지런히 움직였다. 불명예의 시간을 만회하려 더욱 용기를 내었다. 그날을 가슴에 새기고 자료를 모았다. 언제든 나를 소개, 어필할 수 있는

기록들을 만들어 저장했다. 당시의 부끄러운 경험은 내가 성장하는
데 필요한 자극이 되었다.

'흔들리지 말고 용기를 내라.

굳건히 명예를 지켜라,

전투에서 도망치는 비겁한 자는 생명과 명예를 모두 잃지만,

불명예를 두려워하는 자는 그 둘을 모두 얻을 것이다.'

― 호메로스,《일리아스》

8

뚜벅이 프로필 투어*

「프로필 도둑 경고장」

'뒤에 카메라 보이시죠? 최근 프로필을 훔쳐 가는 도둑이 CCTV에 포착되었습니다. 계속 훔쳐 가면 얼굴 공개와 형사처벌 하겠습니다.'

도둑과 형사처벌? 말로만 듣던 '카더라'의 실체가 존재했다. 그들이 훔쳐 간 것은 다른 배우들의 프로필이다. 프로필에 적힌 전화번호와 이메일을 활용하려는 걸까? 왜 남의 프로필을 가져가지? 그들이 프로필을 훔치는 목적은 경쟁자를 줄이려는 데에 있었다. 수북히 쌓인

---

* 배우들이 오디션 기회를 위해 자신의 이력과 사진이 포함된 프린트를 들고, 오디션 공고가 뜬 영화사나 제작사를 방문해서 제출하는 것이다. 원래는 인물 조감독이 직접 받기도 했으나 코로나 19 시절에는 전부 비대면으로 프로필 박스가 영화사 앞에 놓여 있었다. 강남, 마포, 상암 지역 등에 주로 분포한다. 강남의 경우 골목골목을 다녀야 해서 자동차보다 오토바이나 킥보드를 이용하는 배우들이 많다. 물론 여전히 뚜벅이 배우들도 많다.

144

프로필을 가방에 넣고 자기 프로필을 제출하고 유유히 돌아간다는 것이다.

"나 내일 강남에 프로필 투어 가는데, 나한테 프로필 파일 좀 보내줘."

"강남? 3일 전에 다녀왔잖아. 그날 그쪽 네가 맡지 않았어? 아니면 새로운 정보가 올라왔어? 나는 못 봤는데?"

"그날 냈어. 너랑 애들 거 같이. 그런데 내가 인증사진을 못 찍어서 화장실에 갔다가 다시 올라갔더니, 아 글쎄 우리 프로필이 한 장도 없지 뭐야. 화장실 앞쪽 계단으로 큰 가방을 메고 내려간 남자가 있었는데, 찜찜하고 혹시나 해서. 다시 내야 할 것 같아."

"에이, 설마. 사무실에서 가지고 들어간 거 아냐?"

찜찜하다는 친구 말에 '설마 진짜 프로필 도둑이 있을까?'라는 의심을 했다. 자신의 꿈을 위해 다른 사람의 기회를 박탈한다는 건가? 생각만으로도 씁쓸한 일이다. 유명한 기획사에서 붙여놓은 프로필 도둑 공고문을 보며 친구에게 들은 이야기가 떠올랐다. 나는 나의 기회를 빼앗겼다. 나는 프로필 투어의 이면에 있는 잿빛 모래를 발견했다. 걸음을 걸을수록 버석거렸다. 신발 속에 우연히 들어온 모래 알갱이가 서슬려서 참을 수 없었다. 그동안 여러 차례 빼앗겼을 수도 있고, 그날이 처음일 수도 있다. 알지 못한 일을 직시하고 나자 나는 두 손을 움켜쥐기 시작했다. 나도 내 것을 지키기 위해 눈에 불을 켜야 했다. 기회가 될 때마다 안전하게 두 번 또는 세 번까지 제출했다. 가끔 인물 조감독의 '중복해서 제출하지 말라'는 당부의 글이 영화사 앞에 붙어 있기도 했다. 그런데도 사진을 바꾸어 여러 번 제출했다.

나의 이력을 적은 종이 한 장이 큰 기회를 가져다주지는 않는다. 사진 속 이미지가 배역에 맞으면 단역 오디션 기회를 얻을 수 있다. 대략 1% 가능성이라고들 말한다. 그마저도 소속사 배우들에게 먼저 기회가 주어지게 마련이다. 그 1%의 가능성을 보고 우위를 선점하기 위한 파렴치한 행동에 욕이 나왔다. 나를 지르밟고 올라가도 겨우 한 발이다. 고작 그 한 걸음 때문에 '얼굴 공개니, 도둑, 형사처벌'이라는 말까지 듣는다면 억울하지 않은가?

'비루한 사람은 생각이 몹시 급하여 복이 박하고, 혜택이 짧게 가며, 일마다 조급한 모양새가 된다.'《채근담》에 실린 말이다. 잘못된 선택으로 비루한 사람이 되지 않기를 바란다.

말은 이렇게 하지만, 나 역시 꽤 오랜 시간 일희일비하며 비루한 생각으로 살았다. 함께 연습하던 친구들 중 성실하지 않은 친구에게 캐스팅 소식이 들리면 불같은 마음이 들기도 했다. 후끈후끈 뜨거운 질투로 나를 활활 태워냈다. 먹는 것에 진심인 내가 매콤한 떡볶이를 씹으며 고무줄 같다고 느꼈다. 아, 이놈의 질투! 못 할 짓이다. 그래놓고도 죄책감에 친구 얼굴을 보기가 민망했다. 그래서 친구에게 진심을 담아 등짝을 내리치며 '질투가 나서 축하가 안 나온다'고 말했다. 막상 말하고 나니 아무렇지 않았다. 움켜쥔 손을 펴고, 긴장과 질투로 굳은 어깨를 펴자 숨이 쉬어졌다. 도망갔던 입맛도 살아났다. 최선을 다해 오디션을 준비하는 것, 거기까지가 내 할 일이다. 나머지는 기다림이다. 이 기다림을 지혜롭고 평화롭게 채우는 것, 나의 마음을 다스리는 일은 내 몫이다.

　배우에게 기다림이란 숙명이다. 긴 기다림의 여백을 무엇으로 채워갈지는 나의 선택이었다. 나는 멈춤 대신 뚜벅뚜벅 걷기를 선택했다. 거리를 걸으며 다른 방법을 찾아 나섰다. 현재 나의 기다림 속에는 육아라는 복병도 함께 있다. 투어 날짜를 잡는 일도 쉽지 않았고, 업체에 맡기자니 내키지 않았다(현재는 업체 위탁을 고려 중이다. 한 입으로 두말하는 것 같아서 미리 고백한다). 마음을 담아 직접 땅을 밟고 찾아가는 것이 좋았다. 물론 친구들과 구역을 나누어서 가기도 한다. 요즘은 오디션이나 스터디 모임이 있을 때, 모임 장소 근처로 코스를 한두 개 잡아 프로필 박스에 제출한다. 발품이 적다 보니 기회가 매우 적은 것도 사실이다. 길눈 어두운 내가 인터넷 지도를 켜고 안내에 따라 걷는다. 한손에 프로필 종이를 들고 때로는 보따리장수처럼, 물건 팔러 온 잡상인처럼 기웃거린다. 몇 년 전만 해도 경비원분들에게 잡상인 취급을 받기도 했다. 지금은 육아 문제로 투어를 축소해서 다시 뚜벅이로 돌아갔다. 코로나 사태 시절엔 비대면으로 프로필 박스에 넣다 보니 마치 도장 깨기 스탬프라도 찍고 돌아다니는 기분이 들었다. 고르고 골라 두세 군데만 들러도 훌쩍 만 보가 넘어선다. 다리가 부어 운동화는 필수다. 가끔 연극을 할 때 동료들, 배우 지망생 친구들이 프로필 투어에 대해 묻는다. 어떻게 해야 하냐고? 나의 답은 간단하다.

1. 프로필 사진을 찍어!
2. PPT 또는 PDF 파일을 만들어!
3. OO 카페에 가입해서 영화사 주소를 보고 제출해!
4. 오디션 연락이 올 때까지 기다려!

참고로, 드라마의 경우 캐스팅 담당자에게 PDF 파일과 함께 출연 영상을 첨부해야 한다. 이 말은 경험 없는 사람이 접근하기에 문이 매우 좁다는 뜻이다. 그래도 불평할 수 없다. 그것이 현실이니까. 내 불평으로 현실을 바꿀 수 있다면 나도 계속 신세한탄만 할 것이다. 그러나 그런 태도로는 어떤 기회도 얻을 수 없다. 삶의 어떤 변화도 가져올 수 없다(나는 이 방법으로 장편 독립 두 편을 찍었다. 많은 횟수는 아니지만 어리석어 보이는 방법도 꾸준히 하면 차곡차곡 경력이 쌓일 수 있다고 믿는다). 그 영상을 위해서 직접 단편 영화를 제작하거나, 학생들의 작품에 참여하는 배우들도 있다. 뭐라도 좋다! 방법은 늘 있다. 실제로 몇 년 전 학생들의 단편작, 장편, 상업영화 이미지 단역, 드라마 단역 등 가리지 않던 친구 S는 지금은 더 이상 캐디들에게 영상을 안 보낸다. 그럴 필요 없이 고정 배역 섭외가 끊이질 않는다.

뚜벅이 프로필 투어는 배우들에게 일상이다. 특별한 이벤트가 아니다. 여전히 계속되는 배우들의 일과 중 하나이고, 나머지는 기다림

혹은 촬영이다. 기다리는 시간에 가슴 졸이며, 나의 경쟁자들을 의식하기보다 영화사 리스트를 작성하고 마음을 담아 직접 제출해보기를 추천한다. 물론 이것은 내 선택이고 내 방법이다. 여건이 허락되지 않으면 대행업체를 통해 제출하고 다른 일에 집중하는 것도 하나의 방법이다. 제출하고 오디션 연락을 받았다는 글들이 카페에 올라오면, 온종일 핸드폰과 눈치 싸움을 하며 썸타는 연인의 연락을 기다리듯 동동거리기도 한다. 발을 동동거리다 아들의 울음에 번쩍 정신이 들었다. 거울에 비친 내게 말했다.

'일희일비하지 말자! 그저 지금 나의 일상을 살아가자. 연락이 오지 않으면 다른 곳에 제출하면 된다.'

정답도 해결법도 없다. 그저 오늘도 뚜벅뚜벅 걸을 뿐이다.

4장

꿈꾸는 배우엄마의
리얼 생존 라이프

나는 배우로서 어떤 삶을 살아갈지에 대해 늘 질문했다.

그러나 내가 어떤 어른이 되고 싶은지에 대해서는 물어본 적이 없었다.

그 질문을 아들을 키우면서 해보았다.

그동안 나름 괜찮은 어른인 줄 알고 살았다.

그러나 나는 여전히 서툴고 부족한 것투성이인 인간이었다.

엄마가 되니 완벽해야 할 것 같은 의무감이 나를 코너로 몰아넣었다.

피터팬과 후크선장이 한집에 산다

"우와! 하늘에 구름 좀 봐. 진짜 예쁘다. 물감을 풀어놓은 것 같아."

"… 점심에 칼국수 어때?"

"올해 가을 하늘은 유난히 예쁘다."

"대체 어디가?"

나는 산책을 좋아한다. 그러나 출산 후 혼자 걷는 일은 도통 시간 내기가 어렵다. 혹을 두 개쯤 달고 다닌다. 내 배 아파 낳은 아들 하나, 어머님이 낳은 나이 든 아들 하나. 아들의 예방접종 후 재래시장에 가는 길이었다. 청명한 하늘과 시원한 바람에 기분이 한껏 들떠 있었다. 한창 시 필사와 난상을 적느라 마음이 촉촉해진 덕분이다. 작은 것 하나에도 말랑말랑해지는 기분 좋은 설렘에 웃음을 머금고 남편에게 말을 건넸다. 역시나 뾰족한 현실주의자. 아니 고슴도치인가. 어쩜 부풀어 오르는 기분을 잘도 뭉개는지. 나와는 너무 다른 남편은 후크선장이다. 나는 하늘을 좋아하고, 몽상가에 끄적임을 좋아하는 피터팬이다. 어쩌다 보니 이 둘은 사랑이란 걸 하게 되었고 한집에 살게 되었다.

　나는 나와 같은 무명배우와 결혼했다. 그리고 나와 그를 닮은 아이를 낳았다. 미친 짓이다. 맞다! 결혼은 미친 짓이다. 미친 세상에서 한 번쯤은 미쳐볼 만하다고 생각한다. 이 세상에 내 편 하나 만드는 일이 그다지 나쁘지 않다. 내 편인 줄 안 그놈이 남의 편으로, 단단하고 강력한 나의 적이 되기까지는 오랜 시간이 걸리지 않았다. 미국의 심리학자 존 그레이(John Gray)는 자신의 책《화성에서 온 남자 금성에서 온 여자》에서 남녀의 차이를 다른 행성 출신이라고 비유했다. '화성에서 온 남자와 금성에서 온 여자'는 자신들이 서로 다른 행성 출신이고, 서로 다를 수밖에 없다는 것을 알지 못했다. 서로의 차이를 기억하지 못하면서 그들의 충돌은 시작되었다.

　우리는 결혼 후 1년 반을 치열하게 싸웠다. 영화나 드라마에 나오는 막장과 막말이 난무한 시간이었다. 나는 내가 큰 소리나 화를 안 내는 착한 사람인 줄 알았다. 그런데 사자후를 토하고, 억울하다며 펑펑 울고, 종이를 갈기갈기 찢어댔다. 나는 아무 말 대잔치에 능숙하게 대처하며 입에서 칼을 뽑아 신나게 던졌다. 남편은 나를 정신병자에 이중인격자라고 불렀다. 2년 차로 접어들 때쯤 우리는 조금씩 서로 다름을 인정하고 동행하기 시작했다. 35년을 다른 환경에서 자란 두 사람이 만났다. 화성과 금성에서 온 남녀는 한집에서 치열하게 생활했다.

사랑과 현실의 차이는 생각보다 컸다. 두 개의 세계가 충돌했다. 당연히 커다란 지각 변동이 우리 삶에 일어났다. 그리고 아주 조금씩 우리는 서로를 인정하기 시작했다. '그럴 수도 있지'라는 남편의 말에 위안을 받으며, 나도 화성에서 온 남자를 있는 그대로 보았다. 그렇게 서로 다른 남녀가 한집에서 공존하기 시작했다.

'아삭아삭, 아그작, 아그작' 앞에 앉아 김치를 씹어먹는 저 모습이 저렇게 얄미울 수도 있구나! 신경을 거스르는 소리에 오늘도 글을 쓰다 말고 자판에서 손가락이 헤맨다. 육아 후 나를 잃은 듯 방황했다. 나도 모를 우울감 속에 잠식되기 전 내가 존재함을 증명하고자 글을 쓰겠다고 했다. 그 말에 남편은 의외로 담담하게 반응했다.

"그래, 그동안 그렇게 읽어댔으니 이제 쓸 때도 됐지. 언제 쓰려고?"
"육퇴 후, 아들이 잠든 시간에만 틈틈이 쓰려고. 현재 나의 본분이 엄마인 건 나도 잘 알아."
"그래, 잘 생각했네. 잘 써봐."

잘 써보라는 말에 도와줄 줄 알았다. 글을 쓴다는 게 블로그나 일기장에 끄적이던 것과는 차원이 달랐다. 출판한다는 건 기록으로 남는다는 뜻이다. 따라서 어설픈 주절거림은 허락되지 않았다. 끊임없이 내면의 저항과 부딪치며 착즙기에 즙을 짜내듯 나를 쥐어짜고 있었다. 물리적인 시간이 턱없이 부족했다. 아이의 밤잠 시간은 점점 늦

취졌다. 간신히 재우고서 노트북 앞에 앉았다. 그러나 육퇴 후의 시간은 나만의 시간이 아니었다. 그 시간은 남편에게도 조용히 술 한잔 기울일 수 있는 시간이었다. 대충 먹고 들어가면 좋겠는데, 어찌나 천천히 김치를 씹어대는지. 이번에는 오징어 다리를 찰지게 씹는 소리에 후크에게 한소리 퍼붓고 싶은 걸 꾹 참았다.

남편은 친구이자 또 밉살스러운 적 같다. '그래도 오늘은 가깝게 있자. 옆에! 더워도 붙어 있자.' 그가 지금 불평으로 입이 한 자나 나와서 주절거려도. 또 그러다 성인군자 같은 말로 내게 감동을 줘도, 30초 만에 내 혈압을 올려놓아도 모두 용서하기로 했다. 이틀 전 촬영에서 아동 범죄의 유가족을 연기하면서 시체를 보고 돌아와 며칠째 후유증을 호되게 겪었다. 처음에는 남편에게 티를 내지 않았다. 낮에 아들과 간신히 버티다 밤이 되면 두려움에 오만가지 생각에 벌벌 떨며 남편의 퇴근만 기다렸다. 결국, 약속으로 늦어진다는 소리에 촬영장에서 있었던 일을 털어놓으며 무섭다고 말했다. '오늘 밤은 무서우니까 일찍 와!'라는 말에 약속도 취소하고 바로 들어온 그가 고마웠다. '그럴 수 있지!' 생색도 없이 당연하다는 듯 내 앞에 앉은 그는 참 따뜻한 사람인 반면 나는 개인주의에다 이중인격자다. 결혼 초 싸울 때 쓰던 단어들이 생각나 혼자 웃었다. 한 달 만에 하는 개인적인 약속, 그것도 집 앞에서 커피 한 잔 마시는 그 약속을 취소했다.

'미안해. 그리고 고마워. 하필 어젯밤 12시 우연히 잘못 울린 초인

종과. 하필 오늘 낮 저절로 열린 현관문, 또 하필 오늘 산책길에 우리 아들이 예쁘다며 1,000원짜리 한 장 아들 손에 쥐어주고 간 이름 모를 아저씨. 알고 보니 우리 집 앞 건물로 들어가더라. 하필 이 세 가지가 남편이 오늘 친구와 커피를 못 마신 이유야. 무서워서 아들을 재우는데, 불도 못 끄고 있던 내가 남편이 밥 다 먹고 설거지 그대로 쌓아두고 방에 들어가 코를 골고 있다는 사실만으로도 안심이 돼! 자기가 먹은 그릇 설거지는 무조건 자기가 하는 거라며 일장 연설을 하더니 또 쌓아 났지만 안심이 된다.'

처음 만난 날, 그의 옷차림을 기억한다. 흰 남방에 아이보리 마바지에 버켄스탁 슬리퍼 샌들을 신고 손에는 가죽 서류 가방을 들고 있었다. 무관심한 태도에 시큰둥하다가 헛소리를 하는데, 그게 또 웃겨서 피식거렸다. 그러다 그의 웃음이 참 아이 같아서 좋았다. 아마도 시작은 그 역시 나와 같은 피터팬이었을지도 모른다. 5년이라는 결혼생활이 그를 후크로 만든 걸까. 지금은 예전의 해사한 미소 대신 묵직한 웃음이 대신한다. 그는 배우 일은 잠시 밀어두고, 생계를 위한 다른 일을 하기도 했다. 그라고 꿈을 미뤄두고 싶었을까. 물론 그는 항상 가정이 삶에 최우선이고, 아들과 보내는 시간이 너무 좋다고 말한다. 이것도 모두 한때라 같이 보내는 시간의 중요함을 그는 알았다. 변한 건 그만이 아니다. 언제나 마냥 웃던 착한 누나는 맨날 잔소리를 해대며 쫑알거리기 시작했고, 사사건건 가르치려고 들었다. 늘 혼자 외로운 싸움을 하며 성장한 그는 피터팬을 갈망했지만, 어느새 후크로 성장했다.

이미 후크의 내면이 그의 가슴 한편에 머물고 있다가 결혼과 함께 튀어나온 걸까? 가장이라는 부담이 그를 후크로 만든 걸까? 물론 그에게는 내가 후크처럼 보일 수도 있다. 나는 그가 현실이라는 이름으로 부정의 갑옷과 방패, 그리고 칼로 나를 찌른다고 생각했다. 그러나 나는 판단의 칼로 그를 신나게 난도질하고, 내 입맛에 바꾸어 요리하려 했다. 이 세상의 사랑에 대한 많은 영화와 드라마가 사기라는 걸 깨달았다. 우리가 어릴 적 보았던 공주 이야기에 결말은 판타지에 불과했다. 결혼은 치열한 전쟁이다. 사소한 것 하나에도 드러나는 나의 바닥이 생각보다 얕았다. 그동안 나는 내면을 들여다보는 일을 중요하게 여기는 성숙한 사람이라고 착각했다. 착각을 인정하고 싶지 않아서 고개를 더 빳빳하게 쳐들고 가면을 쓰려 했다. 그러나 가면을 아무리 써도 그는 정확히 알고 계속 벗겨냈다. 그는 그렇게 내 민낯을 드러나게 했다. 그렇게 마주 보고 섰다. 서로 다른 점들을 발견했고, 마법의 문장 '그럴 수 있지'를 활용해 이해하려 노력했다. 있는 그대로 보기 시작하자. 서로의 매력과 장점이 하나씩 눈에 들어왔다.

행복이 뭐 별건가? 내가 무섭다고 했을 때, 앞에서 방귀를 뿡뿡 끼며 주접을 떨어도 눈 흘기며 함께 낄낄거리는 거지. 친구 같은 남편. 웬수 같은 남편. 남의 편 가끔 내 편인 그놈. 미국의 작가 미라 커센바움(Mira Kirshenbaum)은 '결혼은 한 결점 있는 인간이 내 인생 안으로 들어왔다는 뜻이다'라고 했다. 내 인생에 피터팬인지 후크인지 정체 모를 인간이 절룩이며 들어왔다. 그리고 결점 많은 나도 그의 인생에 한

발 내밀었다. 그렇게 우리의 결혼은 아직도 진행형이다. 우리는 때때로 치열하게 또 느슨하게 서로를 알아가며 함께 성장 중이다. 남편으로 아내로. 또 아들의 아빠와 엄마로!

내 인생의 사랑스러운 침범자

하체를 훤히 들어내고 산부인과 수술대 위에 올라 있었다. 온몸이 부들부들 떨리고 이빨이 딱딱 소리를 냈다. 부분 마취로 하체에 감각은 없었지만 정신은 또렷했다. 곧 만나게 될 생명에 대한 환희와 수술의 두려움에 눈을 감고 있었다. 38주 차 정기 진료에서 '양수과소증'으로 유도분만을 시작했다. 그러나 저녁이 되어도 아이는 내려올 기미가 없었다. 더 두면 아이가 위험하다는 선생님의 판단에 수술대에 올랐다. 내 귀에는 그들이 틀어놓은 장범준의 노랫소리가 계속 들렸다.

'알 수 없는 이 떨림과 둘이 걸어요. 봄바람 휘날리며 흩날리는 벚꽃 잎이~'

그날 3.54킬로의 건강한 아들이 내 곁으로 왔다. 알 수 없는 떨림과 함께 내 인생에 지진, 소행성 충돌이 일어났다. 아이는 낳았지만 나는 전혀 준비되어 있지 않았다. 서툴고 마음만 앞섰다. '엄마=모성애'라는 공식은 오랫동안 내 머릿속에 있었다. 어설픈 개인주의자는 마음 한편으로 숭고한 어미의 사랑, 희생에 대해 생각했다. '나도 이제 엄마다!' 엄마라면 출산과 함께 장착하는 모성애를 당연하게 생각했다. 책과 드라마, 영화에서 수도 없이 학습한 탓이었다. 처음 아이가 탄생하고 그 신비감에 단거리 달리기 주자처럼 전속력으로 질주했다. 고작 며칠 만에 녹다운되었다. 당황했다. '내 사랑이 고작 며칠짜리였나.'

아이를 낳았으나 임산부처럼 늘 잠이 왔다. 우는 아이를 달랠 줄 모르는 엄마는 당혹스러웠다. 악다구니 쓰는 아들 모습에 드는 생각은 '여긴 어디, 나는 누구?' 유체이탈의 경험이었다. 피곤한 몸에서 수시로 나의 정신이 빠져나왔다. 나의 모성은 처음부터 가득 넘쳐흐르는 사랑이 아니었다. 함께 손잡고 걸으며, 흘러가는 시간만큼 애정이 쌓여간다는 걸 그때는 몰랐다. '사람이 온다는 건 사실은 어마어마한 일이다.' 정현종의 시 〈방문객〉 중 한 구절이다. 아들이 나를 찾아온 일은 어마어마한 사건이었다. 서로 다른 행성에서 살다 온 배우자를 만나는 것과는 또 다른 충격이었다. 내 일상의 전복과 시선의 전복이 동시에 일어났다. 나만 챙기면 그만이던 삶에서 화장실 볼일 보러 갈 때도 아이를 안고 가야 했다. 단순한 동행은 몸의 피로를 가져왔지만, 아이의 미래가 나를 찾아오는 일, 한 사람의 일생이 나를 찾아오는 일은 두려움을 동반했다. '아들이 살아갈 미래는 어떻게 바뀔까? 지금보다 환경파괴는 심각해질 것이고 많은 것들이 AI로 대체 된다는데…' 아직

닥치지 않은 미래에 대한 긴장과 노파심은 사회에 대한 관심으로 이어지기도 했다. 나와 가족이라는 단위에서 우리가 사는 세상으로 시선이 넓어졌다. 가장 큰 변화는 관심 단계에서 그치지 않고 작게나마 내 힘을 보태는 일까지 하게 되었다는 점이다.

　정인이의 탄원서를 밤새 쓰고 지웠다. 아침 일찍 우체국에 가려던 계획이 아침부터 내리는 눈에 마음이 흔들렸다. 혼자 걸으면 15분 정도 되는 길이지만 유모차를 끌어야 하는 눈길이면 상황이 달라진다. 곤히 자는 9개월짜리 아들을 내려다보았다. 고심 끝에 길을 나섰다. 다행히 눈은 더 내리지 않았다. 탄원서의 기한이 촉박해서 눈이 오든 비가 오든 가야 했다. 나는 특급우편으로 탄원서를 보냈다. '엄마니까 움직여야지. 남의 이야기가 아니야. 아동학대 문제는 어디서든 모양을 바꾸어 내 아들에게도 닥칠 수 있는 문제였다. 반복되는 솜방망이 처벌은 원치 않았다. 이미 떠나보낸 정인이뿐 아니라 제2의 정인이를 막기 위함이기도 했다.' 판사님께라고 시작된 편지를 쓰며 아이의 기사들을 다시 읽어내렸다. 마음이 찢어지는 듯해서 노트를 부여잡고 꺼이꺼이 울었다. 아이의 해맑은 사진에 내 아들의 웃음이 투영되어 부들부들 떨었다. 어린 생명의 죽음 앞에 해줄 수 있는 게 이것밖에 없어서 미안하다는 말과 함께 편지를 적어갔다. 내 편지가 과연 읽힐지 쓰레기통으로 직행할지 알 수 없었다. 그래도 나는 여러 엄마의 움직임에 동참했다. 이 땅의 사각지대에 몰린 아이들을 지키는 일이 어른들의 의무라는 생각이 들었다. 아이들에게는 지붕이나 처마가 필요하다. 거센 비바람에 잠시 비켜설 수 있는 지붕(처마). 나는 그런 어른, 그런 엄마가 되고 싶어졌다. 그동안 불편해서 외면해온 진실들이 눈에 들어오기 시작했다. 아이가 없을 때는 지나쳐버린 일들도 엄마가 되고 보니 더 직접적이고 구체적인 현실로 다가왔다. 나는 아들을 통해 관심사가 조금씩 확장되고 지경이 넓어졌다.

잠이 들기 전, 노트에 필사한 이해인 시인의 〈꽃 마음 별 마음〉을 아들에게 읽어주었다. 하루를 마무리하며 잠자리 독서 후 아이와 함께 기도했다. 엄마의 기도에 익숙한 아들은 엄마를 흉내 내거나 조용히 무릎에 머리를 괴고 누웠다. 막 꿈나라에 가려는 아이에게 자장가처럼 말했다.

"꽃 마음, 별 마음 품은 귀한 사람이 되렴. 소리 없이 피어나 먼 데까지 향기를 날리는 한 송이 꽃처럼 향기 나는 마음과 빛을 건네주는 밝은 마음으로 살아가렴."

아이들에게는 지붕이 되어줄 어른이 필요하다. 그리고 함께 우산을 쓰고 갈 친구도. 나는 아들이 비 오는 날에 우산을 함께 써줄 친구가 되어주길 바랐다. 꽃 마음, 별 마음 지닌 따스한 아이가 되기를 바랐다.

나는 분명 남의 문제에 관심 없는 개인주의자였다. 이런 내게 찾아온 사랑스러운 침범자는 사랑을 알려주었다. 24시간 내 옆에 머무르며 나를 성장하게 했다. 나의 시선에 전복이 일어났다. 아이는 내게 작은 마음, 좁은 시선이 아닌 넓은 세상으로 나아갈 수 있는 마음을 품게 했다. 나는 배우로서 어떤 삶을 살아갈지에 대해 늘 질문했다. 그러나 내가 어떤 어른이 되고 싶은지에 대해서는 물어본 적이 없었다. 그 질문을 아들을 키우면서 하게 되었다. 그동안 나름 괜찮은 어른인 줄 알고 살았다. 그러나 나는 여전히 서툴고 부족한 것투성이인 인간이었다. 엄마가 되니 완벽해야 할 것 같은 의무감이 나를 코너로 몰아넣었다. 완벽하지 않은 사람이 완벽을 좇는 일처럼 어리석은 일도 없다. 지금은 완벽한 엄마, 완벽한 어른이 되는 것을 내려놓았다. 과감하게 포기할 건 포기하고 아들과 속도를 맞추는 우리만의 이인삼각 놀이를 시작했다. 내게 맞지 않는 '완벽'이라는 옷을 벗으니 한결 자연스러운 육아가 시작되었다. 나는 완성된 엄마가 아니다. 아직 진행형으로 조금씩 아들에 대한 사랑을 키워가는 엄마다. 한 걸음, 두 걸음. 조금 느려도 충분하고 괜찮다. 완성이 아닌 여정을 겪어내는 삶은 흥미진진하다.

나는 아들과 함께 단둘이 손잡고 걷는다. 아침 산책길은 아들 덕분에 조금 더 여유를 갖고 걷게 되었다. 도서관에서 시장을 거쳐 집까지 이제는 두 시간도 거뜬히 걷는다. 우리는 우리에게 맞는 속도로 걷는다. 나는 아들에게 빨리 가자고 재촉하지 않는다.

'그래, 함께 걷는 게 중요하지. 너와 내가 속도가 맞으면 그걸로 충분해.'

요즘 나는 아들을 보면 가끔 눈물이 차오른다. 귀한 생명이 찾아와 준 것에 감사했다. 아들과의 시간이 켜켜이 쌓여갔다. 울음과 웃음으로 채워진 그 시간 속에서 나도 엄마가 되어갔다. 모성은 완전한 형태로 타고나는 건 아니었다. 아들의 키가 자라고 몸무게가 늘 듯이 엄마도 진짜 어른이 되어갔다. 아들을 보며 성장을 꿈꾸었고, 아들과 발맞추어 걸으며 새로운 것들을 함께 배워 나갔다. 아들에게 나는 듬직함, 뿌리 깊은 나무처럼 흔들림 없는 모습으로 기억되고 싶었다. 그래서 행동하고 실천했다. 다짐과 결단을 넘어, 내가 할 수 있는 작은 일부터 실천했다. 아들에게 본이 되고 싶었다.

어느새 24개월이 된 아들은 온종일 내 곁에서 나를 따라 한다. 나는 책을 보다 집중해서 습관처럼 손가락을 물어뜯었다. 나를 지켜보는 시선에 고개를 들어보니 아들이 옆에서 책을 펴고 손가락을 입에 물고 있었다. '아, 39년 된 습관과 드디어 이별할 때인가 보다' 손가락을 입에서 떼는 일, 그 작은 일들부터 시도했다. 39년 만에 손가락을 입에서 떼기를 시도했다. 나의 성장과 더불어 나는 사랑에 점점 스며들었다. 깊은 강에 찰랑찰랑 잠겨버렸다. 내가 홀로 걷던 그 길을 이제는 사랑스러운 고사리손을 잡고 함께 걷는다. 때로는 자전거를 타고, 빠방이를 끌고, 햇볕 좋은 날도 비가 오는 날도 나는 사랑스러운 침범자와 함께 손을 잡고 걷는다.

낯선 '내면 아이'와의 만남

어느새 나도 마흔, 불혹이다. 그럼에도 나는 아직 판단이 흐릴 때가 많다. 특히 아이와 관련한 일들은 더욱 서툴다. 비슷하게 육아를 시작한 친구들을 만나고 온 날이면 더 휘둘렸다. 아들에게 무엇을 해줘도 부족한 엄마처럼 느껴졌다. 뭐든 해주고 싶은 게 부모 마음이지만 우리 현실은 넉넉하지 못했다. 경제적 상황과 여건이 눈에 들어오자 차가운 현실이 보였다. 세상에는 유리 천장이 존재했다. 사람들 사이에 보이지 않는 격차까지 눈에 보였다. 아들은 나와 남편보다 나은 삶을 살기를 바랐다. 책 육아를 택한 것은 내가 물려줄 수 있는 가장 탁월한 마음의 유산이라고 생각했기 때문이다. 책은 나에게 가장 현명하고 지혜로운 친구였다. 내가 가장 좋아하는 일을 아들과 공유하고 싶었다. 처음에는 방법을 몰라 여기저기 인터넷 카페를 기웃거리고, 공동 구매의 노예가 되어 통장이 탈탈 털리기도 했다. 나는 주변에 휘둘리지 않을 나만의 기준을 잡기 위해 육아 책들을 탐독했다. '카더라~'

가 난무하는 인터넷보다 책을 신뢰했다.

'육아가 책으로 가능하다고 생각해? 그건 이론이야' 육아를 경험한 선배 엄마들이 책은 이론에 불과하다고 말해도 나는 책을 찾았다. 조금 더 객관화된 전문가의 의견이 필요했다. 나와 너무 다른 생명체를 키우기 위한 도움이 필요했다. 나도 엄마가 처음이라 체력과 감정, 기분에 따라 아이를 대하는 일이 잦았다. 무턱대고 아이를 훈육하려고 하다 나의 '내면의 아이'와 마주했다. '내면의 아이'라는 말은 육아를 하며 처음 접했다. 성인이 된 내 안에 아직 유아기적 모습의 내가 존재하는 것이다. 내 경우에는 '인정욕구'와 '거절감'이 크게 자리하고 있었다. '나 여기 있어요'라며 늘 무언가를 증명하려 했던 외침이 내면 아이의 소리였다. 그 아이는 과거와 비슷한 상황에 놓이면 자신의 존재를 드러내고 미성숙한 행동을 했다(어린 시절에 경험에서 비롯된다고 한다). 나의 경우 과거에 그 분출은 주로 연습실에서 이루어졌다. 그동안 나의 '인정욕구'와 '거절감'은 배우로서 성장 원동력이었다. 그래서 알지 못했던 내면 아이의 존재는 육아라는 특수 상황에 놓이자 튀어 나왔다. 그 아이를 처음 마주하던 날의 기억은 '카오스', 혼돈이었다.

"악~~ 그만 울어. 왜 이렇게 힘들게 해. 힘들어. 나도 힘들다고!"

아들은 미친 듯이 울었다. 바닥에 누워 발악하는 아이가 미웠다. 나를 이겨 먹으려는 것 같았다. 처음 시작은 훈육이었을 것이다. 나는 아이의 위험 행동이나 다른 사람에게 피해를 줄 만한 행동에 엄하게 대했다. 그 과정에서 아이가 나를 거부했던 것 같다. 아들이 나를 거부하는 행동이 내게는 빨간 버튼이었다. 화가 치밀어 올랐다. '악~~' 아이가 놀랄 만큼 크고 길게 미친 여자처럼 소리를 질렀다. 아이가 놀라 울음을 멈추고 나를 보았다. 나는 이성을 잃었다. 감정이 올라와서 아이에게 막말이나 손찌검이라도 할 것 같았다. 잠시 숨 고르기가 필요했다. 방에서 나와 물을 한 잔 마셨다. 잠시 아들과 떨어져 있으려 빠르게 움직였다. 아들은 이내 따라 나와서 바짓가랑이를 잡고 엉엉 울었다. 잠깐의 호흡도 불가능했다. 숨이 막혔다. 물을 가득 채운 유리잔을 한 잔, 그리고 두 잔을 비웠다. 마치 엄마 자격이 내게 없는 것 같았다. 혼자 1시간만 있고 싶었다. 물컵을 내려놓고 아이를 보았다. 이런 괴물 같은 엄마에게 찾아와 어린 생명이 고생하는구나. 미안함에 자지러질 듯 우는 아들을 안고 등을 토닥였다. 아이는 내 목을 움켜잡으며 품으로 파고들었다. 그리고 더 서럽게 울었다. 육아로 지친 나의 모습은 안데르센의 〈눈의 여왕〉 속 카이의 모습과 같았다. 내 마음에 눈의 여왕이 만든 모래보다 작은 거울 조각이 박혀 있었다. 차갑고 날카로운 조각, 불편하게 하는 그 조각은 나 자신의 모습도 비뚤게 비추었다. 사랑스러운 아들을 있는 그대로 바라보지 못하게 했다. 소리를 지른 후 5분 남짓 되는 시간 나는 혼돈 속에 서 있었다

  바로 그날 내 안에 숨어 있던 내면의 아이와 마주했다. 거절에 예민한 아이, 인정욕구에 목마른 5살 아이가 내 안에 있었다. 육아 중 그 부

분이 건드려질 때마다 나는 이성을 잃었다. 내 안의 5살 아이가 튀어나와서 마구 날뛰었다(보통은 잘 다스려지던 것들이 그날은 몸이 너무 지쳐서 절제하지 못하고 폭발했다). 내 뱃속에서 10달간 한몸으로 연결되어 있던 아들의 거절에 나는 더 유난스럽게 받아들였다. 세상에 태어난 지 고작 1년 된 아기임을 그 순간에는 고려하지 못했다. 내 감정에 취해 씩씩거렸다. 아이를 안고 토닥이며 나는 멍하게 있었다. 어쩌지? 아이의 눈물이 내 옷을 적셨다. 아들의 따뜻한 눈물에 내 마음에 박힌 거울 조각들이 빠져나왔다. 아들의 온기에 나는 정신을 차렸다. 나의 미숙함이 아이에게 상처를 주는 듯했다.

"미안해. 엄마도 엄마가 처음이라. 뭘 어떻게 해야 할지 몰라. 네가 뭘 원하는지 모르겠어. 엄마가 미안해. 아까 소리 지른 거 엄마가 순간 참지 못해서 그랬어. 아들이 엄마를 거절하면 엄마도 속상해. 미안해. 엄마 용서해 줄래?"

아들에게 용서를 구하며 눈물을 뚝뚝 흘렸다. 그러자 아들은 울음을 그치고 마치 나를 위로하듯 내 눈물을 닦았다. 그게 또 미안해서 아이를 안고 소리 내어 울었다. 나는 내가 어른인 줄 알았다. 그러나 아직 어린아이 같은 마음이 내 안에 있었다. 내면 아이는 어린 시절 부모와의 관계에서 비롯된다고 한다. 누구에게나 있을 수 있다. 엄마도 다독임이 필요하다는 것을 깨달았다. 아이와의 건강한 관계를 위해서 나는 과거의 내면 아이를 들여다보았다. 과거에 머무를 수는 없었다.

나와 너무 다른 아들의 성향을 파악하기 위해 뭔가를 해야 했다. 육아에 관한 책과 엄마의 마음 챙김을 위한 심리 책 등 여러 곳으로 눈을 돌렸다. 혹시 내가 종종 '힘들다'고 말하는 소리가 아들에게 상처를 준 건 아닐까, 나는 그 시간을 만회하려 아들에게 집중했다. 육아서를 참고하며 아들을 관찰했다. 답은 내 아들에게 있었다. 아들을 자세히 지켜보면 아들이 원하는 바를 알 수 있었고, 그 욕구가 충족되면 아들은 사랑스러운 웃음을 보였다. 여러 전문가의 책을 보며 나의 언어를 점검했다. 페이지마다 플래그를 붙여서 상황에 맞게 말해보았다. 머릿속으로 이해가 되지 않아도 시도했다. 별나고 유난스럽고 예민한 이 아이를 이해하고자 애썼다. 그러나 아들은 유난스럽거나 예민하고, 별난 아이가 아니었다. 보편적으로 호기심 많고 자기 주도성이 강한 아이였다. 우리 아들과 비슷한 행동을 보이는 사례를 읽고 아들을 관찰하며 조금씩 아들을 이해해갔다. 엄마와 아들은 성별이 달라 서로를 이해하는 데 아빠보다는 이해심이 더 많이 필요하다. 아들을 엄하게 다루던 훈육법도 고쳤다. 안 되는 일에 대해서는 알려는 주되 당장 고치려는 생각을 바꾸었다. 내 행동과 언어가 바뀌자 한동안 폭력적인 성향도 없어졌다. 점점 육아에 익숙해졌다. 나보다 아들 우선의 삶, 우리 어머니의 희생적인 모습을 닮아가는 내가 되어갔다.

여전히 나는 서툰 게 많은 엄마다. 완벽하지도 않으면서 완벽함을 추구하고 싶은 마음에 그 괴리감에 속상할 때도 많다. 그럴 때면 나는 기본으로 돌아간다. 나의 내면 아이를 마주한다. 그리고 '괜찮아. 이미 충분해. 애쓰지 않아도 돼'라고 한마디 해준다. 아들을 키우며 나는 나를 용서하는 법을 배웠다. 엄마의 심리는 아들에게 영향을 준다. 내 안의 작은 아이를 다독이는 것 또한 중요한 일임을 알았다. 나의 엄격한 기준을 낮추자, 예민하고 까탈스러운 아이는 사랑스럽고 건강하게 성장 중인 아이였다. 그저 그 시기에 알맞은 행동을 한 것뿐이다. 작고 여린 생명을 내가 키우는 줄 알았다. 그러나 아이를 키우며 나도 성장했다. 아이, 나, 남편도 같이 자랐다. 아들이 아니었으면 마주하지 못했을 혼돈의 시간이다. 그러나 '내면 아이'와 마주 보는 시간 덕분에 나는 과거에 더 머무르지 않았다. 기억조차 나지 않는 과거를 더 이상 움켜쥐지 않고 흘려보냈다. 그리고 지금, 이 순간 아들의 손을 잡고 함께 눈을 맞추며 걷는 법을 배웠다.

'엄마에게 찾아와 줘서 고마워, 사랑하는 아들!'

'배우엄마' 이헌주가 후배들에게

"언니, 진짜 결혼과 육아를 강추해요? 왜요?"

'기왓장 살롱(영화 수다 모임)' 모임이 끝나고 화장실에서 마주친 H가 물었다. 서른아홉, 주변을 돌아보니 내 또래 여배우가 엄청 귀해졌다. 특히 결혼하고 활동하는 여배우는 더 적었다. 그중 아이를 계획한 친구들은 모두 현실적인 문제로 고민했다. 경제적 두려움과 여배우로서 일의 단절이 이유였다. 아직 아이가 없는 후배들은 내게 물었다.

"언니, 애 낳아도 될까요?"
"그걸 왜 나한테 묻니?"

각자의 가치관에 따라 선택하고 결정해야 할 중대사에 감히 내가 참견할 수는 없다. 그래도 먼저 경험한 사람으로 일의 단절에 대해 말하자면, 괜찮다고 담담한 척했으나 나는 무척 겁에 질려 있었다. 임신과 함께 지름 7센티미터의 원형 탈모가 찾아왔다. 몸이 점점 망가지는 듯했고 막달에는 몸무게가 25킬로나 불어 내 몸이 아닌 것 같았다. 아이를 낳고 나니 이헌주의 자리는 사라지고 오직 엄마라는 이름의 여자만 필요했다. 내 인생의 전복이었다. 잔잔하던 바다 위의 배가 전복했다. 온종일 허우적거렸다. 그러나 그 감정조차 온전히 살펴볼 여유도 없어 알아차리지 못했다. 왜냐하면 나는 귀한 생명을 품고 있는 엄마였으니까. 세상에 태어나 한 생명을 10달 품고 내보내는 신비한 경험은 누구에게나 주어지는 일이 아니다. 그 경험은 축복이고 귀한 일이다. 하지만 그 후로 찾아오는 막중한 책임과 피로는 오롯이 엄마의 몫이었다.

《내향 육아》라는 책에서 '나는 육아를 덫이 아닌 닻이라 여겼다'라고 말한 이연진 님의 말에 위로받았다. 모음 하나로 의미가 바뀌는 덫과 닻. 육아 시작 후 막중한 책임과 허덕이는 육신에 자꾸 침몰하는 기분이 들었다. 정신없이 휘몰아치는 육아로 내 자리가 없었다. 그러나 작가는 육아를 '침몰'이 아닌 '침잠'이라고 불렀다. '침잠', 내가 좋아하는 단어다. 도약에 앞서 나는 늘 침잠의 시간을 가졌다. 다시 나를 점검하고, 기도와 말씀으로 나를 다독였다. 그리고 내게 필요한 연료를 채워 넣었다.

오디션을 앞두고 주말에 연습실을 예약했다. 그러나 '배우엄마'에게 변수가 찾아왔다. 그리고 나의 계획을 무참히 부수었다. 주일 새벽 갑자기 아들이 침대로 올라와 내 몸 위에 축 늘어졌다. 몸은 불덩이처럼 뜨거웠다. '39.8도' 미온수로 몸을 적시고, 해열제를 먹여도 열이 떨어지지 않았다. 병원에서는 코로나를 의심하며 아이의 코를 찔렀으나, 결과는 음성이었다. 의사는 열감기에 편도가 많이 부었다고 했다. 잠시 열이 떨어지는 모습에 대사를 외울 겸 근처 공원을 달리고 왔다. 그러나 밤이 되자 아이는 열경련에 오한, 온몸에 열꽃과 수포가 올라왔다. 아이의 상태를 미처 알아차리지 못하고 내 연습, 내 루틴대로 행동한 일이 죄책감이 되어 가슴이 따끔거렸다. 소아청소년과에서 수족구병이라고 진단받았다. 그렇게 아들은 3일을 고열에 시달렸다. 약을 먹어도 열은 안 내리고 점점 온몸에 퍼지는 수포만 더해졌다. 며칠간 1시간 알람을(열나요 앱) 켜두고 쪽잠을 자며 아이를 살폈다. '이런 상황에 오디션을 가도 될까? 내 욕심이 지나친 걸까?' 아들을 재우고 주차장에 차 안에서 연습하다 '열나요' 앱의 알람 톡이 울렸다. 집으로 올라가 열을 쟀다. 여전히 39.6도. 떨어지지 않는 아들의 열, 그리고 오디션에서 영어자유대사를 해야 한다는 사실이 내 어깨를 짓눌렀다.

오디션 날 아침, 드디어 아이의 열이 내리기 시작했다. '연습실에 잠시 들러서 연습할까?' 그러나 친정엄마도 마침 갈비뼈에 금이 간 상황이었던 터라 아이를 오래 맡길 순 없었다. 오디션 시간에 맞춰 갔다. 내 안에 불신에 가득 찼다. '준비를 못 했어. 대사를 완벽하게 숙지하지 못했어. 아이가 아파서 준비가 부족했어. 충분하지 않아.' 그동안 내가 쌓아온 시간마저 부정한 순간이었다. 나는 나를 믿어주기보다 의심과 불신의 말을 더 믿고 있었다. 나의 불안과 불신을 인물 조감이 알아차렸다. '경력이 적은 것도 아닌데 왜 이렇게 떠세요?'라는 질문에 나는 휘청거리며 부끄러워 어쩔 줄 몰랐다. 저 멀리 안드로메다로 날아간 정신 줄이 지구를 찾아오기 전 나의 오디션은 끝났다. 사실 멘탈이 털린 건 일요일과 월요일 밤을 꼬박 새우고 목이 잠겼을 때 시작되었다. '변수는 언제나 있다'라고 잘난 체했으나 유연하게 대처하지 못했다. 전이라면 연습실에서 펑펑 울며 끝냈을 일이다. 그러나 이런 일은 배우엄마에게 또다시 생길 수 있는 일이었다. 감정에 휘둘리는 대신 뜬눈으로 밤을 새며(아이의 열이 약간 떨어졌음에도) 나의 실수를 복기했다.

'정말 충분하지 않았던 걸까?' 설령 대사가 완벽하지 않아도 상황에 대한 숙지가 있다면 연기는 가능하다. 또는 대사를 살짝살짝 커닝하며 대처할 수도 있다. 오디션이 끝난 후 밖으로 나와 독백을 해봤더니 대사를 모두 암기하고 있었다. 결국 문제는 나를 믿지 못한 불신에 있었다. 얼마 전부터 슬럼프인가 싶을 정도로 현장이 두려웠다. 대사로 인한 현장 실수를 한 이후였다. 적당히 외우는 게 아닌 어떤 상황에도 대사가 튀어나올 정도로 몸에 새겨 넣을 만한 물리적인 시간이 없었다. 육퇴 후 차에서 연습해도 아쉬운 마음에 '부족함'이라는 늪에 빠졌다. 타고난 기질이나 재능 없이 오직 연습으로 채워지던 나의 무대나 현장에서 연습이 빠지니 '부족함'만 남은 듯했다. 더불어 프로와 아마추어의 태도에 관해 내가 쓴 글이 떠올라 숨통을 조여왔다.

'애 핑계, 가족 핑계 대지 마. 그냥 오랜만에 해서 자신 없어 못 했다고 인정해!' 칼날처럼 정확한 진단에 가슴이 쩍 갈라졌고 피가 솟구쳤다. 돌직구를 내뱉는 얄미운 남편의 주둥이에 양말을 쳐 넣는 상상을 하며 묵묵히 설거지를 했다. 그 또한 '배우아빠'다. 그의 판단은 정확했고, 말은 쓰라렸다. 그러나 현실이었다. 울며 질질 짜는 대신 나를 돌아보았다. 부족했던 나를 되돌라보고 인물 조감의 조언을 하나하나 적어 내려갔다. 당연히 배우가 준비해야 할 것들 중 내가 간과한 것들이 보였다. 그리고 출산 후 현장으로 돌아왔을 때의 첫 마음을 되찾았다. 육아의 시간은 나에게 세상을 살아가는 데 다른 시각을 갖도록 만들었다. 아이를 키우는 일은 일방적인 희생이 아니다. 아이를 만나지 못했더라면 알 수 없는 무수한 감정들이 내게 찾아왔다. 글자로만 읽히던 감정의 실체가 손끝에 알알이 만져졌다. 피부로 마음으로 다가왔다. 상상력을 동원해야 알 수 있던 감정의 기폭이 풍랑처럼 나를 덮쳤다.

부족한 엄마라 미안해서 참 많이 울었다. 어떻게 해야 할지 몰라서 울던 울음은 어느새 내 자랑이 되었다. 나는 지금 쉬이 울지 않는다. 작은 일에도 훌쩍이던 내가 엄마가 되어 단단해지고 이성적으로 변했다. 감정으로 대처하기보다 해결 방안을 찾기 시작했다. 아픈 기억은 상흔이 남는다. 그러나 그 기억은 내 마음의 근력이 될 수 있다. 아이를 키우며 흘린 무수한 눈물은 마음의 근력이 되었다. 육아의 시간은 단순한 희생이 아닌 다시 태어나는 시간이다. 번데기에서 나비가 껍질을 벗고 나오듯 그런 과정이 내게는 육아였다. 이렇게 말하지만 결코 쉬운 시간이 아니다. 매번 여러 겹의 죄책감을 이겨내고 배우와 엄마 사이에서 균형을 잡아야 했다.

이런 얘기를 들려주면 아이가 없는 기혼 여배우들은 지레 겁을 먹는다. 육아는 분명 쉽지 않다. 그러나 나를 강하게 한다. 내게는 육아 후 여러 근육이 생겼다. 승모근, 14킬로가 넘는 아들을 한 팔로 안을 팔근육과 더불어 인내라는 근육, 기다림의 근육이 생겼다. 배우에게 가장 필수적이고 숙명적인 일이 바로 기다림이다. 배우의 현장에도 엄마의 하루에도 변수와 쓰나미 같은 혼란은 매일 찾아온다. 하지만 그 이후에 맛보는 달콤함에 비하면 그 고통을 감내하는 것쯤은 문제가 되지 않는다. 내게 결혼이나 출산의 두려움을 토로하는 후배에게 나는 말한다. 그 두려움을 넘어서는 순간, '아주 강력한 폭발이 있을 거야.' 폭발적인 내면의 성장. 깊어진 사랑. 삶의 무게. 칠흑 같은 어둠의 절망도, 오색찬란한 기쁨의 색채도, 버석버석 말라 떨어진 낙엽, 부서지는 햇살의 찬란함도 내 안에 쌓여 지층을 이룬다. 여러 겹으로 채워진 지층 속의 삶의 곡절은 승화되어 숭고하고 아름답다. 이 정도면 배우에게 멋진 감정 훈련 아닌가!

나는 '배우엄마'다. 흔들흔들 실수투성이다. 죄책감을 두른 엄마와 이기적인 엄마 사이에서 여전히 줄다리기한다. 그러나 이 시간은 내게 축복이다. '배우엄마'의 시간은 다른 배우들과 다르게 흘러간다. 나와 더불어 내 손을 꼭 잡은 아이의 시간까지 더해진다. 조금 더딜지라도 깊고 진하다. 더는 나를 코너로 몰지 않기로 했다. 그동안 내 안에 쌓인 시간의 힘은 결단코 나를 배신하지 않는다. 그 점을 간과했다. 이번 오디션과 아들의 수족구병, 그리고 남편의 녹다운까지 상황은 나를 뒤흔들지만 나는 점점 깊이 뿌리내린다. '배우엄마'에게 필요한 것은 단순한 연습 시간이 아닌 나를 믿어주는 일이 앞서야 한다.

육아는 여자에게 격변기이다. 휘몰아치는 폭우 속에서 중심 잡기를 하다 보니 여러 감정을 경험하게 된다. 이 스펙타클한 기쁨과 절망을 통해 발견하는 반짝임을 나는 후배들이 어서 빨리 발견하기를 바란다. 이상의 이유로 결혼, 출산 육아를 한다.

"이 환상적인 대 환장 육아의 세계로 초대합니다. 후배님들!"

결혼도, 육아도 극강의 행복과 극강의 좌절이 있을 수 있습니다. 그러나 한 번뿐인 삶, 한 번쯤 경험해보는 것도 좋지 않을까요. 다만 저는 이글을 모든 여자에게 권하지는 않습니다. 제가 특별히 애정하고 사랑하는 사람에게만 권합니다.

살은 빼고 싶지만, 달달구리는 먹고 싶어

후배 B가 자신의 SNS에 올린 영상에 나는 배꼽을 잡고 깔깔거리
며 웃었다. SNS에 차고 넘치는 몸짱 엄마들의 영상이 아니었다. 나와
비슷한 몸뚱이를 지닌 그녀가 나섰다.

'그녀는 경쾌한 피아노 소리에 맞춰 우아하게 요가 매트를 펴고 운
동을 시작했다. 그녀는 사랑스러운 비글 세 자매를 둔 배우엄마다.
앗!! 비글 1, 2, 3호 사랑스러운 그녀들이 모두 출동했다. 1호가 가장 먼
저 엄마의 등에 껌딱지처럼 붙었다. 2호는 엄마 머리에 매달려 목마를
타고 3호는 놀이기구 타듯 엄마의 허벅지에서 짧은 다리로 방방 뛰었
다. 이어지는 발바닥 간질이기와 쿠션 공격을 꿋꿋이 이겨내고 엄마
는 옆으로 누워 다리 들기를 시도했다. 이내 그녀는 항복을 외쳤다. 총
체적 난국이다.' ─〈엄마들의 살이 안 빠지는 이유〉 유튜브 영상 중

영상을 보고 어찌나 위안이 되던지. 나도 운동을 하려고 요가 매트에 앉았다. 내가 자리를 잡자마자 몸 위로 다이빙하는 아들로 인해 온몸이 쑤셨다. 윗몸일으키기를 시도하자 배 위에서 방방이를 타다 이내 비행기를 태워달라며 내 발을 간지럽혔다. 나는 깔깔대며 항복을 외쳤다. 오늘도 아들의 방해를 이겨내고 윗몸일으키기를 했다. 고작 15개. 그걸로 충분했다. 출산 후엔 몸무게가 쑥 빠질 거라고 기대하진 않아도 뱃살만큼은 들어갈 줄 알았다. 그러나 출산 후에도 여전히 뱃속에 무언가를 담고 있는 듯 불룩 튀어나와 있었다. 출산 경험이 있는 지인들은 이렇게 말했다. '원래 그래. 6개월은 지나야 해. 넌 제왕절개라 운동도 바로 못 하잖아!'

출산 후 만 3년이 다 되어가지만 내 배는 아직도 불룩하다. 시간이 날수록 부푼 배가 처지는 뱃살로 변해가는 듯하다. 벌어진 늑골과 몸무게가 늘어서 몸에 맞는 옷도 없었다. 출산 후 살이 좀 빠지긴 했으나 복부는 당최 들어갈 기미가 없다. 최근에야 집중 치료와 관리가 필요한 '복직근 이개(오른쪽과 왼쪽 복부 근육 사이의 공간이 넓어진 현상. 임산부에게 흔히 나타나며 요통을 동반하는 것으로 알려져 있다)임을 알았다. '영국 왕세자 비는 출산 후 7시간 만에 하이힐에 풀메이크업에 치마까지 입고 사진을 찍었다는데, 나는 이런 몸으로 어떻게 복귀를 하려고? 최소 영상에 내보일 정도의 다이어트는 해야 하지 않을까?'

단순히 일 욕심 때문만은 아니었다. 원체 골격이 가는 편인데, 살이 찌니 몸이 무겁고 허리통증이 심했다. 커진 체격을 버티지 못하는 체력을 위해 한의원에서는 운동과 복부 다이어트를 권했다. 육아하며 이상한 근육만 새로 생긴 터라, 균형 잡힌 운동을 해보자고 홈트를 시작했다. 줄 없는 줄 넘기, 탄력밴드, 밀당이, 실내용 훌라후프 등의 홈트 장비는 아이가 가장 좋아하는 장난감이기도 했다. 운동만 하려고 들면 모두 빼앗아 직접 해봐야 직성이 풀리는 아들 덕분(?)에 나는 1분 이상 집중할 수 없었다. 어린 아들과 함께 지내면서 행복한 시간을 보내고는 있지만, 이따금 떨어지는 당에 속수무책 무너졌다. 생기가 빠져나간 퀭한 눈으로 아이를 향해 방긋 웃어 보지만 아이의 해맑음도 나의 피로 앞에는 무용지물이었다.

참고 참다가 냉장고에서 케이크를 꺼냈다. 아이가 조금 더 어릴 때는 내게 주어지는 그 선물 같은 시간에 아이는 침범하지 않았다. 아이의 간식을 꺼내 같이 먹으면 그만이었다. 그러나 이제 엄마의 설렘이 식탁 위에 놓이는 순간, 아들의 뛰어난 오감이 발휘되는 순간이기도 하다. 녀석이 먼저 수저부터 챙겨 와 의자에 자리를 잡고 앉는다. '무슨 22개월 아기가 이러니?' 결국, 나의 결단은 몰래 먹기. 우아하게 앉아 커피와 함께 먹는 건 절대 불가능한 일이다. 냉장고에 몰래 넣어둔 초콜릿을 아들 몰래 내 입에 쏙 넣었다. 귀가 밝은 아들은 초콜릿 속 과자가 바스락거리는 소리에 나를 쳐다본다. 내 무릎에 매달려 입을 벌려보라고 말한다. '네 간식을 하나 먹어본 거야'라고 말하자 아들은 의심의 눈초리로 자기 과자를 먹어보라고 내민다. 그리고 바삭 소리의 질감을 들고 비교한다. '무서운 녀석이다. 냉수도 못 마시겠네' 몰래 먹으니 더 달콤하고 맛이 좋다. 들키지 않고 넘어간 날은 평화롭다. 당까지 챙겼으니 생기가 돈다. 입에서 이렇게 땡기는데 어떻게 끊을까? '홍삼'이나 '아르기닌'보다 확실한 나의 행복 지킴이인 케이크와 초콜릿, 달달구리들이 내 허리를 휘감고 둘러쌌다. 출산 전 치수보다 앞자리 수가 바뀌어 돌아올 생각이 없었다. 훌라후프라도 돌릴 땐 그나마 나았다. 이제는 훌라후프를 돌리면 아들이 바람을 가르고 달려와 어느새 자기 목에 걸고 신나게 빙글빙글 돌린다.

결단이 필요했다. 달콤함을 멀리하고 독하게 풀떼기를 먹으며 다이어트를 선언할지, 운동량을 늘려 살을 빼든지, 이도 저도 아니면 그냥 생긴 대로 살든지 말이다. 내 선택은 2번이었다. 아이가 누워만 있던 시절에는 유모차를 끌고 집 근처 둘레길을 걸었다. 처음엔 걸으면서 후달리던 팔과 다리가 어느 순간부터는 튼튼해져서 할만했다. 그렇게 조금씩 체력을 회복하니 달콤한 것들을 찾는 손길이 줄었다. 그러나 아이가 걷게 되자 상황이 달라졌다. 늘 나만 따라다니는 아이, 어디로 튈지 모를 아이와 함께 걷기 운동을 한다는 건 쉽지 않았다. 남편에게 양해를 구하여 저녁 8시 타임 동네 문화센터 필라테스 수업을 들었다. 코어 강화 수업을 들은 지 4달이 지나도 뱃살은 여전했다. 운동량보다 먹는 게 많으니 빠질 리가 있나. 공복에는 갈라져서 붙은 배가 밥만 먹으면 다시 풍선이 되었다. 소리 없는 줄넘기를 병행했다. 처음에는 1분. 3분. 7분. 10분까지 늘렸다. 그 이상은 시도하지 않았다. 처음부터 너무 많은 운동량을 잡으면 핑곗거리가 생겼을 때 멈출 것 같았다. 자꾸 미루는 습성 탓에 부담 없는 5분으로 마무리했다. 그리고 행복한 달달 구리 타임은 하루 한 번으로 조정했다.

그래도 부족한 유산소 운동은 동요를 틀고 아들과 막춤으로 때웠다. 미친 듯 망가지며 아기돼지삼형제를 불렀고, 노부영(노래 부르는 영어)의 노래를 부르며 흔들어 재꼈다. 근본도 없는 춤사위에 신나는 건 우리 둘뿐이지만 아들이 신나게 웃으니 그걸로 되었다. 하루 중 지루해질 때쯤 우리는 개다리춤을 추며 동물 소리를 내고, 바닥을 네발로 기어 다녔다. 철부지 배우엄마는 '우우우우' 낮은 소리로 소리 지르며 소파 위로 올라가서 가슴을 팡팡 쳤다. 고릴라, 호랑이는 '으르르르렁, 어흥은 심심하니까' 고등학교와 대학교 시절 움직임 수업 때 들은 동물 흉내 내기가 이렇게 바람직하게 사용될 줄이야! 이어지는 까꿍 놀이와 숨바꼭질까지 마치면 칼로리 소모가 엄청났다. 물론 여전히 아들은 '엄마, 더 더!'를 외치지만, 나는 그대로 소파에 늘어져 멍을 때리다 조용히 나의 보물 창고로 가서 아들 몰래 달달 구리를 꺼내어 먹었다. 조용히 물을 끓였다. 아들에게는 커피 타임을 외쳤다.

'아들! 커피 내리자.'

위대한 발명품인 맥심 커피는 나의 감독하에(뜨거운 물 때문에) 아들이 직접 타주기도 한다. 드립커피를 내려 마시는 오후에는 아들이 내 옆에 조용히 자리를 잡고 앉는다. '투명한 물을 여과지에 담긴 가루 원두에 부으면 까만 물이 아래로 떨어지네. 신기하지? 커피 알갱이 사이로 물이 통과하면서 물이 커피를 흡수한 거야.' 나는 커피 타임을 단유(모유 수유를 끊는 시기) 후부터 아들과 함께했다. 뜨거운 물의 온도를 알려주고 아들에게 손을 대보라고 했다. 물론 근처까지만이다. 직접 손을 댄 것이 아님에도 뜨거움을 인지한 아들은 커피 타임에는 섣부르게 나서지 않았다. 조용히 곁에 앉아 한 방울씩 떨어지는 까만 물을 지켜봤다. 커피 빵이 부풀어 오르는 모습을 보며 신기해했고, 우리는 다시 조용히 우리의 일상으로 돌아왔다. 달콤한 나와 아들의 시간이다. 내 입속에는 아들 몰래 챙겨 넣은 작은 행복이 녹아내리고 있었다.

나는 배우이자 엄마다. 매끈하게 빠진 몸매를 꿈꾸지만, 현실은 66 사이즈의 아줌마다. '배역도 이제 엄마만 맡는데 뭐 어때'라는 말을 듣기도 한다. 그러나 얼굴이 동글동글해지니 표정을 책임지는 것이 어려워졌다. 이제 물 건너간 것 듯한 몸무게 앞 자릿수 4. 출산 전처럼 마른 체형을 원하는 건 아니다. 내 아이를 한 팔로 안아 들고, 한 팔에는 장바구니를 들고 신호등을 건널 정도의 체력을 원했다. 균형 잡힌 몸매와 건강한 몸, 건강한 몸에 건강한 정신이 깃든다고 하지 않던가. 매 순간 일희일비하며 휘청이는 그녀는 이제 없다. 튼튼한 다리와 팔뚝으로 신나게 동물 흉내를 내는 배우엄마 '이헌주'가 지금 내 모습이다.

육아를 병행해야 하는 내 현실을 직시했다. 그리고 나는 독한 다이

어터가 아님을 인정하고, 약간의 달달 구리와 함께 나의 행복을 지키기로 했다. 나의 소박한 기쁨을 위해 오늘도 나는 아들과 멋들어진 춤사위를 춘다. 조금씩 식단을 바꾸고, 건강한 끼니들을 먹고 꾸준히 운동한다. 당장 드라마틱한 몸무게 변화는 생기지 않았으나 옷의 핏에 변화가 왔다. 느리지만 천천히 배우엄마의 다이어트는 오늘도 진행 중이다. 수치에 대한 목표치가 높지 않아 그다지 좌절감도 없다. 매일이 성공이다. 글을 끄적이며 먹던 습관적인 군것질을 줄이자 글을 쓰는 지금도 손이 근질근질하다. 그래도 하루에 한 번 달콤한 나의 시간을 위해 지금은 참아본다. 내일로 미룬 오늘의 달콤한 마시멜로가 내일의 나에게 어떤 위로와 기쁨을 줄지 기대된다.

위의 원고를 쓰고 벌써 시간이 몇 달 훌쩍 지났다. 현재 다시 55사이즈로 복귀했다. 과하지 않은 달달구리 한 개, 그리고 꾸준한 운동 덕분이다.

아이가 잠들면 시작되는 엄마의 공부

'파질세이 피아노 소나타 N.13 B-flat Major.K 안단테 칸타빌레'

무한 반복해서 흐르는 피아노 선율 속에서 나는 조용하게 노트를 폈다. 방에는 아들이 잠들기 전 읽던 책들이 펼쳐져 있다. 조용히 울려 퍼지는 코 고는 소리를 배경 삼아 하루를 보내며 틈틈이 필사해둔 글들에 단상을 적어 내렸다. 마음이 소란한 날도 기쁨으로 마음이 붕 뜬 날에도 나는 노트를 폈다. 귀뚜라미가 시끄럽게 울던 가을에도, 하얀 눈이 내려 소복히 쌓인 겨울에도, 나는 우두커니 앉아 밤을 하얗게 지새우며 펜을 들고 여백을 채웠다. 그렇게 엄마의 늦바람이 시작되었다.

나는 엄마의 등을 보고 배움의 기쁨 배웠다. 내가 기억하는 첫 배움은 커다란 전면 거울이 붙은 연습실의 에어로빅 수업이었다. 엄마는 쫄쫄이바지를 입고 열심히 음악에 맞추어서 몸을 흔들었다. 앞으로 다리를 찢듯 발을 차고 손을 좌우로 뻗었다. 나는 연습실 뒤쪽 구석에 앉아 엄마를 따라 했다. 두 번째 기억도 있다. 식탁에 앉아 조용히 먹을 가는 엄마의 등이었다. 전날의 폭풍 같던 시간을 뒤로하고 아무 일 없다는 듯이 아침을 차려낸 후, 엄마는 식탁에 앉아 먹을 갈았다. 지금의 나라면 이를 갈았을 일을 엄마는 태연히 앉아서 먹을 갈았다. 그리고 서툰 솜씨로 붓을 들고 글자를 써 내려갔다. 엄마는 인생의 세찬 바람에 휘둘리기보다 늘 소소한 일거리를 찾았다. 쪽파를 다듬고, 육쪽마늘을 까던 그 식탁에서 엄마는 글자들을 그려갔다. 엄마의 성품을 닮아 동글동글한 필체였다. 글자가 마음에 들지 않는지 미간에 인상을 쓰고서는 다시 종이를 펼쳤다.

그러고 보니 엄마는 늘 분주했다. 조용히 무언가를 사부작거리는 나의 버릇은 엄마를 닮은 것이 분명했다. 요리에는 소질이 없다는 엄마는 된장도 담그고, 각종 장아찌와 김치를 종류별로 담갔다. 그 별로라는 음식 솜씨로 만든 김치는 까탈스러운 입맛을 가진 나와 남편이 가장 좋아하는 맛이다. 가정주부의 삶이 얼마나 바쁜지 엄마를 보고 알았다. 바쁜 일상을 살아내는 중에도 엄마는 배움을 쉬지 않았다. 캘리그라피, 미술, 영어, 네일아트 등. 가난해서 어릴 때 해보지 못한 일들을 나이가 들어 친친히 엄마의 속도로 익혀가고 있었다. 서예 전시가 있던 날 나는 가보겠노라 했으나 엄마는 부끄럽다며 말렸다. 엄마가 들으시는 문화센터 학생들이 단체로 참여한 전시회에 한 점 걸린 것이고, 그다지 잘 쓰지 못하셨다는 것이다. 다 굳은 손으로 50대에 붓을 드는 일이 쉬운가. 63세에 새로운 도전을 하는 엄마가 멋있었다.

아들을 낳고 엄마라는 자리에 앉으니 막막했다. 아이를 키우며 나는 정체성 고민을 많이 했다. 나는 엄마일까? 배우일까? 이헌주일까? 육아를 하며 누구나 한 번쯤 마주할 고민이었다. 어딘가에 나를 잃어버린 느낌이 들어 당황했다. '엄마'라는 이름 앞에 태어날 때부터 나와 함께 한 내 이름 석 자의 자리가 점점 좁아졌다. '나는 어떤 엄마가 되고 싶은가?' 아이들은 부모의 등을 보고 성장한다고 한다. 나는 성장하는 엄마의 삶을 살고 싶었다. 내가 보고 자란 엄마의 넓은 등을 닮고 싶었다. '너 키운다고 일이 단절돼서 어쩌고'라는 변명을 하고 싶지 않았다. 당장 배우로 복귀하지 못하더라도 나는 배우엄마다. 현재 본업이 엄마라도 배우라는 정체성, 일을 포기할 수 없었다. 그래서 구체적으로 움직이기 시작했다.

우연히 SNS로 알게 된 지인의 소개로 시를 필사하는 모임에 들어갔다. 배우의 감정을 확장하는 데에 도움이 될 거라는 생각과 호기심이 있었다. 시집이라고는 도서관에서나 빌려 읽는 책이라고 여겼다. 작가들의 문장을 사랑하여 그들의 에세이, 산문, 소설을 즐겨 읽으면서도 유독 시집에 돈을 쓰는 건 아까웠다. 얇은 책자에 듬성듬성 적힌 여백의 시집 한 권 값을 내야 한다는 게 속 쓰렸다. 그런 내가 시 필사를 시작했다. 아침에 시를 필사하고 밤에 단상을 단톡방에 공유했다. 매일 아침 아들과 함께 하는 산책길, 나뭇가지, 새로 솟은 새순 등에 마음이 설렜다. 하늘의 구름 모양과 바람 냄새, 비가 내리기 전의 흙냄새가 느껴졌다. 평범하던 일상에 오감이 열리기 시작했다. 늘 익숙하던 하루가 새롭게 다가왔다. 그렇게 시가 삶 속으로 스며들어왔다. 시인들이 심장에서 뽑아낸 실로 지은 옷을 입고, 빈 여백에 담긴 시인들의 삶을 읽으며 돈 몇 푼 아까워했던 일들이 미안해졌다. 지금은 시집들이 내 책장에서 꽤 큰 비중을 차지한다.

　　몇 해 전부터는 몇몇 출판사의 북클럽을 통해 고전을 읽고 리뷰도 적는다. 어릴 때부터 늘 책은 읽었으나 가슴에 남는 구절들은 적었다. 오랫동안 취미로 읽던 독서가 이제는 나의 큰 무기가 되었으면 좋겠다고 생각한다. 카프카의 도끼로 얼어붙은 감성을 깨우고, 니체의 망치로는 이성에 질문을 던졌다. 지인의 SNS를 통해 인문고전 카페에서 하는 '작업프로젝트'에 참여했다. 혼자라면 읽지 않을 고전을 한 달에 한두 권씩 필사하면서 관점을 깨우고 생각을 확장해갔다. 사유하며 나만의 글들을 조용히 적어 내려갔다. 문해력이 삶의 실력이 될 것을 믿으며 꾸준히 적었다. 매일 습관적으로 읽던 말씀도 다시 필사하면서 질문하고 묵상했다.

　　이런 공부가 나를 어떻게 변화시킬까? 소란하고 흔들리는 엄마에서 조용히 뿌리내리는 엄마가 되고자 한다. 작은 바람에 가지가 살랑일 수는 있어도 뿌리째 뽑히지 않을 단단함이 느껴진다. 육아에 대한 소신도 생겨서 남들의 비교에도 눈과 귀를 닫았다. 아이를 믿고 함께 가는 엄마, 기도하는 엄마, 말씀을 읽으며 고전으로 성장하는 엄마가 되어가고 있었다. 가끔 들어오는 촬영의 쪽 대본에도 인물의 감정들이 더욱 생생히 다가왔다. 전에는 내 팔레트의 색이 빨강, 노랑, 파랑 원색뿐이었다면, 조금 더 다채로운 물감이 내 삶에 들어왔다. 물감의 다양한 색을 어떤 비율로 섞어낼지가 내게 남은 과제였다. 내게 생각지 않았던 무기들이 손에 쥐어졌다. 차곡차곡 쌓여가는 나의 이야기가 나의 공력이 되었고, 단단한 근육이 되었다.

여덟 번째 버킷리스트

'여덟 번째, 언젠가 내 책을 쓰고 싶다!'

2008년, 프랑스 중부 비시(Vichy)에서 파리로 가는 TGV 안에서 버킷 리스트를 적었다. 10번까지 내려가기도 전에 툭 적은 리스트가 '책을 쓰고 싶다'였다. 막연한 얘기였다. 그동안의 글쓰기는 취미로 일기장에 끄적이는 일(나의 첫 출판은 초등학교 시절 국어 수업 사례에 실린 이솝우화의 뒷이야기다), 또는 도서 리뷰 정도였다. 가슴이 먹먹하게 차오르는 날이면 빈 여백에 토해내듯이 적어 내려갔다. 몇 페이지고 쏟아내고 나면 또 아무렇지도 않게 살아졌다. 글쓰기는 오랜 시간 나의 날숨과 같았다. 삶의 순간, 오늘 하루의 숨을 노트에 토해내면 마음에 안정이 찾아왔다. 여백을 채운 후 찾아오는 고요함이 좋았다. 버릇처럼 끄적였고 주제니 서론, 본론, 결론이니 질서 따위 없이 비문으로 가득 찬 나만의 글을 채워갔다. 어떤 날은 기도문으로 가득 찬 부르짖음이었다. 또 어떤 날은 판도라 상자에 담길 만한 욕설 가득한 더러움을 토해냈다. 의식의 흐름대로 살풀이를 해나가며 나는 나를 찾아갔다. 그것이 나의 생존 의식이었다.

육아는 나의 정체성을 흔들었다. 나를 어디에 두고 왔는지 알 수 없어 없어 당황했다. 나는 다시 글을 썼다. 아니 이번에는 책을 써보기로 했다. 20대 어느 노트에 적어둔 버킷리스트가 떠올랐다. 나는 오랜 시간 책 언저리를 기웃거렸다. '이제 주변에 머물기보다 소동의 중심으로 들어가 보자!' 하고 결심하니 뭔가에 홀린 듯 일이 시작되었다. 이제는 생존 그 이상의 꿈을 꾼다. 꿈을 꾸고 실현하는 내 모습을 하나씩 그려가는 것이다.

'배우가 무슨 책? 괜히 딴짓해서 힘 빼지마!'
'아뇨, 전 지금 힘을 모으고 있어요.'

나의 배움을 확장하고 사색하며 사유하는 훈련, 나의 시선을 열어주는 훈련을 하고 있다. 글쓰기라는 또 다른 세계, 그 벽을 넘기 위해 나는 고전 필사에 많은 정성을 들였다. 고전을 읽는 시간은 시대를 초월해 옛 천재 작가와 나누는 교감이다. 내게 필사는 그 평생의 결과물들을 배우는 시간이 되었다. 문장을 모아 단상을 적으며 나와 대화했다. 감성적이고 감정적으로 접근해 상처받은 일들에서 한 발 떨어져 나를 바라보는 객관화 작업이 이루어졌다. 주변의 말보다 내 안에 고인 말들에 귀를 기울였다. 수없이 질문하는 연습도 했다. 나를 경계 짓던 것들, 강요된 의무를 넘어서 나의 지식과 사고를 확산하는 훈련을 했다. 이 훈련은 글을 끄적이는 내게도, 배우 이헌주에게도 많은 도움이 되었다. 핑계 많던 내 삶에 조금 더 용기를 낼 수 있는 근거가 마련되었다. 휩쓸려가는 시간 속에서 오롯이 나로 바로 서는 힘은 공부에서 나왔다.

그래서 나를 수식하는 단어가 하다 더 붙었다. 나는 글쓰는, 배우, 엄마다. 아들을 키우는 육아 맘인 동시에 배우이며 글을 쓴다. 배우에게 기다림은 필연적이다. 그 기다림을 무엇으로 채울 것인가는 본인의 선택이다. 발을 동동거리기보다 아들에게 멋진 등을 보일 성장을 택했다. 내게 주어지지 않는 기회를 한탄하는 대신 다른 나만의 커다란 명함을 작성해보기로 했다. 그래서 이 책은 나에게 새로운 막의 시작이다.

'나는 글쓰는 배우엄마 이헌주입니다.'

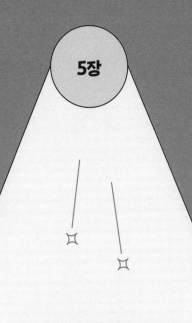

5장

무명이지만
아마추어는 아닙니다

무명이라는 설움에 눈물 흘릴 수 있다.

굽어 있어 남들이 보기에 초라해 보일 수도 있다.

사람 취급 못 받는 것 같다는 생각이 들 수도 있다.

그 모든 시간을 함께 걸어가는 무명이들이 있기에

거센 바람을 아직 견딜 만하다.

경치 좋은 카페에 앉아서 멋진 수트에 폼 잡고 있어야만

우아한 것이 아님을 주변의 무명이들을 통해 배운다.

프로와 아마추어의 태도

"어머, 이러니까 꼭 배우 같네! 너무 멋있다."

"배우 지망생이니까, 배우 되려면 멋있게 찍어야지."

구구절절 설명하기에는 이미 기분이 상했다. 출산 후 처음으로 영화 오디션 연락이 왔다. 설레는 마음에 코로나 검사를 받았다. 오디션이나 촬영 현장에 참석하려면 진료소에서 받은 음성 확인증이 필요했다. 아이를 잠시 친정엄마께 맡기고, 시간이 촉박해 평소 PPT 자료를 출력할 때 이용하는 단골 인쇄소 대신 집 근처 인쇄소에 들러 PPT 파일 이력서를 출력했다. 같은 동네라 안면이 있던 아주머니는 내 사진을 보시고는 배우처럼 멋있다고 칭찬을 하셨다. 아저씨는 배우 지망생이니 당연한 건데 쓸데없는 소리를 한다며 아주머니를 타박했다.

나는 무명배우다. 반박할 여지가 없다. 꽤 오랜 기간 연극을 전공

한 학생으로 한국과 프랑스에서 재학했고, 31살 배우 데뷔 후에도 계속 무명으로 살고 있다. '참 나, 이력을 읽어보세요. 저 이미 배우예요. 연극도 꽤 출연했고, 영화도 개봉을 두 편 했고, 드라마에도 고정출연이…' 설렘과 바람 가득하던 나의 코에 기다란 면봉이 훅 들어왔다. 와사비 한 덩이를 삼킨 듯 눈과 코가 화끈거렸다. 자존심이 상했지만 그 화끈거림도 참고 쿨한 척 웃어넘겼다. 뭐라고 변명할 거리가 없어서? 아니, 나는 절대 그분들의 의견에 동의하지 않는다. 그러나 많은 사람이 나 같은 무명배우를 지망생으로 생각한다는 걸 잘 안다. 그래서 굳이 말할 필요를 느끼지 못했다. 그럴 시간 여유도 없었다.

'지망생! 아마추어!!'

나는 단 한 번도 내가 지망생이나 아마추어라고 생각해본 적이 없다. 슬럼프에 허우적거리던 그 순간에도 나는 프로이고, 배우다. 나에게 배우란 신을 모시는 사람, 예배하는 사람이었다. 고대 그리스에서는 배우는 제의를 담당한 사람이었다고 전한다. 동양에서도 배우의 시작을 신을 모시던 사람, 무당으로 연결 짓는다. 나는 예고의 첫 연극사 수업에서 배우의 기원을 배웠다. 그때 배우와 무대에 대한 가치관과 태도가 성립되었다. 나의 무대는 그 옛날 신에게 드리던 경배이자 찬양이었다. 그래서 학생 때부터 난 늘 무대에 서기 위해 준비하는 시간을 중요하게 생각했다. 나의 태도는 단 한 번도 아마추어인 적이 없었다. 물론 지금은 배우에 대한 나름의 정의가 조금 달라졌다. 하지만 태도는 크게 바뀐 것이 없다. 신을 향하던 경배에서 사람을 향한 위로가 더해졌다.

내가 몸담은 무대와 촬영 현장을 포함하여 어떤 일에든, 프로와 아마추어로 가득하다. 나는 종종 후배 배우들의 한탄 섞인 경험담을 듣기도 하고, 직접 눈으로 보기도 한다. 개인적으로 현장은 연습하는 곳은 아니라고 생각한다. 물론 여러 시행착오와 동료, 스텝들과의 협업으로 많은 것들을 배우는 배움의 장소가 될 수는 있다. 그러나 페이를 받는 프로라면 그곳에 준비된 채로 입장해야 한다. 특히 촬영 현장은 무대와 달리 전체 흐름대로 찍지 않기 때문에 사전 준비가 필수다. 주연 배우들은 계속 그곳에 머물며 흐름을 지켜내고 있기에 그들 스스로 완급을 조절할 수 있다. 그러나 단역 배우들은 전체 대본을 받지 못하는 경우가 허다하다. 부분 대본으로 받고 앞뒤 맥락을 알지 못한 채 가자마자 화를 내거나, 대성통곡하는 장면을 찍는 일이 종종 있다. 물론 연기를 위해 더 필요한 정보가 있다면 연출팀에 요구해야 하고, 배우 자신도 상상력을 동원해 나머지 부분을 채워 넣어야 한다. 그리고 현장에서 카메라가 세팅되기 전까지의 시간에 배우는 준비해야 한다. 잠깐의 등장에 더욱 긴장해서 너무 힘을 주는 과한 오버 액팅이 나올 수도 있다. 따라서 전후 흐름을 지켜보는 일도 중요하다. 카메라 방향과 샷이 여러 번 바뀌어 촬영하는 일도 계산할 수 있어야 한다. 그렇지 않으면 감독의 '액션' 외침과 함께 감정 쥐어짜기를 시작해야 할 수도 있다. 이는 실제 현장에서 흔한 일이다. '액션' 사인과 함께 장면은 시작된다. 배우는 그제야 감정을 잡기 시작한다. 좁은 장소에 구겨진 채 20킬로가 넘는 카메라를 어깨에 진 촬영 감독도, 슬레이트를 치고 쪼그려 앉은 조연출도, 액션과 함께 오열을 시작한 배우도 모두 식은 땀이 난다. 물론 이런 일은 비일비재하고 여러 번 찍는 과정에서 충분히 있을 수 있는 일이다. 하지만 카메라가 각도를 바꿔 촬영하기 위해 세팅을 다시 할 때, 또다시 준비하지 않는다면 그때는 당혹스럽다. 다른 장면을 위해 일찍 온 동료와 셀카를 찍으며 '브이'를 한다던가, 거울만 들여다보며 화장만 고치는 모습에 맥이 빠진다. 다시 촬영이 들어가면 또다시 되돌이표처럼 '액션' 후에야 준비하는 배우가 과연 프로일까?

물론 이렇게 지껄이는 나도 늘 프로다운 모습은 아니었음을 고백한다. 몇 해 전, 드라마 오디션 두 개가 한 주에 잡혀 있었다. 드라마 오디션은 한 번에 여러 배역을 보기 때문에 페이지가 많아 대본을 들고 해도 무관하다. 때로는 현장 대본을 받아 그 자리에서 리딩을 한다. 미리 받은 지정 대본을 보고 있을 무렵 촬영 제의가 들어왔다. 촬영은 이틀 후였고 오디션 전날이었다. 대본이 길지 않은 일상 대화였기에 가볍게 생각했다. 살짝 감기 기운이 있었지만, 이틀 후라 별로 걱정하지 않았다. 결론부터 말하자면 나는 현장에서 내내 버벅거렸다. 쉬운 대사라는 생각에 대사할 때마다 어미를 바꾸었다. 그때마다 스크립트하는 스탭이 와서 '~고, 이번에는~' 이라고 수정해주었다. 단어 실수 지적을 받자 경직되어 이번에는 다른 단어를 바꾸었다. 실수가 실수를 부른 것이다. 쉬운 대사라고 안일하게 생각했다. 촬영이 지연되면서 긴장이 풀려 대사가 날아가 버렸다. 대기 중에 대사를 더 확인하지 못한 나의 불찰이었다. 상황만 가지고 연기하려던 나의 아마추어 같은 태도에 현장 분위기가 험악해졌다. 간단한 촬영에서 대사 엔지가 계속 벌어졌다. 얼굴이 붉어지고 등줄기엔 식은땀이 나기 시작했다. 손발이 축축해지고, 땀이 뚝뚝 흐를 정도로 긴장되었다. 민망하고 부끄러운 기억이다.

배우에게 대사 암기는 중요하다. 현장에는 늘 변수가 있음을 기억해야 했다. 오랜 대기로 대사가 날아갔다는 핑계는 구차한 변명이었다. 나는 프로였지만 아마추어 같은 태도로 임했음을 인정했다. 그 실수로 정신이 번쩍 들었다. 같은 실수를 반복하고 싶지 않은 마음에 남은 오디션 두 개는 더욱더 철저히 준비했다. 대본을 들고 해도 되지만 바짝 군기가 들어서 주어진 대사를 모두 암기했다. 실수는 누구나 할 수 있다. 실수가 반복되지 않도록 노력하는 것, 실패에서 무언가를 배우는 것이 프로의 자세라고 생각한다. 그렇게 철저히 준비한 결과 나에게 배역이라는 보답이 왔다. 두 개 오디션 중 한 개 드라마에 고정 배역으로 캐스팅되었다.

경력이 많다고 프로라고 생각하지 않는다. 자타가 공인하는 프로라도, 마음이 느슨해지는 그 순간 누구나 아마추어로 전락한다. 또 경력이 적어도 준비와 태도가 프로라면 그 사람은 이미 프로다. 실력은 좀 부족할 수 있지만 '유비무환'의 자세를 지닌 사람의 실력은 그 누구보다 크게 성장할 가능성이 크다.

'녀석은 자기 자신이기를 고집하고 있다. 내가 나 자신이든 아니든 말이다. 돼지가 내 뜻을 거스른다고 해서 사리를 모르는 동물이라고 할 수는 없다. 오히려 더 잘 안다고 해야 되리라. 그는 강한 의지를 가지고 있다. 그는 자신의 의견에 확신을 가지고 있다.'
— 헨리 데이비드 소로, 〈돼지 잡아들이기〉 중에서

소로는 도망친 돼지를 잡던 날의 일화에서 돼지에게 강한 의지가 있다고 표현했다. 자신의 의견에 확신을 가졌다는 이유로 돼지의 책략과 독립심에 존경을 표한다고 했다. 현장에서는 소로의 돼지처럼 자기 자신이기를 고집하는 일이 때때로 필요하다. 편협하고 미성숙한 고집이 아니다. 현장에서 상황과 사람에 휩쓸리기보다 오롯이 나로 존재할 수 있어야 한다. 내가 준비한 것에 대한 확신, 나의 가치에 대한 신뢰가 바탕 될 때 연기로 설득할 수 있다. 내가 나를 믿지 못하는데, 누가 나를 존중해줄까?

가끔 단역으로 활동하는 후배들에게 연락이 온다. 현장에서 그림자 취급을 받는다며 하소연을 한다. 물론 나도 현장에서 그런 기운을 느낀 적이 있다. 일찍 간 촬영장에서 스텝들은 바쁘고, 아무도 나를 챙겨주지 않는다. 그들은 나를 신경 쓸 여유가 없는 것임을 경험으로 알게 되었다. 일부러 무시하는 건 아닐 것이다. 하지만 내가 스스로 그림자라고 규정하는 순간, 그들에게 나를 그림자처럼 대할 권리를 주는 것이다. 나의 당당한 태도와 준비성은 상대도 알아차릴 수 있다. 나의 할 일을 정확하게 해내는 동료를 무시하는 프로는 없다. 내가 먼저 나를 프로로 대접하면 처음엔 나를 아마추어로 대하던 상대방의 태도가 바뀐다. 내가 나의 가치를 믿고 나아갈 때, 타인도 나의 가치를 발견한다. 때로는 돼지의 책략과 독립심이 내게도 필요했다. 강한 의지로 확신하기 위해서.

프로와 아마추어를 나누는 기준은 경력이 아니라 마음의 태도라고 생각한다. 일을 끝까지 책임지고 소화하려는 마음, 해낼 수 있다는 자신감이 나를 더욱 당당하게 만든다. 세상이 나를 모를지라도 오랫동안 차곡차곡 쌓아온 나의 경력과 실력, 능력이 사라지지는 않는다. 무명이라고 아마추어이거나 지망생인 건 아니다.

그저 무소의 뿔처럼 홀로 가는, 나는 무명배우다.

좋은 사람, 좋은 배우

'그게 인간에 대한 예의라고 생각해요.'

울음을 삼키고 장면이 시작되는 순간을 기다리고 있었다. '액션' 사인과 함께 터져야 하는 울음에 감정의 수위 조절을 위해 애쓰는 중이었다. 그때 주연 배우가 감독님께 들려준 '인간에 대한 예의'라는 말에 마음이 멈췄다. 내가 좋아하는 단어에 귀가 솔깃했다. '인간에 대한 예의', 가장 기본적이지만 흔히들 놓치기 쉬운 것이 바로 예의다. 도덕책에 나오는 예의범절과는 다른 가장 기본적인 것들, 나는 이것을 존중하는 사람들에게 끌렸다.

주제는 흰 천을 누가 걸 것인가? 아빠 또는 의사 누가 천을 걸 것인가 하는 디테일이었다. 누군가는 신경도 쓰지 않을 장면이었다. 그러나 그녀(주연 배우)는 하얀 천을 걸는 손에 주목했다. 그것이 바로

'인간에 대한 예의'라는 가치관과 철학이었다. 나는 용기 내어 의견을 말했다. 아니 실은 나도 모르게 인간에 대한 예의라는 말에 반응했다. 감독님과 주연 배우의 대화에 끼어들었다. 울음을 멈추고, 아이의 시신을 앞에 둔 엄마 입장에서 내 생각을 말했다.

"저는 남편이 흰 천을 걷는 것을 보고만 있지는 않을 것 같아요. 무조건 팔을 막아서겠죠. 내 아이가 저 차가운 곳에 누워 있다는 사실이 믿기지 않으니까. 그래서 흰 천을 들추고 싶지 않아요. 확인하는 일이 너무 무서워요."

말하다 보니 감정이 점점 차올랐다. 더듬더듬 숨을 고르며 말하다 울컥하는 모습에 주연 배우가 감독님께 말했다.

"왔어요. 지금 들어가야 해요. 지금 찍어야 해요."

촬영을 위해 모든 스텝이 퇴장했다. 감독님이 '액션'을 외치기 전 주연 배우는 나와 남편 역의 배우에게 말했다.

"보통 시신을 확인하기 전에 경찰들은 유가족들에게 이렇게 말한다고 해요. 죽은 사람의 시체는 다 비슷하게 보일 수 있다…"

경찰역의 그녀가 내게 대본에도 없는 전사(전 상황)를 말해주었다.

선배로서의 힌트였다. 쪽 대본으로 대충 어떤 상황인지 파악만 하고 있었다. 좀 더 구체적인 상황 설정을 위해 캐스팅 디렉터에게 자세한 정보와 대본을 요구했다. 사건 관련 부분의 대본을 조각조각 받았다. 그리고 촬영 전 아이 역할 배우의 사진과 성장 영상을 받았다.

〈악의 마음을 읽는 자들〉의 한 장면을 촬영 중이었다. 나는 토막살해 당한 여아의 엄마 역이었다. 함께 출연한 주연 배우는 김소진 배우였다. 그녀는 잠깐 나오는 이미지 단역 배우에게 상황을 설명했다. 나는 이미지 단역으로는 방송에 나가본 적이 없었다. 내가 정해 놓은 선이었다. 그러나 대사도 없는 배역에 나간 건 다분히 현실적인 이유였다. 코로나로 줄은 수입을 만회하려 일단 들어온 촬영에 수락했다. 현장에 도착해 카메라 위치를 보니, 나는 단 한 순간의 이미지 컷을 위해 온 배우임을 확인했다. 소비되는 느낌과 여러 감정이 스쳐 지나갔다. 그러나 나는 나를 다독이고, 현장에 집중했다. 고작 이미지 한 컷이라도 고작 이미지 연기라는 것은 존재하지 않기 때문이다. 그러나 다른 사람의 입장에서 단역 배우는 그저 스쳐 지나가는 한 사람일 수 있다. 이론상으론 한 사람도 귀하지만, 그렇게 여기는 현장은 드물었다. 아니, 어느 현장에서 감독과 주연 배우가 대화 중인데 이미지 단역의 의견을 들어주겠는가. 나는 그날 김소진 배우에게서 동료에 대한 예의와 존중을 보았다.

'액션' 소리와 함께 흰 천이 들렸다. 나는 촬영 전, 부러 소품을 확인하지 않았다. 촬영과 함께 본 아이의 시신 더미(모형)에 나는 비명을 질렀다. 울음을 넘어 발작적인 비명과 과호흡이 왔다. 촬영 직전에 본 아이의 성장 영상 속 눈빛이 뇌리에 남았다. 거대한 갈퀴로 내 가슴을 마구잡이 할퀴는 듯했다. 나는 찰나의 잔상에 사로잡혀 숯불을 품은 들짐승처럼 울부짖었다. 누군가가 나를 안았다. 나를 다독이는 손길과 온기에 더욱 목놓아 울었다. 김소진 배우가 내게 달려와 안아주었다. 나의 쇼크를 눈치챈 것이리라. 아마도 배역 자체보다 인간 김소진의 반응이었을 것이다. 결국 이 장면은 쓰이지 못하고, 다시 촬영했다.

물론 그 장면을 쓰지 못하는 것이 애석했다. 터져 나온 오열과 발작적인 행동은 진짜였다. 약간의 쇼크와 과호흡까지도 소품의 영향이 있었다. 그러나 두 번째는 이미 본 소품이라 첫 번째 감정에 대한 '흉내 내기'에 불과했다. 그리고 이미 한번 풀어낸 감정은 다시 쌓이기까지 시간이 필요했다. 흉내 내기의 두 번째 컷으로 오케이가 났다. 아쉬웠다. 그럼에도 나는 그날 그 장면이 기억에 남는다. 김소진 배우의 온기 때문이다. 배우라면 정해진 동선 외에도 본능적으로 판단할 수 있어야 한다. 물론 경찰이 옆에 있는 남편을 두고 아내를 안아주는 일은 그 상황에서 과한 행동이었다. 그럼에도 그녀의 즉흥적인 행동에서 느껴진 기본저인 '인간에 내한 예의'가 고스란히 전해졌다. 그녀가 지닌 마음의 온도에 반해 버렸다.

'배우이기 이전에 인간이 돼라!' 기본적인 예의를 상실한 시대에

207

살다 보니 예의에 대한 목마름이 생겼다. 물론 예의에 대한 사전적인 의미와 내가 생각하는 정의가 조금 다를 수도 있다. 내게 예의란 따스한 온기다. 뜨거움으로 옆 사람의 마음까지 홀랑 태워버릴 열기가 아니다. 차갑고 딱딱해서 지나가는 이마저 이가 덜덜 떨리게 하는 시려움이나 썰렁함도 아니다. 36.5도 체온보다 조금 높은 따스함. 손과 발이 시려서 마음까지 시린 누군가의 마음에 가서 닿을 약간의 미열 정도다.

배우로서 어떤 사람이 되고 싶은지를 묻는 질문에 나는 이렇게 말한다. 함민복 시인이 〈긍정적인 밥〉이란 시에서 말했듯이 나는 '따뜻한 국밥 같은 사람'이 되기를 바란다.* 미열을 말하다가 갑자기 국밥 같은 사람이 되고 싶다고 하니, 그 온도 차에 궤변으로 느낄 수도 있겠다. 사람의 온도와 국밥의 온도 차로 생각하면 좋을 듯하다. 입천장 홀랑 꺼슬리지 않고 입으로 호호 불어서 먹으면, 추운 날 든든한 마음 품게 해주는 국밥 한 그릇의 온도를 지니고 싶다. 팔팔 끓는 100도가 아닌 가장 맛있게 먹는 75도 국밥 한 그릇의 온도가 나는 좋다. 마음 시린 날, 비가 오는 날, 그리움에 찾는 소박한 국밥 한 그릇의 만만함이 좋다. 첫술에 입안 가득 퍼지는 구수한 국물과 밥알의 조화는 먹어본 사람만 안다. 다른 반찬도 필요 없다. 만만한 국밥 한 그릇에 김치 한 종

---

* 《모든 경계에는 꽃이 핀다》 중 〈긍정적인 밥〉 함민복, 창작과비평(1996년)

지면 충분하다. 추운 겨울, 내가 걸친 외투가 좀 얇아도 국밥 몇 수저면 속이 뜨끈해진다. 그 뜨거움으로 더 힘내어 걸어갈 수 있을 것 같다. 나는 소박한 온기로 춥고 시린 삶을 견디는 당신의 삶을 응원한다.

고등학교 시절 아르또의 '영혼의 치유자'라는 말에 꽂혔다. 영혼의 의사, 치유자 같은 배우가 되고 싶었다. 내가 하는 일이 누군가의 마음에 닿는 일, 마음을 어루만지는 일이라고 생각했다. 나의 연기로 누군가를 위로, 치유하리라 생각했다. 나이가 들어가면서 그것이 오만임을 알았다. 치유는 나의 영역이 아님을 인정했다. 내가 할 수 있는 건 약간의 위로 한 자락을 주는 것이다. 서툴고 어설픈 마음으로 보내는 작은 위로와 응원이 내가 할 수 있는, 가진 전부다. 나는 잘나가는 배우가 아니다. 영향력이 뛰어난 유명인도 아니다. 무명, 이름 없는 풀 한 포기 같은 배우다. 하지만 누군가의 마음을 덥혀줄 국밥 한 그릇 같은 사람이고 싶다.

'따뜻한 국밥 한 그릇 하실래요?'

무명이들의 우아하게 버티는 법 (Feat. 기왓장 살롱)

'대개의 갈매기들에게 중요한 것은 비행이 아니라 먹이다. 하지만 조나단에게 중요한 것은 먹이가 아니라 비행이었다.' ― 리처드 바크, 《갈매기의 꿈》

먹이가 삶의 유일한 목적인 것처럼 살고 싶지 않았다. '무명'이라는 단어가 전달하는 무기력에 잠식되고 싶지 않아 몸부림쳤다. 여기 이곳에 나와 같은 무명이들이 있다. 고기잡이배 근처를 기웃거리며 우연히 잡게 될 물고기보다 그들은 하늘을 나는 것에 주목했다. 높이, 멀리, 그리고 우아하고 아름다운 비행을 위해 도약했다. 무명인 우리는 함께 버티고 오늘 하루도 꿋꿋하게 견뎌낸다.

'기왓장 살롱!' 무명 배우들이 모여 영화 이야기로 수다를 떠는 모임이다. 2019년 봄, 5명의 무명 배우가 '연남동 살롱'에서 첫 영화 수다 모임을 시작했다. S와 예술학장 TJ가 모임을 주도했다. 처음에는 특정한 형식 없이 각자 가지고 온 영화를 함께 보고, 어떤 장면을 다시 보며 새로운 걸 발견하는 시간을 즐겼다. 모임이 끝나면 근처 밥집에서 돌솥비빔밥을 시켜 열심히 비벼 먹었다. 오색 나물에 어묵 국물 서비스. 여러 음식을 시키는 걸 반기지 않는 주인 덕에 메뉴는 한두 개로 통일해야 했다. 그러나 임신과 출산, 육아로 대면 모임을 못 나갈 때면 그들과 함께 먹은 돌솥비빔밥이 그리웠다. 흔한 나물들과 밥이 뜨겁게 달궈진 뚝배기에 담겨 나왔다. 고추장을 듬뿍 넣고 젓가락으로 야무지게 비볐다. 아무도 궁금해 하지 않는 흔한 나물의 조합이 마치 우리 모습처럼 보였다. 그러나 그 나물들이 고추장과 참기름, 참깨와 어우러져 뚝배기에 담기면 그 맛이 일품이었다. 당시 돌솥비빔밥은 나의 최애 음식이었다! 같이 또 따로 어우러지는 맛은 기왓장 살롱의 멤버와 같았다. 얼핏 보기에도 흔한 무명 배우들이었다. 들여다볼수록 더 알고 싶은 배우들이 모여 목적 없는 수다를 시작으로 조금씩 꿈틀거렸다.

　배우라는 일은 갑자기 일이 연달아 들어올 때도, 뜸할 때도 있다. 바다의 밀물과 썰물처럼 일이 들어오고 빠져나간다. 이런 흐름에 파도처럼 출렁이는 것이 배우의 삶, 일상이다. 파도의 높고 낮음에 따라 기분과 태도까지 휩쓸리다 보면 결국 짠물을 들이키는 건 배우 자신이다. 이 흐름을 적절히 이용해 파도타기를 즐기는 자세가 필요하다. 지나친 교만도 지나친 상심도 지양해야 한다. 때로는 어깨에 힘이 들어가는 일도 생긴다. 하지만 교만은 자신을 거꾸러트리는 독이 된다.

목이 곧아 뻣뻣한 배우는 작은 돌부리에도 넘어지기 쉽다. 이럴 때 정신 차리라고 멱살 잡아주는 모임, 머리채를 흔들며 초심을 기억하게 하자는 것이 모임의 시작이었다. 그래서 이름에 기왓장을 넣었다. 어깨 위에 올라가는 기왓장, 오만과 교만이 쌓일 때마다 서로 부수어 주자는 의미다. 모임에는 활발하게 활동하며 자극을 주는 친구도 있고, 잠시 정체로 슬럼프에 머무는 친구도 있다. 누군가 힘들 때 멱살 잡고 끌고 가는 연대, 함께 성장하자는 거시 모임의 정체성이다. 부끄럽지만 나는 임신과 출산, 육아라는 핑계로 깍두기 신세, 반발만 걸치고 있음을 고백한다.

팬데믹 때문에 줌으로 모임을 진행하다가 좀 잠잠해졌을 무렵, 문래동에서 오프 모임을 갖기로 했다. 그런데 문래동? 아이를 친정에 맡기고 가야 하는데, 집에서 너무 멀어 부담스러웠다.

"꼭 문래에서 해야 하는 이유라도 있어?"
"문래 근처에 연습실을 한 달 빌렸어. 기왓장 모임 전에 연기 스터디가 있고 끝나면 또 영어 스터디라 문래역 근처로 잡았어."

이들의 금요일 스케줄은 스터디로 가득 차 있었다. 아침에는 요가, 연기, 그리고 점심식사 후에는 기왓장 살롱, 영어 스터디 등의 스케줄이었다. 그중에는 탭댄스 스터디에 참여하는 친구도 있다. 무슨 스터디 중독도 아니고? 그들은 촬영, 공연, 알바 이외의 모든 시간을 스터디 참여와 미션 과제를 수행하는 데 사용했다. 우리는 우스갯소리로 이것을 계획한 친구를 학장 삼아 TJ의 예술 대학이라고 불렀다.

'내가 미션을 하는 건지, 미션이 나인지. 어떨 때는 모르겠어!'라고 말하는 S의 얼굴은 자신감에 반짝였다. 자신의 시간을 충실하게 보내는 이에게서 나오는 단단함이 그의 얼굴에 나타났다. 몇 년 전 처음 만났을 때 S의 모습과는 달랐다. 공연 연습과 촬영에 온 시간을 쏟으면서도 잠을 쪼개가며 알바까지 했다. 꾸준한 활동 덕분에 촬영과 공연으로 생활이 가능해진 S는 이제 자신의 시간을 성장하는 데 사용한다. 각종 워크숍(소리 훈련, 신체 훈련, 연기 훈련)에 참여하고, 배움을 적용하고자 꾸준히 스터디를 열고 연습한다. 최근에는 야나* 의 연예인 서포터즈 활동을 수료하고 영어 공연까지 해냈다. '도대체 이 녀석의 24시간은 어떻게 굴러가는 거지?' 친구지만 참 배울 점이 많은 그였다. 나도 때때로 조언을 청하곤 한다. 어제와 다른 오늘을 살아내는 친구를 보면서 또 그 친구를 따르는 동생들을 보며 배우엄마도 지금 실천할 수 있는 일들을 하나씩 해내는 중이다. 이렇게 채워지는 시간의 열매는 풍성했다.

예능 프로그램 〈나 혼자 산다〉에 출연한 이시언 배우를 두고 우스갯소리로 '대기 배우'라 부르는 것을 보았다. 현장에서 대기 시간이 긴 것을 옆에서 지켜보던 프로그램 촬영팀이 자막으로 넣은 것이다. 물론 이름이 널리 알려진 이시언 배우에게 대기 시간은 현장에서 장면과 장면 사이의 시간적 공백일 것이다. 그러나 무명의 단역 배우에게 대기란 삶이다. 현장에서의 무한 대기부터 오디션 연락, 그리고 캐스팅 디렉터의 연락까지 기다림은 무명 배우에게 숙명이다. 누군가는 이 시간을 수동적으로 기다리고, 어떤 이는 적극적으로 기회를 만들어낸다.

"영어 공부는 왜 하는 거야?"
"헐리우드에 가려고요."

나의 질문에 예술 학장 TJ가 말했다. '와, 진짜 멋지네!' 이미 한국 배우들 중 미국으로 진출한 분들도 있고, OTT(over the top) 플랫폼 확장으로 한국 작품이 외국에 소개되는 일도 흔해졌다. 윤여정 선배님의 수상 소감은 꿈의 성취엔 나이 제한이 없음을 알려주기도 했다. 누구나 꿈을 꾼다. 그러나 그 꿈을 향해 사다리를 놓는 것은 소수다. 대부분은 좌절하고, 불평한다. 안 된다고 말하는 다수의 의견에 발목을 잡히기도 한다. 그러나 우리는 높게 날 비상을 꿈꾸며 끊임없이 훈련한다.

'나이 35살에 영어를 배워? 발음은 어쩌려고? 헐리우드? 그게 정말 가능할까?' TJ는 외부에서 들리는 소리보다 자신의 훈련에 집중했다. 때로는 그 열정으로 시차를 잊고 새벽에 영국에 사는 원어민 선생에게 전화로 질문도 했다. 그들의 뜨거운 열기에 자랑스러운 기분이 들면서도 순간 짜릿한 질투가 났다. 그런데 지금 나는?

'함께 하자!'라고 권하는 말에 만족해야 했다. 그들과 모든 스케줄을 함께 할 수는 없었다. 나는 배우인 동시에 엄마였다. 나는 남들보다 더 기다리고 인내해야 했다. 그리고 내가 할 수 있는 것들을 상황에 맞게 하나씩 해나갔다. 당장 그들처럼 영어 공부까지 참여할 여력이 없었다. 대신 내게는 아들과 함께 읽는 영어 그림책이 있었다. 열심히 읽어주고 외워서 아들에게 말을 걸었다. 엄마표 영어가 별거인가. 이렇듯 나는 주어진 환경에 맞추어 나만의 방법을 실천, 적용했다. 그들의 열정에 뾰족함을 드러내는 대신 그들의 우아한 열정과 태도를 모방했다.

그들에게는 물 위에 떠 있으려 열심히 발을 젓는 백조의 분주함이 있었다. 나는 그 분주함이 우아하고 기품 있게 느껴졌다. 예쁜 카페에 앉아 밥값보다 비싼 커피와 디저트를 먹어야만 우아한 건 아니다. 1,500원짜리 빅사이즈 커피를 마시면서도 자신들의 내일을 위해 열심히 물장구를 치는 튼튼한 다리, 그 단단함에 기품이 있다. 긴 여정에 함께 걸어갈 벗을 만드는 일은 중요하다. 혼자 갈 때보다 함께 가는 길은 더 즐겁고 더 멀리 가도록 하는 힘이 된다. 홀로 뜨거운 열정은 위기 앞에서 불씨가 잠시 꺼질 수 있다. 그러나 여러 나무가 모인 장작불은 쉬이 꺼지지 않는다. 꿈을 꾸고 있다면 함께 걸어갈 벗을 만들어라. 삶의 여행에서 함께 하는 그 벗이 나를 우아한 무명이로 만들어줄 것이다.

무명이들의 우아하게 버티는 법 2, 그들의 이야기

"시궁창이라고 생각한 그곳은 알고 보니 새롭게 열린 문이었어."

우직해서 소 같기도 하고, 때로는 벽처럼 꽉 막힌 듯한 친구 S의 말이었다. 샛길이라고는 돌아볼 줄 모르고 곧장 직진만 했다. 지름길이라고는 알지 못해 남들 다 아는 대로로 정면승부했다. 작은 일에도 지하 100층까지 내려가서 우물을 파는 모습을 보이기도 했다. 기왓장 친구들은 이 친구의 진중함과 묵직함을 종종 놀려댔다. 그런데 이 녀석이 어느 날 잔잔한 호수 같은 미소를 머금었다. 더 이상 갚아내야 할 학자금 대출이 없어 어깨가 가벼워진 탓일까.

S는 늦깎이 대학생으로 연기전공에 들어가 졸업 후에도 늘 배움의 장소를 찾아다녔다. 그 덕에 가벼워진 주머니와 빚으로 항상 수면부족에 시달렸다. 의전 아르바이트와 대리운전을 하며 피로가 누적

되어 퀭한 눈을 하다가도 연습실에서는 양말까지 벗고 맨발투혼을 했다. 열정이 많았지만 노력만큼 보상받지 못한다는 느낌이었다.

"학생 단편 영화에 단역으로 나간다고?"

나는 친구 S의 결정과 선택을 존중했다. 그의 행보는 나와 결이 달랐으나 멋졌다. 그러나 학생 영화의 단편에 단역으로 나가는 건, 돈도 안 되고 자신의 퀄리티를 낮추는 일이라는 생각이 들었다. 주변 사람의 생각과 말은 전혀 상관없다는 듯, 그는 쫓기는 일정에도 출연 제의가 들어오는 영화는 대부분 승낙하고 진행했다. 출연료는 크게 신경 쓰지 않았다. 당장에 갚아내야 할 빚이 있는 형편임에도 알바를 하면 했지, 작품의 페이로 협상하며 거절하지는 않았다. 촬영, 알바, 공연, 스터디 그리고 워크숍을 오가다 지하 깊숙하게 내려가는 순간이 오면 그는 이따금 제주도로 사라졌다. 제주 앞바다에서 혼자 야생으로 텐트 생활을 하다가 오곤 했다. 그에게 제주도 생활은 환기의 순간, 충전과 침잠의 순간이었을 것이다. 그는 우물쭈물 돌다리만 두드리며 아무것도 안 하는 것보다 일단 'YES'를 외치는 편이 좋다고 했다.

"고민하지 말고 일단 해보자."

S는 당장 현장에서 할 수 있는 일들을 찾았고, 그 순간에 충실했다. 이런 행보에 작업이 이어졌다. 한번 일한 감독은 반드시 S를 다음 작

업에 불렀다. 이곳에서 만든 연이 저곳에서도 연이 되었고, 시간이 흐를수록 상대와 신뢰를 쌓아갔다. 우직하고 꽉 막힌 충실함은 단단한 그의 무기였다. 진중하고 묵직함으로 일희일비하는 현장에서 흔들리지 않는 S였다. 시궁창이라고 여긴 바로 그곳도 일반 현장이었다. 그 결과 S는 어떤 곳에서든 편견을 내려놓을 수 있었다고 말했다. 그리고 우직한 성격 탓에 잦은 캐스팅과 연이은 고정 출연에도 교만하지 않았다. 지금도 S는 학생 작품에 출연한다. 굳이 캐스팅 디렉터들에게 영상을 돌리지 않아도 고정 배역이 들어오는 배우가 되었지만, 그는 단편 작업을 중요하게 생각한다. 몇 년 사이 출연료도 올라 아르바이트를 병행하지 않아도 된다. 이제는 내 집 마련의 꿈을 꾸며 돈을 모은다. 여전히 1,500원짜리 커피를 즐겨 마시며, 하루를 미션으로 가득 채워간다. S는 후배들에게 말했다.

"누가 봐도 빡새거나, 누가 봐도 개고생하겠거나, 누가 봐도 돈 적게 받겠거나, 누가 봐도 대접 못 받겠거나 한 현장이 처음에는 시궁창 같았어, 그곳이 아니라 내 마음이. 그런데 그 상황에 뛰어들고 보니 그곳에서 연이 시작되었더라고. 아무것도 안 했다면 이루어지지 않았을 일들이 몸을 던지자 일어났어."

누구나 꿈을 꾼다. 그러나 변명 없이 묵직하게 그 길을 가는 걸음은 귀하다. 치열한 열기와 열정은 기품이 있고, 단점을 장점으로 바꾼 S의 끈기는 우아했다.

이번엔 B의 이야기다. 스스로를 관종이라 부르며 2~3일에 한 번씩 짧은 영상을 만드는 B 역시 배우엄마다. 앞서 잠시 등장한 딸, 딸, 딸 셋의 엄마다. 그녀의 영상은 유쾌하고 재미있다. 한바탕 웃고 나면 묘하게 위로를 받는다. '애도 셋인데, 거울 앞에서 풀메를 언제 했데?' 언젠가 애 키우기도 바쁜데 굳이 영상을 왜 찍는지를 물었다.

"전 크리스찬이에요. 자극적인 영상이 넘쳐나는 요즘, 하나님이 기뻐하실 영상을 만들고 싶었죠. 영상의 영향력은 갈수록 커지고 있어요. 그런데 우리 아이들이 내 머리에 총 맞는 연기를 본다고 생각하니 끔찍했어요. 선한 영향력을 가진 영상을 만들려고요. 두 번째는 물리적인 시간 때문에 집에서 직접 만드는 거죠. 그리고 세 번째는 엄마의 삶에만 머물지 않고, 영상을 만드는 동안 자아를 잃지 않으려고요. 그리고 그 틈에 거울 한 번 더 보고 로션도 바르고요."

간단하면서도 소신이 확실했다. 아이가 셋인 엄마가 꿈을 꿀 수 있을까? 나는 아들이 하나인데도 나를 위해 시간을 쓰는 것에 마음이 벅찰 때가 있다. 나의 피로는 아이와의 관계에 영향을 미치기에 속도와 체력을 조절해야 했다. 그런데 애가 셋인데? B는 나의 의문에 삶으로 답을 주었다. 닫힌 문처럼 보였던 그녀의 삶에 새로운 문이 열렸다. 인생에 경력이 단절된 것처럼 보이는 그 시간 B는 멈추지 않았다. 자신의 자리에서 할 수 있는 것들을 모색했고 아이들이 함께 할 수 있는 것들을 했다. B는 이제 글을 쓰고, 연기하고, 영상을 찍는다. 아이

셋이 B의 삶에 핑계가 될 수 없었다. 오히려 세 아이의 존재는 그녀가 앞으로 어떤 철학으로 세상을 살아가야 하는가에 대한 길잡이가 되었다(신나게 영상을 제작해 공모전에 제출한 상금들이 배우 일로 벌 때보다 더 많다고 한다. 그녀의 영상은 제출만 하면 상을 휩쓴다!).

예술 학장 TJ도 빠트릴 수 없다. 언제나 단단해 보이던 예술 학장 TJ는 비티고 버티는 시간을 통해 뿌리내리는 법을 배우고 있었다.

"버티는 게 뭐 대단한가요? 계획이 다 무너져 내일이 없을 것 같았어요. 2021년 계획이 수두룩했는데, 큰 변수로 1년을 잡아둬야 했죠. 그런데 또 이렇게 지나가 버렸고. 오늘 하루 잘 보내는 거 그거면 됐지."

계획대로 삶이 흘러가지 않을 때 온몸에 힘을 주는 것이 아니라 흐름에 몸을 맡기는 것이 지혜임을 TJ는 알았다. 일주일의 반을 아픈 엄마의 병간호를 위해 먼 비행을 했다. 그는 그 시간 책을 읽었고 끄적이는 시간을 통해서 또 다른 꿈을 꾸었다. 그 시간은 결코 버려지는 시간이 아니었다. 깊어지고 확장되는 세계, 시련을 통해서 TJ의 시선은 전복되었다. 제약된 상황에서도 최선의 삶을 살았다. 그에게는 일주일의 나머지 반이라는 시간이 있었다. 그 시간에 여러 가지 공부와 프로필 투어 등을 했다. 때로는 내 안에 불씨가 영영 꺼져버린 것 같은 시기가 있다. 그러나 휴화산이라고 죽은 건 아니다. 언제 터질지 모를 뜨거운 불덩이를 가슴에 품고 산다. 기다리는 중이다. 폭발을 준비하며 차근차근 불을 뿜을 준비를 한다. TJ를 보며 기다림과 가슴에 불을 품는 일에 대해 생각했다.

"우아하게라는 말이 과연 무명 이들에게 어울린다고 생각해?"

충분히! 나는 충분히 잘 어울린다고 생각한다. 일희일비하기보다 지금, 이 순간에 충실한 시간을 보내며 꿈꾸는 사람들의 치열함은 기품이 있다. 기품은 곧 우아함이다. 우리 삶에서 치열한 태도만큼 아름다운 몸짓이 또 있을까? 자신만의 철학, 신념을 가진 이의 눈빛은 살아 있다. 삶이 계획대로 되지 않더라도 포기하지 않고 묵묵히 기다리는 자는 아름답다. 로키산맥 3,000미터에서 자라는 나무는 무릎을 꿇고 있다. 거센 바람 탓에 허리조차 못 펴고 굽혀 자라기 때문이다. 그런데 명품 바이올린은 바로 그 나무로 만든다. 매서운 바람을 견디고 버틴 시간이 나무에 준 선물은 공명이다. 악기에 담긴 공명은 듣는 이를 전율케 만든다. 무명이라는 설움에 눈물 흘릴 수 있다. 굽어 있어 남들 눈에는 초라해 보일 수도 있다. 사람 취급 못 받는다는 생각이 들 수도 있다. 내 곁에는 함께 걸어가는 무명이들이 있기에 거센 바람을 아직 견딜 만하다. 경치 좋은 카페에 앉아 멋진 수트에 폼 잡고 있어야 우아한 것이 아님을 주변의 무명이들로부터 배운다. 그들이 품은 반짝임이 좋다. 각자 고유한 냄새와 색감을 품고 공명하는 그들의 연주가 좋다. 불평 대신 자신의 일을 찾아 분주히 움직이는 무명이의 삶은 그 어떤 인생보다 우아하다!

정보수집은 그만, 자리에서 일어나라

"언니, 아직~ 조금 더 준비해보고요. 천천히 생각 좀 해보려고요."
"그놈의 준비! 이제 그만할 때도 되지 않았니? 무슨 생각을 또 해??"

영상 쪽으로 전향하고 싶다는 말을 들은 게 2년 전쯤이었다. 10개월 전 그녀는 내게 영상 일을 시작하기 위한 조언을 구했다. 나는 그동안 모아둔 캐스팅 디렉터 주소록과 개인 프로필을 제출하기에 적절한 시기의 영화사 주소를 보내주었다. 그러나 여전히 생각 중인 그녀는 단 한 군데도 보내지 않았다.

"어차피 안 본다고 하던데. 특별히 이력도 없는데 보내기도 뭐하고. 그래서 굳이 보내야 할까 싶기도 해요. 마땅한 사진이 없어서 새로 스튜디오를 예약해야 할 것 같아요."

그녀는 남의 이야기만 듣고 처음의 용기를 접었다. 그리고 덧붙인 말에 나는 할 말을 잃었다. "언니, 뭘 어떻게 해야 할까요?"

물 한 모금 없이 삶은 계란 3개를 연달아 먹고 고구마를 입에 마구 쳐넣은 답답한 기분이랄까! 돌림 노래인가? 이 분야도 학연, 지연이 중요하다는 식의 맥 빠지는 말을 보태며 여전히 눈앞이 막막하다고 말했다. 가보지 않은 길을 가면서 눈앞이 환한 사람이 얼마나 될까. 남이 손에 쥔 카드만 부러워하면 내 길을 갈 수 없다. 예상된 꽃길을 걸으며 탄탄대로를 기대하는 것이라면, 그냥 돌아서서 다른 길을 가라고 말하고 싶었다.

누구나 처음 시작은 두렵고 떨리게 마련이다. 나에 대한 의심과 부족함만 눈에 보이니까. 새로운 도전에 숨이 막힐 만큼 두려운 것도 사실이다. 확신도 없다. 100%의 확신하고 시작하는 사람이 얼마나 될까. 내가 될지 안 될지는 일단 한 발이라도 내디뎌 봐야 알 수 있다. 물론 나도 성과를 이룬 사람이 아닌 여전히 고군분투하고 길을 걸어가는 무명 배우다. 이미 이루었기에 배짱 두둑하게 이런 말을 하는 게 아니다. 매일 새롭게 찾아오는 도전에 일단 '고'를 외치고도 돌아서면 나는 부서워서 바들바들 떨었다. 나는 겁쟁이였다. '그런데 그게 뭐?' 두려움은 실체 없는 감정이다. 일단 그 상황에 들어가면 지레짐작해 겁먹은 것들이 대부분이었다.

육아와 배우 일의 공통점이 있다. 어느 분야나 '카더라~'가 난무한다. 카더라는 교묘하게 나를 걱정하는 척 내게 스며들었다. 결국은 나를 낙심하게 만들고, 들썩거리던 엉덩이를 소파 밑에 눌어붙도록 했다. 그 어떤 시도도 못 하도록 만들었다. '어차피 육아서는 그냥 책일 뿐. 직접 겪어봐야 알아!'라는 카더라가 대표적이다. 그러나 나는 경험상 '책이란 그것이 위로든 정보든 읽고 나면 남는 게 있다'고 믿었다. '3세 전에 자극을 많이 줘야 해. 어린이집에 가서 사회성도 기르고. 책의 바다에 빠졌을 때는 어쩌고~' 등등의 '카더라~'에 휘둘리면 주도적인 양육과 훈육에서 멀어진다. 때때로 깊은 우물 속으로 빠져들기도 한다. 여러 소문은 나를 우물쭈물, 제자리에서 발만 동동거리고 걱정하도록 만들었다.

배우 일도 똑같다. '어차피 그림인데, 그렇게까지 할 필요 없어', '이미 내정자가 있는데, 왜 지원해?', '그거 이미 엔터 애들 데리고 오디션하고 배역 확정했데', '어차피 버려. 뭘 그렇게 정성을 다해서 예쁜 쓰레기를 만들어' 이런 말을 귀담아들으면 내가 할 수 있는 일이 아무것도 없었다. 나는 이런 외부의 소란스러움보다 내면의 세밀한 음성에 귀를 기울이기로 했다. 내가 맡은 일에 충실하기 그것이면 되었다. 내 최선이 최상의 결과는 아닐 수 있다. 결과를 결정하는 건 내 몫이 아니었다. 하지만 충실한 시간으로 채워진 그 순간들은 나를 배신하지 않았고, 실력이 되었다.

퇴근 후 돌아온 남편에게 아들을 맡기고 필라테스를 가는 길이었다. 기왓장 살롱 단톡방에 친구 S가 미국 프로덕션의 오디션 공고를 올렸다. 이미 OTT 플랫폼에서 히트 친 미국 시리즈 드라마의 스핀오프 격을 한국에서 촬영한다고 했다. 배역은 주로 영어가 필요한 역이었고 한 배역 정도만 한국어 대사가 있는 배역이었다. 첫 느낌은 일단 한 번 내봐? 제작사가 달라서인지 평소 영상을 찍어서 제출하던 것과 조금 다른 형식이었다. 도전하고 싶은 마음에 가슴 저 밑에서 짜릿짜릿한 설렘과 바람이 불어왔다. 갑자기 따스해진 날씨에 기승인 미세먼지의 텁텁한 냄새까지도 기분 좋을 지경이었다. 고작 '해볼까'라는 생각만으로도 길가 가로등의 반짝임도 왠지 영롱하게 느껴졌다.

설렘의 감정은 5분을 채 못 채웠다. 저녁 운동을 하는 내내 머릿속은 내가 그 오디션에 참여할 수 없는 100가지 이유를 찾고 있었다. 타당하고 그럴듯한 핑계들이었다. 이미 벌여놓은 책 마무리도 해야 했고, 촬영 중인 드라마에 장면 추가가 생기면서 소질 없는 축구도 배워야 했다. 그리고 새롭게 시작하는 프로젝트 참여도 예정되어 있었다. 무엇보다 가장 강력한 핑계는 고집이 쇠심줄처럼 질겨진 아들의 떼로 인한 체력 소진이 컸다(지원을 하고 보니 영어 수준이 가장 큰 걸림돌인데, 정작 그 고민은 안 했다). '굳이 일을 보태야 할까?' 생각할수록 도전은 나의 이기심처럼 느껴졌다. '아이 키우는 엄마가 너무 욕심이 많은 걸까?' 열정과 도전이라는 내 안의 불덩이와 과욕이라는 자기 검열 사이에서 나는 우물쭈물했다.

사실 된다는 보장도 없었다. 그냥 새로운 길로 한 걸음을 내딛는 것뿐이었다. 그런데 마치 내가 당장 할리우드로 떠나서 아이와 두세 달 떨어져 있을 듯이 걱정만 앞섰다. 이런 일에는 머리로 생각하는 것보다 손가락 클릭이나 움직이는 다리가 탁월하다. 실체 없는 두려움에 사로잡혀 내게 다가온 기회를 놓치느니 내가 할 수 있는 것을 하기로 했다. 일단 움직이는 거다. 사이트에 들어가 살펴보니 내가 할 수 있는 일들이 있었다. 첫걸음은 일단 서류 심사에 지원하는 것이다. 자기 소개 영상을 찍고, 출연 영상을 등록했다. 이후의 일은 나중에 생각하면 된다. 실체 없는 두려움에 갇혀 떨기보다 일단 확인하는 일. 그 하나의 행동이 거대하게 부풀어 흔들리는 그림자 대신 현실적인 판단을 하게 만든다.

나의 선택에 후회 없이 달려들고 결과는 맡겨야 한다. 내 손을 떠난 결과는 어찌할 수 없다. 하지만 그것을 위해 준비한 시간은 일의 성패와 상관없이 고스란히 나의 근력이이 된다. 나의 자산, 나의 힘이 된다. 실패해도 된다. 실패는 부끄러운 일이 아니다. 되려 실패가 두려워 안주하는 내 모습이 더 부끄러운 것이다. 이것저것 핑계를 대고 남 탓하며 불평하기보다 일단 해보는 편이 꿈에 가까워지는 방법이다. 또 완벽한 준비라는 건 없다. 철저한 준비는 물론 중요하다. 그러나 아직 준비가 덜 되어서라는 말이 실은 용기가 없어서 하는 변명은 아닌지 솔직하게 들여다보아야 한다. 수첩에 빼곡하게 적힌 계획들, 여기저기 기웃거리며 캡처한 정보들, 카톡으로 받은 캐스팅 디렉터들의 업

데이트 주소록, 영화사 주소들 수집은 이미 충분하다. 몇 십 명의 주소록보다 귀한 건 5명이라도 직접 영상을 보내고 인사를 건네는 용기다.

최근 출연 영상을 편집해 메일로 24명의 캐스팅 디렉터에게 보냈다. 보낸 지 15일이 넘도록 읽은 이는 단 3명이었다. 하지만 괜찮다. 3명이면 충분하다. 내가 일하게 될 사람은 결국 메일을 읽은 3명 중에 있다. 1명이라도 지속적으로 내게 일을 주는 것이 중요하다. 나는 이렇게 나를 귀하게 여기고 가치 있게 봐줄 동료들을 만들어간다. 지금 내가 걷는 길이 남에게 미련하고 어리석어 보일 수도 있다. 마치 보이지 않는 거인과 싸우는 돈키호테처럼 보일 수 있다. 그러나 지금 나의 노력과 행동이 결국 길을 만든다. 거친 자갈 밭길에, 진흙탕을 구르다가도 어느새 확 뚫린 대로를 만나기도 하는 것이 삶이 아닌가. 지금 걷는 길이 지름길이 아닐지라도 괜찮다. 나만의 길을 만드는 일은 실패에서 시작하기도 한다. 다시 말하건대 실패를 두려워 말자. 두려워서 엉덩이를 떼지 못하면 3년 후에도 6년 후에도 여전히 그 자리에 머물러 있을 뿐이다.

언제까지 남의 인스타에 '좋아요'만 누를래?

커피 향이 퍼지며 집안에 침묵이 찾아왔다. 아들의 낮잠 시간이 바뀌면서 오후에 조용히 책을 볼 여유가 생겼다. 똑똑 떨어지는 드립커피의 향과 함께 책장 넘어가는 소리가 좋았다. 하루 중 내가 가장 좋아하는 시간이었다. 널브러진 아이의 장난감을 치우는 대신 책을 읽고 끄적이며 내 시간을 충분히 누렸다. 책과 커피의 조화는 정말 환상이다. 어느 날 조화로운 종이와 향기 사이에 틈이 생겼다. 잔뜩 밀린 리뷰와 서평단 글을 제출하고 나니 잠시 딴짓이 필요했다. 나의 딴짓은 SNS였다. 가끔 SNS에 리뷰를 올리면서 새롭게 생긴 이웃들 덕에 관심 분야가 넓어졌다.

"와, 사진 좀 봐! 이 책 나도 보고 싶었던 건데, 이런 내용이구나."

첫 시작은 필요한 정보를 들추어 보는 것이었다. 북 리뷰어들이 추천한 도서의 리스트를 살펴보고, 가끔은 노트에 따로 적기도 했다. 그 와중에 촌철살인 문장을 만나면 온종일 시간을 들여 그 사람의 피드를 다 읽었다. 그리고 나는 착각했다. 그 사람이 읽은 책들을 나도 읽었다고… 그 문장이 내 가슴에 다가왔다고… 그러나 지금 누군가가 내게 무엇에 마음이 머물렀냐고 묻는다면, 정확히 기억나지 않는다. 그 문장은 그의 것이고, 그 사람이 고르고 고른 말이기 때문이다. 공감했으나 맥락 없이 뽑힌 문장과 리뷰는 내 삶을 움직이지 못했다. 그저 '좋아요! 좋아요!'를 누르며 또 다른 소식에 눈을 돌렸다. 콘텐츠 큐레이션 커머스 시스템으로 재빠르게 올라오는 새 피드들은 흥미로웠다. 아들이 자는 동안 다른 모든 일을 잊을 만큼 딴짓에 몰두했다. 난 원래 드라마나 영화도 한 번 보면 밤새 완결까지 찾아보는 집요한 사람이었다. 나의 집요함이 SNS 딴짓으로 파고들었다.

한 분야로 시작된 '좋아요'의 끝은 중구난방 날뛰었다. 남의 일기장을 훔쳐보듯, 일상을 훔쳐보는 듯한 그곳에서 나는 남들과 나를 비교하기 시작했다. '저 배우는 지금 활발하게 활동하는구나', '저 엄마는 육아를 위해 저렇게까지 하네', '45살이라고? 애가 둘인데 저 몸매가 말이 돼?' 여러 피드를 배회하다 우연히 들여다본 옛 동료의 활동 소식에 마음이 조급해졌다. 나는 멈춘 시간 속에서 박제가 된 느낌이었다. 책 육아를 결심하고도 제대로 갖추지 못한 아이의 빈곤한 책장을 보며 통장 잔고를 살폈다. 운동하는 인플루언서(공구를 자주 여는)의 피드를 보며 나의 허리에 둘린 두툼한 핸들을 잡았다. 늘어진 티셔츠를

들어서 뱃살을 들여다보니, 임신 중 터진 살들이 지렁이처럼 흔적을 남겼다. '하!'

분명 내가 가장 좋아하던 오후의 커피 타임이 침해받기 시작했다. 나는 기쁨을 빼앗겼다. 나의 시선이 내면이 아닌 외부로 향했고 남들 중심이 되어갔다. 흔들흔들 중심 없이 비틀거렸다. 내 안에 찾아온 불안은 '공동구매' 결재로 이어졌다. 학습지와 각종 전집 또는 학원은 학부모의 불안을 먹고 산다더니, 나는 아직 어린 아들을 위해 신나게 영어책들을 사 모았다. 공구하는 엄마의 라이브를 알람 맞추어 보는 일은 새 정보를 얻는 일이었다. 아니 결국은 지갑을 열게 되는 통로였다. 어느새 나는 공동구매의 노예가 되어 있었다. 아들에게 읽어주는 속도보다 쌓이는 책들이 더 많았다. 지금 생각해보면, 책 육아가 아닌 내 욕심을 채우는 육아, 그저 책 수집가 엄마였다.

'대박! 3+1이라고! 그럼 무조건 사야지. 근데 무슨 크림?'

첫 시작은 관심 분야의 정보 검색이었는데, 어느새 알 수 없는 소비를 하며 중심을 잃어버린 나를 발견했다. 불만족스러운 삶의 태도에 나는 일단 멈춤을 선언했다. 공구 알람을 껐다. SNS에는 기준을 정해서 접속했다. 무분별하게 시간을 사용했고, 분별하지 못 하는 일을 차단했다. 귀가 얇아 흔들린다면 차단할 필요가 있다. 모두 어디로 가는지 알지 못한 채 우루루 몰려다니는 대열에서 나는 살며시 빠져나왔다. 의미 있는 소비를 위해 무의식적으로 구독하던 OTT 플랫폼도 구독을 정지했다. 정기 구독했으니 무조건 틀게 되는 작품 대신 내가 꼭 보고 싶은 것은 따로 구매했다. 의미 없이 멍때리는 시간을 줄여가자 나만의 시간이 확보되었다. 타인이 기준이 아닌 내 관심사에 따라 의미 있는 소비를 하기 시작했다. 의미 있는 소비 속에서 나는 질문하고 적어 내려갔다. 단순한 기록이 아닌 나만의 취향이 될 여러 재료였다. 그저 멍하게 손가락으로 '좋아요'를 누르던 행위를 멈추자 책을 읽고 필사할 수 있는 시간이 만들어졌다.

그리고 나는 잠시 멈추어서 질문했다. 언제까지 소비자로 살래? 남의 콘텐츠에 열광하며 '좋아요'만 누를래? 그러다 우연히 SNS에서 책 계약서 사진과 이야기를 보았다. 그녀가 출판사와 계약하기까지의 여정에 관한 글이었다. 그녀의 네 번째 책이었다. 3권의 육아서를 냈고 이번 계약은 자기계발서였다. '육아 휴직하고 2년 7개월 동안 4권의 책을 썼다고?'(그녀는 현재 5권의 책을 출간했고, 6번째 책을 집필 중이다.)

2121년 9월, 복직을 앞둔 그녀는 놀랍게도 13일 만에 책을 썼다고 했다. 내가 본 계약서의 사진이 13일 만에 쓴 글의 출판계약서였다. 아이들이 잠든 새벽 3시~아침 7시, 오전 9시~오후 1시를 활용했다. 그렇게 자신의 한계를 뛰어넘는 시간이었다는 글이 나에게 울림이 되었다. 몇 년 전에는 블로그에서 대하소설 《토지》 필사를 함께 할 사람을 모집한다는 글을 보았다. 한참 기웃거리다 시간을 낼 수 없을 것 같아 포기했었다. 그런데 필사 모임을 주도한 그녀는 어느새 책을 집필한 작가가 되어 있었다. 나와 그녀의 다른 점은 무엇이었을까? 나는 처음 끌림에 머뭇거리다 그냥 스쳐 지나갔다. 하지만 그녀는 꾸준히 자신의 속도로 자신의 꿈을 위한 사다리를 만들었다. 행동하는 꿈쟁이라는 별명으로 육아에 지친 다른 엄마들을 토닥였다. 그녀는 꿈을 꾸었고, 그것을 향해 매일 조금씩 아주 작은 징검다리를 놓았다. 그녀의 비결은 나에게 맞게 맞추어서 매일 조금씩이라는 꾸준함이었다. 삶의 작은 루틴이 바로 그녀의 무기였다.

그녀는 문장력이 부족하다고 느껴서 필사를 했다. 박경리, 조정래 작가의 책을 매일 필사하고 단상을 적어갔다. 각종 고전을 필사하며 생각을 확장했다. 차근차근 쌓아온 필사 노트들이 현재 그녀의 보물 창고가 되었다. 게다가 그녀는 도전하고 싶은 일이 생기면 의지를 다잡고자 작은 온라인 모임을 만들어서 함께 도전했다. 작은 습관이 삶의 루틴이 되도록 함께했다. 이제 복직한 그녀의 책이 나왔다.《남다른 방구석. 엄마의 새벽 4시》지에스더. 그녀는 지에스더 작가다. 그녀의 행보에 박수와 응원을 보낸다.

이번에는 나의 충동과 열망을 무시하고 싶지 않았다. 오래전 노트에 적은 버킷리스트 책 쓰기, 새로운 분야로 도전하고 싶었다. 결국 나는 자극에 반응했다. 감추어졌으나 막연하게 꿈만 꾸던 나만의 이야기를 써보기로 했다. 남의 콘텐츠에 '좋아요'를 눌러도 해갈되지 않을 갈증을 풀고자 나의 보따리를 풀어헤쳤다. 노트북을 켜고 새 문서를 채워갔다.

　누군가 하는 일이라면 나도 할 수 있다. 그녀와 나의 격차를 벌린 것은 태생이 아니다. 그저 삶의 태도와 습관이다. 그동안 남의 콘텐츠에 '좋아요'만 누르며 시간과 돈을 소비했다. 지나간 시간의 뒷모습만 바라보며 감상에 빠지는 일을 멈추었다. 다른 이의 콘텐츠 속의 밥상과 나의 소박한 밥상을 비교하며 초라해지기를 멈추었다. 답답하게 내 눈을 가리던 타인의 시선과 편견을 벗었다. 언제까지 남에 의해 나의 가치관이 흔들리게 둘 수는 없었다. 과거 어디쯤 퍼질러 자고 있던 나를 간질여 깨웠다. 그리고 나만의 징검다리를 놓기 시작했다.

내 인생의 화양연화

매주 금요일 2시, 집에서 문화살롱 '화양연화' 모임이 열린다. 오늘의 특별 간식은 보리수즙 에이드다. 손가락을 찔러넣어 주문을 건 루왁 커피도 빼놓지 않았다(과테말라에서 원두를 직접 공수하는 중곡동의 카페 면곡당에서 구매했다. 손가락을 찔러넣는 방식은 영화 〈카모메 식당〉에서 나왔다). 라흐마니노프의 피아노협주곡 C단조 아다지오를 들으며 영화 〈카모메 식당〉을 생각했다. 어제 일은 잊고 오늘에 충실하기 위해 모임의 공식 질문 세 번째 20자 평을 고르고 있었다.

'가볍게 들어와 허기를 채우다 서로에게 스며들다.'

기왓장 살롱(영화 모임)이 예술 학장 TJ의 제안으로 문화살롱 개념으로 확장했다. 그리고 '우리 삶의 찬란한 순간을 위하여'라는 취지에 따라 '화양연화'로 이름을 바꾸었다. 멤버 교체도 있었다. 6주간의 진행과 2주의 쉼도 생겼다. 구체적인 질문과 기록 형태로 남기는 규칙 등이 적용되었다. 배우들의 모임이다 보니 시선에 한계가 있다는 생각에 한 달에 한 번 초빙 강의와 전시 관람 등의 문화 활동을 넣었다. 머무르지 않고 성장하기를 원했다. 영화를 보고 마지막에는 20자 평을 남겼다. 전에 10자 평일 때는 함축적인 문장을 뽑았다. 그러나 20자 평에는 각자의 시선이 덧붙여졌다. 영화에 대한 전문적인 시선이나 전공자들의 수다가 아닌, 각자의 삶과 취향이 담긴 이야기들을 나눴다. 정확한 영화 해석이 필요하면, '방구석 1열'이나 이동진 평론가의 글을 읽으면 된다. 우리는 평론가가 아니다. 우리는 해석 대신 삶을 나누며 우리의 영역을 넓혀갔다. 서로의 이야기를 통해 시선을 바꾸어 보았다. 스치는 듯한 인연에서 서로의 삶을 물들이고 스며들었다.

2021년, 확장이라는 단어와 개념에 매혹되었다. 그리고 나의 성장이라는 키워드와 함께 깊이 침잠의 시간을 누렸다. 해의 쏟아짐은 일종의 확장이라는 말은 확장에 대한 나의 개념을 뒤집었다. '깊은 우물을 파내듯 더욱 깊숙하게 또 넓히는 것이 확장'이라는 생각이 내 안에 뿌리 깊게 박혀 있었다. 해의 빛이 퍼져나간 이후의 끝은 소멸인 줄 알았다. 어둠으로의 잠식. 그런데 빛은 사방을 밝혔고 그 영향력은 짙은 어둠도 상쇄했다. 쏟아졌으나 사라지지 않았고 더 넓게 퍼져나갔다. 2022년 확장에 대한 의미를 새로 발견했다.

'해는 쏟아져 내리는 것처럼 보이고 사방으로 쏟아지지만, 쏟아져 없어지지 않는다. 이러한 쏟아짐은 일종의 확장이다.'

— 마르쿠스 아우렐리우스 《명상록》

이 문장을 만나 보석을 발견한 듯 반가웠다. 예술 학장 TJ의 화양 연화와 확장에 관한 얘기를 나눈 것이 떠올라 급하게 책을 찍어서 전송했다. 새로 발견한 확장의 의미를 생각했다. 재단장 후 우리는 우리 시선으로 영화를 품었다. 영화를 통해 서로의 삶을 들여다보고 소통했다. 우리의 할 일은 각자의 모습대로 향기대로 꽃을 피워내는 일이다. 서로에게 적당한 빛과 물이 되어 만개를 돕는 것이다. 함께 할 수 있어서 든든하고 고마운 사람들이다.

'화양연화'의 리더 예술 학장 TJ는 그림 그리던 사람이었다. 후에 패션디자인을 했으나 화가인엄마의 피를 물려받은 그림쟁이였다. 너무 이것저것 지식이 쌓이다 보니 그는 고흐 그림을 볼 때도 이면의 이야기들(그 시대 가난한 화가가 다른 화가가 그린 그림의 색을 벗겨내고 그 위에 덧칠했다는 이야기 등)이 먼저 떠올랐고 그림을 그릴 때 더 분석적으로 변해 그리기 어렵다고 했다. 반면 연기에 대한 시각과 시점은 자유롭고 다채로웠다. 나는 그런 시점이 미술학도, 그림쟁이의 시선에서 나온다고 생각했다. 나는 16살 셰익스피어를 시작으로 배우의 길로 접어들었다. 예고, 연기전공 대학교, 파리에서의 연극 영화 전공 등으로 줄곧 이 분야에 대한 시각만 배웠다. 그래서 무대에서 '~해야만 하는' 규칙에 익숙했다. 그런 규칙에서 벗어난 행위나 충동을 감히 해볼 깜냥이 되지 못했다. 무대 위에서 자유로워야 할 배우가 여러 관습에 얽매여 움직이지 못했다. 예고 때부터 실기 수업의 비중이 커 훈련을 많이 받았으나 정작 역사나 세계사에는 취약했다. 연극에서 고전으로 다루는 희곡 속의 흐름을 알기 위해 따로 역사, 세계사를 공부해야 했다. 예술학부 학생이기에 누린 장점도 있지만, 한계도 존재했다. 역사와 인문학에 관심을 둔 계기도 나의 결핍과 알고 싶은 욕구 때문이다. 결정적으로 시선이 필요했다. 나의 선택은 시와 고전이었다.

'참, 쓸데없는 짓 한다. 그럴 시간에 힘을 모아서 배역 좀 더 따봐.'

매일 고전을 필사하고 단상을 적으며 내 글을 쓰고 있다는 말에 일명 전문가 지인은 진심으로 훈수를 두었다. 연기에 몰입할 때라고. 이 말에 동의하지는 않지만 어쩌다 들은 한마디 말들이 모여 내 마음에 웅덩이를 만들었다. 그 웅덩이가 내 삶을 휘젓기 전에 나는 그 말들을 모아 숙성시키는 시간이 필요했다. 나에게 그런 숙성의 시간은 다름 아닌 글쓰기였다. 글쓰기는 나에게 단단함뿐 아니라 쉽게 흔들리지 않는 무게와 삶의 중심을 깨닫도록 해주었다. 누군가에게는 쓸데없는 일이 내게는 나무꾼의 도끼를 가는 작업이었다. 내 삶에 향을 입히고 나만의 색을 입히는 일이었다. 나의 정서를 확장하고 생각의 폭을 넓혀 연습실 너머의 표현을 익히는 중이었다. 연습실에서 연습은 기본이다(중요하지 않다고 말하는 것이 아니다). 그러나 연습실 밖에서 자신만의 훈련 방법은 다양하게 선택할 수 있다. 나는 오감이 열리고 감각의 문이 열리는 훈련을 고전과 시에서 찾았다.

시선을 확장하는 것에 내 선택만이 정답은 아니다. 배우의 감각을 기르는 유일한 방법도 아니다. 다만 나는 내가 좋아하는 책 읽기라는 길을 선택한 것이다. 배우엄마로서 아들과 동행하면서 선택할 수 있는 것이었다. 연기에 집착한다고 해서 배역이 찾아오지 않는다. 그저 실력을 준비한 채 꾸준하게 해내는 인내가 필요했다. 배우에게 굳이 인문학이 필요한 이유는 첫째, 불어오는 바람에도 뽑히지 않을 뿌리 깊은 나무가 되기 위해서다. 그리고 꽉 막힌 시선을 열어주고 확장하는 데 도움이 되기 때문이다. 나의 시선이 열리자 우리 집 테라스에 붉은 보리수가 흐드러지게 열린 것을 인식할 수 있었다. 보리수 청을 담그고 보리수 에이드를 만들어 먹은 일도 내 삶에 처음 있는 일이었다.

"왜 굳이 고전이야? 시는 너무 고루해. 이해도 안 되고"

나태주 시인은 〈시〉라는 시에서 '그림을 보듯 하고 음악을 듣듯 하시게 속속들이 알려고 하지 말고 그냥 건너다보시게'*라고 시 읽는 방법을 제안했다. 시를 읽는 데 시험문제를 풀듯 심상이나 글쓴이의 의

---

* 《너만 모르는 그리움》중 〈시〉에서 인용. 나태주 필사시집. 북로그컴퍼니(2020년)

도를 알고자 하는 일이 중요하지 않았다. 나는 시를 읽으며 작가들이 고른 언어 속의 세상을 발견했고, 그들이 걸어간 길을 함께 걸어보았다. 산책길에 마르셀 푸르스트가 표현한 '눈이 시릴 정도로 파랗게 빛나는 발랄한 하늘(〈산책〉 중)'을 발견하기도 하고, 또 어떤 날에는 백석 시인의 '가슴에 길다란 고드름이 달렸다(〈멧세 소리〉 중)'는 표현이 무엇인지 깨닫기도 했다. 푸른 하늘과 시린 가슴이 더욱 풍성하고 감성으로 다가왔다. 내게 시는 처음부터 모든 것을 보여주지는 않았다. 어느 날 문득 찰나에 시는 자신의 얼굴을, 손과 다리를 내보였다. 그렇게 나는 시어를 가슴에 품었다.

보리수 청을 만들며 물크러뜨린 열매 사이 달큰한 기억과 덮어두고 싶은 어두운 마음을 잘 섞어두었다. 보리수 청의 경우는 보리수가 숙성되는 데 시간이 필요했다. 새콤하고 쌉쌀한 그 본연의 맛에 달콤함까지 더해져 청이 되는 시간, 그 기다림의 시간을 나는 삶의 찬란한 순간이라고 부른다. 기다림이 꼭 초조하고 애가 타야 하는 것은 아니다. 내가 사랑하는 것들로 메우고 채우면 그것이 '화양연화'다. 뭐가 더 필요한가? 이미 충분한 화양연화가 내 삶에 이루어지고 있음을 잘 안다.

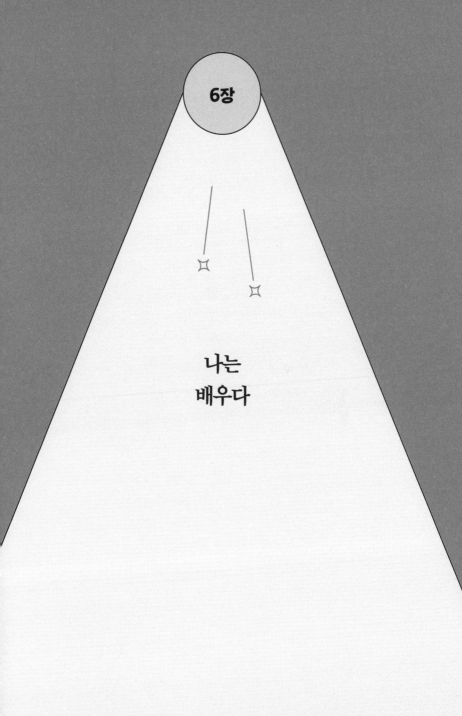

6장

나는
배우다

나는 어려서부터 연기를 해왔다.

그러나 사람들은 '이헌주'를 모른다.

나는 오랜 시간 이름 없는 사람의 옷을 입고 살았다.

그러다 문득 '무명'이라는 말에 설움이 스며들었다.

물기 가득한 이 단어를 나는 벗어내기로 했다.

물론 그것이 유명의 길은 아니다.

다만 무명=설움, 무명=가난함, 무명=지망생이라는 편견을

내가 먼저 끊어내기로 했다.

내 열정의 근원은 결핍

"다시 신의 그 음성을 들었소. 섬세한 필체를 통해서 들려오는 미의 극치… (중략) 나는 세상 모든 평범한 사람들의 대변자요. 나는 그들의 승리자라네. 그들의 후원자이기도 하지." — 영화 〈아마데우스〉 중 살리에리의 대사

영화 〈아마데우스〉의 늙은 살리에리가 신부에게 말하는 독백 장면이다. 모차르트 음악을 처음 들었을 때의 감격, 그리고 신에 대한 배신감과 분노. 그는 자신의 욕망과 갈망보다 실력과 능력이 부족했다. 그가 경험한 결핍과 갈증의 감정을 나도 잘 안다. '살리에리와 모차르트'. 나는 평범한 예술가지만, 늘 모차르트의 번뜩임이 부러웠다. 그런데 궁금했다. 모차르트의 영감과 살리에리의 질투. 과연 모차르트의 번뜩임이 신의 축복이었을까? 그 영감이 과연 살리에리에게는 없었을까?

살리에리, 그는 재능이 부족한 평범한 예술인의 대명사가 되어버렸다. 역사적으로 살리에리가 모차르트를 질투했는지는 알 수 없다. 18세기에도 풍문으로 떠돌던 이야기를 훗날 연극과 영화로 만든 것이다. 살리에리는 실제로 평범한 사람이 아니다. 돈과 명예를 다 움켜쥔 궁정악장, 노력형 천재였다. 물론 예술가로서, 음악인으로서 절대적인 신의 축복을 받은 이를 질투하는 일은 충분히 있을 법한 일이다. 그 시대에도 그 소문에 살리에리가 답을 해야 했다고 하니. 대중의 관심이 그만큼 컸다는 것을 알 수 있다. 물론 그 재능을 가진 이의 삶과 능력이 조화롭지 못할 때, 신의 축복을 받을 만하지 못하다는 판단이 들어가면, 사람들의 질투는 거세지게 마련이다.

내 열정의 근원은 결핍이다. 나는 살리에리다. 내 인생에도 등장하는 몇 명의 모차르트가 있다. 처음은 예고 실습수업 시간이었다. 훈련도 받기 전 이미 소리의 울림이 깊은 H와 달리 나는 감정이 실리면, 쇳소리가 묻어났다. 목을 긁는 소리와 평소에도 앵앵거리는 듯한 소리를 가진 나는 그를 질투했다. 소리 훈련을 하나씩 배워갈 때마다 그는 이미 소리 내는 법을 터득하고 있었다. 한번은 연습실에 들어서는데, 《지킬 앤 하이드》 속 노래 〈지금 이 순간〉이 들려왔다. 나는 신발을 벗다 말고 그 자리에 섰다. 노래가 끝날 때까지 듣고 싶었다. 그는 지금 뭘 하고 있을까? 그가 부른 노랫소리만큼 울림이 큰 〈지금 이 순간〉은 여태 들어본 적이 없다. 물론 어린 시절, 내 마음에 각인된 크기와 충격이 너무 커서 그런 생각을 할 수도 있겠다. 아무튼 나는 미칠 듯한 부러움에 연습 시간을 늘려갔다. 현재 나의 소리가 조금은 깊어졌다면, 그 친구의 자극 덕분이다.

　다른 한 명은 J이다. J와 나는 연습실에서 많은 것들은 소통했다. 실습 선생님도 다르고, 반도 달랐지만 자주 같이 연습했다. 즉흥극과 애드리브에 강했던 J는 순간적인 번뜩임으로 나를 놀라게 했다. 놀이 같은 즉흥 연습이 끝난 후에는 늘 복기했다. 어떻게 저런 상상을 할 수 있었을까? 상상의 아이디어를 확장하는 능력, 표현하는 능력도 탁월했다. 소리는 훈련으로 조금씩 극복이 가능했으나 J가 지닌 '순간적인 번뜩임'의 재능은 도저히 내가 가질 수 없는 것처럼 느껴졌다. 번뜩임은 천재들만의 고유 특성이라고 생각했다. 그들에게만 찾아오는 신의 축복이라는 생각에 질투가 일어나 가슴이 타오를 듯했다. 그래서 그들의 번뜩임을 넘어보려 연습실에 남았다. 그들보다 일찍 연습실에 들어섰다. 그 번뜩임의 결핍이 나를 연습벌레로 만들었고, 책 언저리를 맴돌며 공부하게 했다. 그러나 지금은 안다. 번뜩임이라는 영감은 직간접적인 경험의 출현이고, 자신의 가치관 발현이다. 그들에게는 그들만의 고유 색채와 가치관, 세계관, 그들만의 세상이 있었다. 그 세상에서 바라본 것들, 상상한 세계에 대한 아이디어를 낸 것이다. 나는 그때 아직 70도의 물이었다. 끓어오르지 않은 30도가 결핍이었다. 채워짐이 부족했고, 순간적인 번뜩임을 내 것으로 만드는 법을 알지 못했다. 물은 100도라는 임계점에 도달해야 끓는다는 걸 몰랐다. 나는 결핍을 재능 없음이라고 못 박아버렸다. 물론 '울림 없는 소리'라고 말한 선생님의 확실한 선 긋기도 한몫했다.

돌이켜보면 그때의 결핍이 나의 자산이었음을 안다. 순간적인 번 뜩임만이 배우의 자질은 아니다. 현재 이 길을 걷지 않는 여러 모차르 트를 보면서 알게 되었다(H는 잘 모르겠고, J는 이 분야에서 활발하게 작업 중이다. 내가 언급하지 않은 모차르트들에 관한 얘기다). 또한 번뜩임은 모 차르트에게만 주어진 것이 아니다. 문득 삶으로 찾아오는 '영감' 또는 '떠오름'은 평범한 일상을 살아가는 배우엄마에게도 기회를 준다. 그 러나 그것을 잡아둘 수 있는 능력에 따라 실력이 나뉜다. 언제 어떻게 꺼내어 쓸 수 있도록 훈련하는 것은 배우의 몫이다.

파리에서도 나는 또 한 명의 모차르트를 만났다. 연습실을 다 채우 는 폭발적인 에너지를 목격한 순간, 모두 그녀가 수준급 배우임을 인 정했다. 영국에서 막 공연을 마치고 돌아왔다는 S는 연습 시간을 두 시 간 늦고도 당당했다. 달콤쌉쌀한 맥주의 향을 풍기며, 부스스한 머리 를 풀어 내린 채 어딘지 불안한 듯 음울한 기운을 풍겼다. 모두가 연습 실에서 그녀를 기다렸다. 참석하는 배우들이 모두 짜증이 난 상황이 었다. 그런데 S는 단 한 번의 햄릿 연기로 한바탕 허리케인을 불러일으 켰다. 나는 그날 그녀가 우리 모두를 살리에리로 만드는 그 광경을 목 격했다. 몇 해 동안 아비뇽의 길바닥에 앉아서 꿈꾸던 그 자유로움의 에너지와 열정, 그리고 번뜩임의 실현을 보면서 기쁨과 질투의 감정 을 동시에 느꼈다. 그녀는 당연히 연출의 독보적인 사랑을 받았고, 여자임에도 햄릿 역에 캐스팅되었다. 이미 우리에게는 햄릿이 있었음에도 막을 나누어 여자 햄릿과 남자 햄릿이 공연을 했다. 나는 남자 햄릿이 포함된 팀이었다. S는 연습 기간 내내 늦었고, 항상 술이나 알 수 없는 무언가에 취해 있었다. 그런데도 그녀의 연기는 광기 어린 햄릿의 눈빛과 갈등을 정확히 표현했다.

연기 학교 3학년 2학기, 나는 학교에서 주최하는 외부 공연(졸업 공연)에 정식 오디션을 통해 뽑혔고, 현재도 활동 중인 프랑스 배우들과 함께 공연에 참여했다. 그런데 독일인 초청 연출가는 매번 수업과 연습 시간에 나를 제외하고 한 번의 기회도 주지 않았다. 나는 그저 추가 연습만 따로 해야 했다. 연습실에서 다른 배우들이 연습하는 동안 평범한 관객의 자리로 돌아갔다. 4시간의 연습 시간 동안 구석에 앉아 무대를 보았다. 내가 앉아 있는 연습실 바닥과 무대의 거리는 고작 1미터 남짓, 그러나 감히 내가 넘볼 수 없는 거리였다. 무력감과 상실감은 이루 말할 수 없었다. 인종차별주의자였던 독일인 연출가는 유독 나의 발음을 싫어했다. 작은 실수도 용납하지 않았다. 쉬는 시간 카페에서도 나의 질문에는 대답하지 않았다. 덕분에 이를 갈며 연습할 수 있었다. 살리에리도 못 되는 평범한 관객의 기분에서 벗어나고자 몸부림쳤다. 나의 결핍은 연습의 강력한 원동력이 되었다. 그리고 내게는 나와 동행하는 살리에리들이 있었다. 배역이 있음에도 연출의 지도를 거의 못 받는 나를 동료들은 앞 다투어 도와주었다. 연습실에서, 공원에서, 카페에서, 동료의 와인 창고에서 추가 연습을 했다.

연극은 종합 예술이다. 함께 어우러짐, 앙상블이 중요한 요소다. 한 사람의 재능보다 인물 간 호흡과 반응이 큰 영향을 준다. 공연 날이 되었을 때, 여자 햄릿의 연기는 더 늘지도 줄지도 않은 딱 처음 보았을 때의 폭발이었다. 그녀의 독단과 태만은 다른 동료들을 배려하지 않았다. 자신의 감정 폭발을 위해 무대 위에서 약속되지 않은 행동도 서슴지 않아 함께 무대에 선 배우를 당황시켰다. 조화가 중요한 무대에서는 사랑할 수 없는 배우였다. 동료들을 설득하지 못한 그녀의 연기는 폭발적이지 못했다. 허공에 쏘아 올린 공을 그녀는 무대 위에서 홀로 받아야 했다. 그저 혼자 튀는 연기, 오만한 배우로 남을 뿐이었다. 강약 조절이 안 되는 오케스트라를 보는 듯했다. 단순히 솔리스트의 독주 개념이 아닌, 미묘한 불협화음이 연출되었다. 아슬아슬한 상황이 끝났다. 연극의 요소를 완성하는 것은 관객이다. 무대 위의 냉전과 한 배우의 즉흥적이고 독선적인 연기를 눈치챈 관객들은 많았다. 관객 중 유독 연극 관계자가 많았기 때문이기도 하다.

나와 동료들이 무대에 올랐다. 부족했던 나의 발음 교정까지 동료들이 함께 담당하다 보니 우리 팀은 연습량이 월등히 많았다. 연습은 우리를 배신하지 않았다. 오랜 시간 연습실에서 다져진 호흡, 동료들 간의 애정은 관객에게 마음을 울리는 감동을 준다. 나는 이때 번뜩임의 실체와 재능을 넘어서는 조화로움에 대해 깨달았다. 관객들은 넘치는 애정으로 평범한 살리에리들에게 끊임없는 박수를 보냈다. 공연이 끝나고 이사장이 내게 찾아왔다. 내 손을 꼭 잡고 '역시 너는 나의 최애 배우야. 무대에서 살아 숨 쉬는 단 하나의 배우!'라고 속삭였다. 그녀는 연극 관계자들에게 한국을 뒤흔들 배우를 지금 당신들이 보았다고 말했다. 평소라면 민망함에 손사래를 치며 극구 부인할 말이었다. 그러나 당시엔 그동안 연출자의 철저한 무시와 나의 연습을 보상받는 느낌에 자신만만한 미소로 대답했다.

"merci(고마워)!"

모차르트의 영감보다 때로는 평범한 사람들의 노력이 더 큰 능력이 된다. 사람들은 누구나 성장한다. 그 과정 어디에 재능 주머니들이 놓여 있는지 알 수 없다. 누군가는 신체 사용을, 누구는 소리를, 상상력을, 감정을, 공감 능력에 뛰어날 수 있다. 서로 다른 능력치를 한데 모아 조화롭게 공연하는 것이 가장 큰 재능이다. 나의 열정의 근원은 재능의 결핍에 있었다. 파리에서는 언어적인 한계라는 결핍이 더해졌다. 그래서 남들보다 더 무대 위에서 집중했고, 엄청난 연습으로 대사와 동작들을 체화해냈다. 살리에리 증후군이 나를 성장시킨 것이다. 열정 그 자체보다 모차르트들에 대한 부러움과 열망으로 훈련했다. 그 훈련 과정 중 임계점이 차오르는 순간 나의 번뜩임도 나타나곤 한다. 가지지 못한 것이 축복이 되어 나의 무기가 되었다. 부족하기에 끊임없이 배우고자 노력했고 성장해왔다. 나는 이제 모차르트의 삶을 부러워하지도 질투하지 않는다. 그저 묵묵히 나의 갈 길을 걸어간다.

도전, 두려움과 희열 사이

집채만한 파도가 내 앞에 섰다. 아가리를 벌리고 혀를 날름거렸다. 다리가 후들거렸고 식은땀이 등줄기를 타고 흘렀다. 파리의 무대에서 느낀 극한의 공포를 다시 느끼게 될 줄은 몰랐다. 아침 일찍 전화를 받았다. 한참 찍고 있던 드라마팀의 연출부 전화였다. 감독님께서 내 장면을 추가한다는 내용이었다. 바로 앞 전의 드라마도 추가 회차 장면이 생긴 적이 있어 그러려니 했다. 그런데 그 장면을 위해 내가 배워야 하는 것은 나의 트라우마 중 하나인 구기 종목, 축구였다. 고등학교 시절, 쉬는 시간 운동장에서 연극팀 친구를 부를 때 공이 내게로 날아왔다. 순간 땅이 흔들리고 앞에 서 있던 친구가 땅으로 쓰러졌다. 눈앞이 까매지고, 별이 번쩍였다. 앞에 선 친구는 내가 안면에 공을 맞아 다리가 꺾여 쓰러지는 장면이 너무 웃겨서 배꼽을 잡고 쓰러졌다. 그때 나는 아주 잠깐 정신을 잃었다. 몇 초 후 내 얼굴을 부여잡은 친구 덕에 알았다. 턱이 빠졌다가 어긋나게 맞춘 채로 입이 돌아갔다. 친구는 기겁하고 싸대기를 세차게 때려서 즉석에서 다시 턱을 맞추었다. 후에 병원에서 들은 말로는 운좋게 응급처치가 잘 되었지만 위험한 행동이었다고 했다. 그 일 이후로 나는 입을 크게 벌리거나 오래 벌리는 치과 치료를 받을 때면 턱에 불편함을 느꼈다. 입이 다물어지지 않아 침이 흘렀고 손으로 입을 닫아야 했다.

이후로 나는 모든 종류의 공을 거부했다. 응원석에서 신나게 손뼉을 치거나 응원가를 부르는 편을 선호했다. 직접 공을 다루는 일은 덜컥 겁이 났다. 이제 그 공포와 나는 마주해야 했다. 벼랑 끝 앞에 선 기분이었다. 온갖 두려움이 꼬리를 물고 이어졌고, 나는 바들바들 떨었다. 때마침 모든 안전장치가 제거되었다. 나는 두려울 때면 차 안에서 조용히 기도했다. 이때는 하필 남편의 지방 촬영으로 차도 없고 남편도 없이 독박육아를 감당하던 시기였다. 어린 아들을 데리고, 어떻게 레슨을 받아야 좋을지 막막했다. 혼자 감당해야 할 도전이 아니라 이제는 내 모든 도전에 아들을 생각해야 했다. 무조건 맡기는 것만이 능사가 아니었다. 결국 나는 아들과 개인 레슨에 함께 참여하기로 양해를 구했다.

두려움은 내게 결핍과 힘께 앞으로 나아가는 동력이 되었다. 두려움은 실체 없는 감정임을 과거의 경험으로 알고 있었다. 나의 트라우마를 마주하는 일도 마찬가지였다. 그저 한 발 떨어져서 나를 보았다. 위태로운 상황 속에 내던져졌다고 느낀 건 내 감정일 뿐이었다. 그러나 객관적으로 본 나는 새 도전과 기회라는 축복 앞에 서 있었다. 이것을 배움으로써 프로필에 추가할 특기가 하나 더 생겼다. 물론 고작 한두 달 배운 일이 특기가 될 수 있을까 싶지만, 두려움을 극복한 것만으로도 내게는 큰 자산이 될 터였다. 극한의 공포 앞에 서면 나는 공포를 극복했을 때의 희열을 생각했다. 도전도 습관이다.

글쓰기를 시작한 후 바뀐 일이 있다면, 일단 새로운 세계든 뭐든 나의 한계를 규정하지 않는 것이다. 스스로 그어 놓은, 할 수 없다는 선을 넘는 순간 눈에 보이는 것들이 있었다. 시간이 없다는 말은 변명일 뿐이었다. 일단 하겠다고 마음먹으니 틈을 내게 되고, 어떻게든 할 수 있게 되었다. 첫 연습 날에는 비가 추적추적 내렸다. '오늘 연습은 없을 수도 있겠는걸' 밤새 움츠리고 긴장했기에 우천으로 미루어질 상황을 상상하며 안심이 되는 한편, 살짝 바람이 빠졌다. 내 안의 빨간머리 앤이 말했다.

'비가 온다고 꽃에 물 주기로 한 네 계획을 포기한다고?'

운동장에서 뛰는 구기 종목의 팀 선수들이 보였다. 빗속에서 온몸이 흠뻑 젖은 채로 밝게 웃는 그 웃음이 나를 동하게 했다. 이날 공식적인 연습은 취소되었다. 벤치에서 비를 피하고 서 있는 나와 동갑내기 동료 배우의 눈이 마주쳤다. '기왕 온 거 우리 공이라도 만져본다고 할까요?' 별거 아닌 이야기에 배꼽 잡고 웃으며 눈을 반짝이는 동갑내기 배우와 참 잘 맞았다. 운동화 끈을 조이고 우리는 머리 위로 떨어지는 비를 맞았다. 조용히 스며드는 비를 맞으며 열심히 공을 만졌다. 알려 주는 대로 열심히, 마음은 이미 손흥민 선수였으나 현실은 뻣뻣한 몸뚱이에 불과했다. 첫날 연습은 30분 남짓이었다. 열심히 이리저리 뛰어다니며 나는 심장 소리를 들었다. 30분 동안 나는 20년 된 트라우마가 실체 없는 두려움이었음을 발견했다. 운동화를 신고 운동장으로 들어가 공을 만져보기 전까지는 알 수 없었을 감정이다. 나는 이날 우천으로 인한 연습 취소에 감사했다. 공식적인 연습 전에 트라우마를 마주하는 시간이 꼭 필요했다.

코로나 팬데믹 이후, 대면 오디션의 기회보다 비대면 오디션이 잦았다. 가끔 불특정 다수를 향한 공개 오디션의 기회들도 있었다. 미리 정보를 얻을 때도 있으나 마감 기한이 다 되어서야 안 오디션 준비는 무척이나 분주했다. 다음날까지 제출이었다. 대사도 생각보다 긴데 외울 수 있을까? 파트너는 구할 수 있을까? 아이는 또 어떻게 하지?

'오늘 나가지 마! 특히 차 끌지 마. 대설 특보 계속 울려. 뉴스 확인해봐. 이따 밤에 나 대신 연습실 가서 영상 찍어. 나는 아직 대사 못 외웠으니까. 여보가 찍어, 알았지? 나 일한다.' — 남편 문자 —

아침부터 울려대는 대설 특보와 라디오에서 나오는 뉴스에 잠시 고민했다. 1시간이 조금 넘는 거리의 친정에 아이를 맡기고 연습을 하러 가는 게 가능할까? 가다가 막혀서 연습실 대여 시간에 도착 못 하면? 오디션 촬영을 하러 가면 안 되는 이유가 행동을 막았다. 그냥 오디션을 포기할까? 모두가 말하는 붙을 확률 1%의 가능성 때문에 위험을 자초해? 오만가지 생각이 들었다. 일단 아들에게 간식을 챙겨주고 잠시 생각했다.

'그는 삶을 따뜻하게 해줄 모든 것을 항상 시간이 생기면 하겠다고 미뤄왔음을 깨달았다. 정말 시간이 생길 것처럼, 언젠가 삶의 끝자락에는 평화와 행복을 얻을 수 있을 것처럼. 아니다, 평화는 없다.' ─ 생텍쥐페리,《야간 비행》

또 미룬다고 내게 시간이 생길까? 기회가 올까? 이번 기회를 보내고 나면 후회라는 미련이 남아 계속 불평하며 뒤돌아볼 것이 뻔했다. 적당한 때라는 건 없다. 내 안의 소음들을 정리하고 당장 할 수 있는 일들을 찾아보았다. 날씨를 시간별로 검색하고, 집 앞에 눈이 쌓인 정도를 점검했다. 엄마에게 전화해서 친정집 주변 도로 상황을 물었다. '이미 제설작업 해놔서 눈은 오는데, 안 쌓여'라는 말을 듣고 나는 짐을 챙겨 친정으로 출발했다. 어린 시절 보던 펑펑 내리는 함박눈에 설렜다. 다행히 도로에 눈이 쌓이지 않은 덕분에 천천히 안전 운전하며 친정에 도착했고 다시 연습실로 이동했다. 오디션 촬영이 끝난 후 파트너는 내게 영상이 잘 나왔다며 좋은 결과가 있기를 바란다고 했다.
"오빠 나는 이제 내가 이 배역에 99% 될 거라고 믿어요. 모두가 가능성은 1%라고 말해. 그리고 그 희박함에 자신의 꿈을 건다고 하는데, 나는 99%에 걸을래요. 나머지 1%는 내가 어떻게 할 수 없는 거고. 나는 오늘 99% 최선을 다했어요. 그러니까 99% 내가 될 거야."

"그래, 긍정적으로 생각하자. 그게 좋다. 안 될 거라고 생각하는 것보다…"

"응응, 그동안 충분히 '이번에도 안 되겠지'라고 생각하며 오디션을 봤는걸. '어차피 다 내정자 있는 거 알아'라고 생각하면서 1%의 가능성도 차버린 거지."

솔직하게 말하자면, 오디션 결과는 내가 원하는 방향이 아니었다. 하지만 상관없다. 나는 그날 눈을 뜨고 달려가 목표를 이루어내는 법을 터득했다. 도전을 외친 일 앞에 넘쳐나는 안 되는 이유에 휩쓸리지 않고 하나씩 문제점을 처리하고 용기를 내는 법 말이다. 아주 작은 용기와 한 걸음들이 모이자 개복치 같은 내가 도전을 즐기는 사람이 되었다. 그 시작은 작은 행동 하나였다. 먼저 날씨를 확인할 것! 될까?라는 질문이 마음에 생기면 피할 필요 없다. 직접 눈으로 확인하면 된다. 두려움이 눈을 가릴 때는 운동화 끈을 조이고 공을 만져 보면 된다. 마블 영화 속 히어로들도 처음부터 영웅은 아니었는걸…

울음으로 울림을 주는 배우

태풍 매미도 아니고, 진짜 곤충 매미주의보라니? 미국 동부에 울린 '매미주의보', 빨간 눈에 주황색 날개를 가진 매미들이 대거 출몰했다. 브루드 텐(Brood X, 미국 동부 전역에 정기적으로 나타나는 주기 매미 15종 가운데 10번째로 파악된다)이 2004년 이후 다시 등장했다. 2021년 5월 중순부터 6월 말까지 미국 15개 주에서, 매미 수조 마리가 일제히 땅에서 올라왔다. 17년간 땅속에 머물다 여름 한철 지상에서 그동안의 한을 풀어내듯 울어댄다. 그들의 울음을 들어본 사람은 굉음이라고 표현한다. 우는 소리가 마치 기차 소리의 데시벨과 비슷하다고 한다. 수컷의 울음소리가 100db(데시벨) 정도 된다.

집 앞 테라스로 두 마리의 매미가 찾아왔다. 여름을 알리는 녀석의 등장이 반가우면서도 낮잠 자는 아들을 위해 창문을 닫아야 했다. 우리나라 매미의 주기는 보통 3~7년이다. 7년을 묵힌 녀석들의 소리도 대단한데, 17년 기다림을 뚫고 나온 소리라면 그 폭발적인 에너지가 얼마나 굉장할까. 길고 긴 시간의 흐름을 통과한 매미의 인내가 대단하다. 요즘은 계절을 명확히 구분할 수 없는 날씨들이 계속된다. 가을인데 폭염주의보가 울리고, 이른 한파주의보가 찾아오기도 한다. 이상 기온 속에서도 2021년 미국에서는 17년 만에 찾아온 주기 매미들이 땅 위로 올라와 생존을 신고했다. 강력한 굉음, 그들은 목이 터져라 울며 짝을 찾는다. 그들만의 생존방식이다. 오랜 기다림을 견디고 자신의 사랑을 불태우듯 한여름 세레나데를 부르는 매미의 필사적인 삶의 자세가 부러웠다. 불태우는 열정에 낭만을 느꼈다. 매미의 생애에서 여전히 땅속에서 올라갈 준비를 하는 나를 발견했다.

　누군가에겐 시끄러운 소리가 매미에게는 생존이자 삶의 이유다. 땅 위로 올라가 여름이 왔음을 알리는 소명을 가진 유충들, 그들은 삶의 이유를 잘 알기에 땅속 어둠에서도 오랜 시간을 버틴다. 사실 매미는 곤충치고 꽤 장수하는 편이다. 땅 위에서의 삶이 짧을 뿐, 땅속 매미는 긴 기다림 속에서 성장한다. 나는 길고 긴 어둠 속에서 버티고 견디는 성장을 존경한다. 시간의 흐름을 기다린 성장에는 힘이 있다. 여전히 땅속인 나에게도 이 기간은 배움과 성장이 공존하는 시기다.

　나는 매미다. 잠시 잠깐이 아닌 이 땅에 아주 오래 머물 인간이지만, 꽤 오랜 시간 무명이라는 땅속에 있었다. 그 속에서 나는 언제부터 울었더라? 울림 없는 소리 덕분에 시작된 소울음 훈련? 예고시절 무대 위 〈죽은 시인의 사회〉에서 토드앤더슨(말더듬이) 역의 외침이 시작이었나? 〈새들도 세상을 뜨는구나〉의 이산가족 상봉 장면에서 잃어버린 딸 순이 이름을 외치는 어미의 울음이었나? 유진 오닐의 〈몽아〉에서 손자 드리미를 기다리는 죽어가는 할머니의 울음이었나? 그러고 보니 유독 울음이 많은 배역을 만났다. 누군가는 나의 울 기질 때문에 내가 그 배역들을 끌어당기는 것이라고 했다. '그럴지도 모르지'

땅속에서 기다리는 동안 세상으로 나가 울 준비를 하고 있었는지도 모른다. 그런데 돌아보면 무대 위의 울음으로 오히려 더 많은 위로와 치유를 경험했다. 배우 이헌주의 울음이 아닌 배역의 울음을 통한 카타르시스였다. 무대에서 많은 경우 누군가를 잃었고, 또 사랑했고 아팠으며 기뻐했다. 글로는 겨우 몇 줄로 정리되는 간단한 일들이 무대에서는 엄청난 비극과 희극으로, 일생일대의 사건으로 펼쳐졌다. 삶에서 누구나 만나는 고비의 순간을 무대화했으니 당연한 일이다. 때로는 어떤 인물의 희로애락 인생살이를 연기하며, 그 삶의 물결이 나에게도 희미한 자국을 남기곤 한다. 이때 층층이 쌓인 울음은 여러 모양으로 내 안에 머물러 있다. 삶에 시간 속 층위가 생겼다.

오랜 기다림은 나의 무기다. 묵묵히 어둠 속에서 자신을 성장시킨 매미처럼 기다림의 시간이 주는 힘, 겹겹이 쌓인 이 흐름은 단단한 나의 지지대가 되었다. 크고 작은 촬영 현장의 변화에서도 받아들일 유연함이 생겼고, 당황보다 잠시 숨을 고르고 환기하며 넘어가는 여유도 생겼다. 내가 더 절실하지 않아서 생긴 변화가 절대 아니다. 흔들거리면서도 걸어온 이 길이 나에게 가르쳐 준 것들이다. 배움과 성장의 시간이었다. 여자로서 출산과 육아를 하며 알게 된 것들도 있다. 내 몸뚱이 말고도 책임져야 할 존재가 생겼다는 마음의 무게감이 생겼다. 이런 마음의 부담은 '내면 아이'와 마주보는 시간을 통해 성장하기도 했다. 엄마로 육아하는 이 시간은 배우로서는 유독 더 깊은 땅속이었지만, 어느 때보다 찬란한 시간이다.

지금도 나는 여전히 땅속에 있다. 가끔 촬영 현장에 나가곤 하지만, 출산 이후 일이 부쩍 준 것이 사실이다. 유명을 바라는 타입은 아니었지만, 지금에서야 유명과 무명이 현실적인 것들을 결정한다는 것을 안다. 이를 테면 재정적인 안정이 그렇다. 내가 일을 고르는 것과 선택되는 것은 다르다. 무명이라고 나 스스로 제한하지 않겠다고 선포한 이후, 이 단어를 입에도 올리지 않았다. 하지만 나를 소개하기에 이 단어만큼 쉬운 말이 없음을 안다. 그래서 나는 무명이라는 단어를 부정하지 않고 받아들였다. 17년 매미의 땅속 기다림과도 같다. 오래 묵힌 만큼 어떤 굉음을 가슴에 품었는지 아무도 모른다. 차근차근 내 안에 나만의 이야기를 담고 있다. 이 묵혀진 이야기들이 어떤 울음으로 나타날까? 나와 어떤 배역이 만나 무슨 색으로 혼합될지는 물음표, 현재 진행형이다.

지금의 나는 무대가 아닌 촬영 현장에서 여전히 운다. 공교롭게도 곡절 있는 삶의 배역을 주로 맡았다. 악어의 눈물인 날도 폭풍 오열인 날도 있지만, 나의 울음으로 누군가를 위로했기 바란다. 내일의 울음이 누군가의 상처를 헤집는 일이 되지 않기를 바란다. 땅속에서 가끔 밖으로 나가서 우는 그 울음에 난 감사함을 느낀다. 아이를 낳은 후 드물게 찾아오는 부름에 감사했다. 다시 땅속 어둠으로 들어온 것 같은 마음에도 나는 감사하기로 했다. 지금, 이 길이 끝나는 곳에 어떤 반짝임이 기다릴지 알 수 없지만, 설레는 마음으로 기다리는 중이다.

"세상에는 열심히 사는 보통 사람들이 정말 많은 것 같습니다. 그런 분들을 보면 세상은 좀 불공평하다는 생각이 듭니다. (중략) 그럼에도 불구하고 실망하거나 지치지 마시고 포기하지 마시고 그 일을 계속하셨으면 좋겠습니다. (중략) 그냥 계속하다 보면 평소와 똑같이 했는데 그동안 받지 못했던 위로와 보상이 여러분들에게, 여러분을 찾아갈 것입니다. 저에게는 동백이가 그랬습니다." — 오정세(2020년 제56회 백상예술대상 수상 소감)

100편 이상 작품을 하며 단역에서 주연 배우가 된 사람이 있다. 평범한 외모에 무대 울렁증, 안면인식 장애를 지닌 그가 수상을 위해 무대에 올랐다. 2020년 제56회 백상예술대상에서 TV 부문 남자 조연상으로 〈동백꽃 필 무렵〉의 오정세 배우가 호명되었다. 그의 수상 소감을 들으며 한참 울었다. 그의 한마디 한마디가 위로가 되어 마음을 적셨다. 그는 오랜 시간 동안 오디션에서 떨어졌다. 심지어 '오정세가 되겠어?'라는 말까지 들었다고 한다. 그러나 지금 그의 연기를 보며 그런 말을 할 사람은 없다. 그는 실패를 실패라고 여기지 않았다. 수차례 떨어진 오디션, 실패의 과정은 그에게 실력이 되었다. 17년 기다린 매미처럼 그는 오랜 무명 생활 속에서도 묵묵히 성실하게 작업했다. 기다림 속에서 그는 자신만의 매력과 향기를 입혔다. 그가 연기하는 배역들은 다채롭다. 사람 냄새가 나고, 악역임에도 연민의 정을 느끼게 한다.

"지금까지 100편 넘는 작업을 해왔습니다. 어떤 작품은 성공했고, 또 어떤 작품은 심하게 망하기도 했고, 또 어쩌다 이렇게 좋은 상까지 받는 작품도 있네요. 100편 다 결과가 다르다는 건 좀 신기한 일입니다. 개인적으로는 그 100편 다, 똑같은 마음으로 똑같이 열심히 했거든요. (중략) 힘든데 세상이 알아주지 않는다고 생각할 때 속으로 생각하면 좋겠습니다. 곧 나만의 동백이를 만날 수 있을 거라고요. 여러분의 동백꽃이 곧 활짝 피기를…"

기사를 검색해 찾아본 영상을 보며 눈물, 콧물이 줄줄 흘렀다. 성실하게 기다림의 시간을 채워간 이의 삶이 주는 감동과 위로였다. 나는 묵묵히 성장의 고봉을 통과해서 울음이 터지고 꽃봉오리 터뜨리는 그날을 꿈꾼다. 연기는 내 삶이고 소명이다. 그렇기에 오랜 무명의 시간은 나만의 색채를 만들고, 향기와 매력을 입히는 시간이다.

잘 자렴, 아가야! 배역과의 이별

"타고 남은 재가 다시 기름이 됩니다. 그칠 줄을 모르고 타는 나의 가슴은 누구의 밤을 지키는 약한 등불입니까."

— 한용운, 〈님의 침묵〉 중

구불구불 걷는 모든 길에 의미가 있다고 믿는다. 그러나 타고 남은 재를 가슴에 품은 이에게 무슨 위로를 건낼 수 있을까. 당신의 재가 누군가를 밝히는 기름이 될 수 있다고? 어떤 값싼 위로보다 내가 할 수 있는 일은 진실하게 배역을 만나는 일이었다.

분명 소품인 걸 잘 안다. 그러나 하얀 천 아래 감추어진 조각난 더미(인형)를 본 순간 그대로 뇌리에 박혔다. 딸의 훼손된 사체를 확인하는 장면의 촬영을 마치고 집으로 와 설거지를 하다 아들 얼굴을 확인했다. 자꾸만 등골이 송연한 느낌, 핏자국, 그리고 선득한 느낌이 내가 일상으로 돌아오는 걸 방해했다. 하필 촬영 직전 아이(배역)의 성장 영상을 받아본 영향도 컸다. 가슴 깊이 들어온 들어온 커다랗고 맑은 눈동자가 자꾸 떠올랐다. 고작 한 번 다녀오고도 빠져나오지 못해 몸부림쳤다. 한 번일지언정 대충 준비하지 않았다. 마음으로 쌓아간 전사 덕에 가슴이 묵직하고 버거웠다.

집에만 머물면 질식할 것 같아 아들과 무작정 산책에 나섰다. 길 위에 잔여 감정 덩어리들을 털어내기 위함이었다. 나는 주변을 두리번두리번 쫓기듯 걸으며 아들을 자전거에서 내리지 못하도록 단속했다. 하필 그날 유난히 놀이터에 쉬고 계시던 어르신들이 아들에게 말을 걸었다. 한 아저씨가 불쑥 다가와 아이의 손에 돈을 쥐어 주었다. 똘망똘망하고 귀엽다며 과자를 사 먹으라고 1,000원짜리 한 장을 주신 것이다. 가던 길을 돌아 집으로 방향을 틀었다. '왜, 계속 따라오지?' 불안한 마음에 뒤를 힐끗거렸다.

자꾸 마주치는 눈빛과 친절함을 가장한 듯한 미소에 나는 멈추었다. 길가에 나와 쉬고 계신 동네 미용실 아줌마와 수다를 떨며 아저씨가 앞장서기를 기다렸다. 알고 보니 그분은 앞 건물에 사는 아저씨였다. 오다가다 산책길에서 여러 번 마주쳤을 것이 분명했다. 별거 아닌 일에 깜짝 놀라 소리를 질렀다. 이렇게 며칠 후유증을 겪었다. 아직 어린 아들을 붙들고 낯선 이를 따라가면 안 된다고 반복해서 알려주었다. 잠자리에 누우면 떠오르는 눈동자와 조각난 더미들이 두둥실 떠다녔다. '돌겠네, 정말…' 결국 잠이 오지 않아 일어났다. 기도하고 노트를 펴서 담담하게 나의 이야기를 쏟아내었다. 매번 배역과의 만남과 이별은 어떤 모양으로든 내게 자국을 남겼다. 이번에는 실제 사건이었다는 이야기에 마음이 더 무거웠다. 과하지 않게, 부족하지 않게 마음을 담고 나니 그 여운이 내 삶에 딸려왔다. 꿈으로 찾아와 썸뜩함을 주기도 하고, 사무치는 슬픔으로 다가오기도 했다.

나는 아이를 마음에서 떠나보낼 시간이 필요했다. 어떤 이별이든 충분한 애도의 시간이 중요하다. 현실이 아닌 극 중 상황이라고 해도, 고작 일회성의 만남이었을지라도 온전히 보내지 못하면 일상이 어려웠다. 나는 노트에 아이에게 보내는 편지를 적었다. 시를 적어 아이의 안녕을 바란다는 바람을 적었다.

'아침이 아침으로 밤이 밤으로 그리하여 너를 지나 드디어
(중략)
검은 바위 넘어 바람이 쉬는 날개 곁으로'
— 김용택, 〈날개 곁으로〉* 중

마지막 문장과 함께 마침표를 찍었을 때 나는 그 아이를 '바람이 쉬

---

* 《나비가 숨은 어린나무》 중 〈날개 곁으로〉 김용택, 문학과지성사(2022년)

는 날개 곁으로'보냈다. 그때는 몰랐지만, 나는 몇 달 후 그 아이의 엄마 역할로 몇 번 더 추가 촬영을 했다. 이미 보낸 극 중 아이와 다시 만나야 했고, 또다시 이별해야 했다. 이별 후에 나는 일상으로 돌아올 수 있었다. 그 경험으로 나는 지금 이 순간의 소중함과 현재 내게 주어진 아름다운 인연에 집중하기 시작했다.

"내가 누군지 모르겠어요. 내가 그녀인지 아니면 배우 이헌주인지. 점점 이헌주가 사라져가요. 매일 아침 눈을 뜨고 싶지 않다는 생각으로 하루를 시작해요."

촬영이 끝나자 감독님을 붙들고 부들부들 떨면서 말했다. 이러다 정말 무슨 일을 낼 것만 같았기에 도움을 청했다. 이날은 아버지의 부고를 듣고 장례식장에 찾아가는 장면을 찍기 전날이었다. 이미 죽음이 너무 가까이 다가온 듯했다. 연이은 극 중 이별과 고독감에 길고 어두운 터널에 갇힌 듯했다. 아름다운 저수지를 바라보며 즐길 여유도 없이 어느 날엔가 내가 그녀처럼 깊은 물속으로 걸어 들어가면 어떻게 하지?라는 두려움이 찾아왔다. 촬영 전부터 차곡차곡 전사를 쌓아갔다. 수시로 작가이자 감독님과 소통하며 인물에게 다가갔다. 거짓이 아닌 진심을 담기 바란 감독님과 나의 첫 마음 덕에 나는 점점 내가 맡은 배역에 다가갔다. 아니, 어느 순간 내가 나인지, 그녀인지 헷갈리는 상태에 이르렀다. 혼돈과 카오스에 갇혀 버둥거렸다. 원 씬 원테이크 호흡으로 길게 찍었다. 그렇게 만든 감정과 혼돈 속에 내가 남았다.

‘무슨 예술을 한다고, 내가 이 지경이 된 거지?’

　극 중 그녀는 시인이었다. 그녀가 수첩에 연필로 꾸욱꾸욱 눌러가며 글을 쓸 때, 나는 노트 두 권을 가득 채울 만큼 많은 이야기를 노트에 토해냈다. 내 이야기인지 그녀의 이야기인지 알 수 없는 토악질을 했다. 롱 테이크로 글 쓰는 장면을 찍으며 나는 노트에 혼돈을 쏟아냈다. 길고 긴 장면에 나는 빈 여백에 그동안의 감정들을 모두 쏟아냈다. 그녀는 마침내 자신의 글을 완성했다. 그리고 그녀는 자전거의 패달을 밟듯이 하루하루 다시 살아갔다. 꽁꽁 얼었던 그 저수지에도 봄이 찾아왔다. 찍는 내내 고통으로 몸부림쳤던 것과는 별개로 한 편의 시 같은 힐링 영화였다. 긴 러닝타임을 지녔지만, 익숙해지면 영화의 빈 여백이 내게 말을 걸었다.

　삶의 고통에 관한 이야기가 아닌 삶의 의지에 관한 이야기를 담았다. 절망 가운데서 눈뜬 작은 걸 발견한다는 이야기였다. 극장에서 처음 영화를 보며 참 많이 울었다. 그리고 두 번째 세 번째 볼 때마다 울었다. 그때의 힘든 상황때문이 아니었다. 그 여백이 내게 건네는 말 때문이었다. 볼 때마다 달라지는 여백이 건네는 말은 나를 위로했다. 내게 언제 그녀와 이별했냐고 묻는다면, 촬영지와 합숙소를 떠날 때 첫 이별을 했고, 전주국제영화제에서 영화를 보면서 두 번째 이별을 했다. 그리고 GV(guest visit-관객과의 대화) 후에야 완전한 이별을 했다. 나의 첫 장편 독립영화라 더 특별했고, 애틋했던 그녀와의 이별에는 시간이 조금 더 걸렸다. 물론 영화의 마지막이 삶의 의지, 생의 의지로 끝난 덕분에 나는 더 단단한 모습으로 일상에 돌아왔다. 그런데 돌아보니 배우와 배역 사이에 완전한 이별이란 과연 있는 건지 궁금해졌다.

책 한 권을 읽어도 그전의 나와 읽은 후에 내가 달라진다고들 한다. 하물며 몇 달을 그녀의 이야기로 몇 권의 노트를 적어 내렸다. 대본을 달달 외고 그녀의 삶을 살았다. 어둠을 통과하며 체화시킨 그녀와의 동행을 바지에 묻은 흙처럼 툭툭 털어낼 수는 없었다. 내 삶에 그녀의 흔적이 남는 건 당연했다. 내가 어느 날 시 필사를 결심하고 시를 읽다 사랑에 빠지게 된 건 결코 우연이 아니었다. 삶과 죽음에 갈팡질팡하면서도 매 순간 작은 것들을 눈에 담았던 그녀의 영향이 내게 남았다. 나는 산책을 하며 오늘도 작은 것들을 바라보았다. 내가 놓치며 살아가는 것들. 바쁘게 지나가는 일상 속에 흘러가는 구름과 뜨겁게 내리쬐는 오늘의 햇살을 기억했다. 기억하며 지나치는 모든 순간을 눈에 담았다.

나는 분명 인물들을 쉬이 보내는 사람은 아니었다. 때로는 그 때문에 아팠다. 누군가는 유별이라고 말했다. 오래 끌어안는다고 해서 매번 결과물에 그 정서가 모두 담기는 건 아니다. 때론 스킬이 정서보다 강렬하게 남기도 했다. 그것도 배우의 능력이다. 어쨌든 그 시간을 겪은 덕에 지금 나는 맡았던 인물과 이별하는 일까지가 배우의 몫이라고 생각한다. 만남과 이별의 순간까지 방점을 찍어야 인간 이헌주로 돌아올 수 있다. 약간의 흔적이 남을 수는 있다. 그러나 그것은 성장하는 거름이 된다. 오래 걸러낸 삶의 눈물과 고통의 결정체는 내 삶의 특별한 소금이 된다. 염전에서 제조한 간수의 맛이 아닌, 자연 본연의 풍부한 감칠맛이 내 안에 더해진다. 나는 배역이라는 대리인으로 간접 체험자로 객관적인 개체여서 가능한 일이다. 나는 여전히 남의 이야기를 내 삶을 통해 들어내는 배우다. 바라는 것이 있다면, 내가 맡은 인물이 버석버석 말라버린 일상을 연기해도 누군가의 마음에 촉촉함이 되기를 바란다. 나의 처절함이 그들의 마음을 대변하기를 바란다.

나는 작은 바람을 품고 현장과 일상으로 돌아왔다. 가슴 시린 마음을 품고 포근한 이불에 누웠다. 평소처럼 아들의 손을 잡고 산책했다. 그리고 아들이 잠자리 독서를 위해 고른 책을 수차례 목이 쉬도록 읽었다. 잠든 아들을 두고 방에서 나와 나는 배역들과 이별을 고했다. 편지를 썼고, 훌훌 털어 보냈다. 그녀들의 향기가 내 삶에 남았지만 단순한 상처 자국이 아닌 생의 의지였다. 그 향기들을 가슴에 안고 오늘을 살아간다.

"엄마배우 이헌주의 이야기가 오늘, 힘든 시간을 겪고 계신 분들에게 작은 위로가 되기를 희망합니다."

나의 편, 무명이를 응원합니다!

나는 이름만 대면 아는 유명한 배우가 아니다. 지금 자리에서 버티고 성장하며 도전하는 보통의 사람, 꿈꾸는 무명배우다. 완벽한 연기를 하는 사람이 아님을 알기에 부족을 배움으로 채워가는 성장형 배우이기도 하다.

'무슨 자격으로? 배우에 대한 이야기를 써? 배우의 태도? 고작 몇 작품을 했다고? 단역 배우 주제에!'

이런 질문이 끝없이 밀려왔다. 원고를 쓰는 내내 이런저런 질문이 수시로 떠올리 피로했나. 이미 넘치도록 질문했기에 답도 넘칠 만큼 많았다. 내 그릇이 화려하거나 크지 않다는 걸 잘 안다. 그러나 소박하고 담박한 그릇도 필요하다. 배우 모두가 자극적인 맛을 낼 필요는 없다. 때로는 슴슴한 나물도, 구수한 된장도 필요하다. 개인적인 경험과 이야기를 묶어 원고를 쓰다 보니 연대기적인 느낌의 글이 되었다. 큰 기대를 하신 분들은 실망하겠지만, 진심만은 알아주시기 바란다.

나는 어려서부터 연기를 해왔다. 그러나 사람들은 '이헌주'를 모른다. 나는 오랜 시간 이름 없는 사람의 옷을 입고 살았다. 그러다 문득 '무명'이라는 말에 설움이 스며들었다. 물기 가득한 이 단어를 나는 벗어내기로 했다. 물론 그것이 유명의 길은 아니다. 다만 무명=설움, 무명=가난함, 무명=지망생이라는 편견을 내가 먼저 끊어내기로 한 것이다. 나는 늘 꿈꾸는 아이(몽아)였다. 결혼 후 엄마가 된 이후론 꿈만 꾸는 엄마가 되지 않기 위해 나만의 사다리를 놓기로 했다. 이 책은 엉덩이 힘을 빌려 나를 쥐어짜듯 즙을 내어 적어간 커다란 명함이기도 하다. 나는 배우엄마 이헌주라는 새 정체성으로 확장하는 중이다. 그 길 위에서 나만의 꽃을 피워내는 중이다. 아직은 꽃봉오리인지 만개한 건지 낙화의 때인지 알 수 없다. 그러나 나는 오늘 이 시간이 값지고 귀하다. 값지게 하루하루를 살아내고자 노력하는 배우이자 엄마 이헌주다.

비바 라비다(Viva la Vida)[*]

---

[*] 프리다 칼로: 초현실 화가이자 혁명가가 되기 원했던 프리다 칼로는 남편 디에고를 위해 그린 다른 정물화를 통해 한 차례 '비바 라비다'라는 단어를 사용했다. 그것이 공산당을 지지한 그녀의 태도였는지 알 수 없으나 나는 문자 그대로 '인생이여 만세'라는 뜻에 초점을 두고 인용했음을 밝힌다.

프리다 칼로(Frida Kahlo)의 마지막 그림 이름이 '비바 라비다'다. 그녀의 삶은 고달팠다. 어릴 적 겪은 소아마비와 18세 때 겪은 교통사고 후유증이 그녀의 삶을 평생 따라다니며 힘들게 했다. 30여 차례의 수술과 3번의 유산. 그리고 문란한 남편의 잦은 외도가 더해졌다. 그녀의 그림은 초현실을 보여주었다는 찬사와 달리, '나는 꿈을 그린 것이 아니라 내 현실을 그렸다'고 그녀가 스스로 밝혔다. 평생 고통으로 점철된 그녀의 마지막 그림은 놀랍게도 '인생이여 만세'라는 뜻의 '비바 라비다'였다. 그림 중앙 청록색 수박 한 통, 그리고 주변에는 적당히 속살 내보이며 쪼개진 수박들이 놓여 있다. 그림 아래엔 적당한 크기로 잘린 수박에 '비바 라비다'라고 적혀 있다. 그녀가 살아온 삶의 아픔과 대비되는 '비바 라비다'라는 외침에 나는 전율했다.

지금도 가정을 위해 애쓰며 열심히 만두를 빚는 무명의 가장 주 씨, 야근하느라 어깨에 우루사를 짊어진 사회 초년생 남 씨, 공부하는 엄마로 성장 중인 멋진 그녀들, 둘째를 임신해서 첫째와 씨름 중인 아무개 엄마, 그리고 텅 빈 객석에 마음을 쓸어내린 연출 김 군, 적은 관객에도 최선을 다해 무대에 오르는 무명배우들 모두 수고하셨습니다. 당신의 오늘을 응원하며 중곡동의 배우엄마가 외칩니다.

'비바 라비다!'

무명이라고 아마추어는 아닙니다

초판 1쇄 발행 2023년 2월 20일

지은이 | 이현주
발행인 | 손선경
기   획 | 김형석
펴낸곳 | 모루북스

디자인 | 한희정

출판등록 | 2020년 3월 17일 제25100-2020-000019호
주   소 | 서울 중구 남대문로 9길 24 패스트파이브 타워 1026-3호
전   화 | 02) 3494-2945
팩   스 | 02) 6229-2945
ISBN 979-11-970019-9-4 (03810)

모루북스는 독자 여러분의 소중한 출판 관련 아이디어와 투고를 기다립니다.
moroo_publisher@naver.com